A JORNADA de FELICIA

A JORNADA de FELICIA
William Trevor

ROMANCE

Tradução
Elisa Nazarian

BIBLIOTECA AZUL

Copyright © William Trevor, 1994
Copyright da tradução © 2014 by Editora Globo

Todos os direitos reservados. Nenhuma parte desta edição pode ser utilizada ou reproduzida – em qualquer meio ou forma, seja mecânico ou eletrônico, fotocópia, gravação etc. – nem apropriada ou estocada em sistema de banco de dados sem a expressa autorização da editora.

Texto fixado conforme as regras do novo Acordo Ortográfico da Língua Portuguesa (Decreto Legislativo nº 54, de 1995).

Título original: *Felicia's Journey*

Editor responsável: Ana Lima Cecilio
Editor assistente: Erika Nogueira Vieira
Preparação: Thiago Blumenthal
Revisão: Fabio Cesar Alves
Diagramação: Jussara Fino
Capa: Tereza Bettinardi
Foto do autor: Harry Gruyaert/Magnum Photos/Latinstock

CIP-BRASIL. CATALOGAÇÃO NA PUBLICAÇÃO
SINDICATO NACIONAL DOS EDITORES DE LIVROS, RJ

T74j
    Trevor, William
        A jornada de Felicia / William Trevor ; tradução Elisa Nazarian.
    - 1. ed. - São Paulo : Biblioteca Azul, 2014.
    280 p. ; 21 cm.

    Tradução de: *Felicia's Journey*
    ISBN 978-85-250-5810-2

1. Romance irlandês. I. Nazarian, Elisa. II. Título.

14-15787
                              CDD: 828.99153
                              CDU: 821.111(415)-3

1ª edição, 2014

Direitos exclusivos de edição em língua portuguesa, para o Brasil adquiridos por Editora Globo S.A.
Av. Jaguaré, 1485
São Paulo-SP 05346-902
www.globolivros.com.br

Para Jane

I

Ela não para de vomitar. Uma mulher no banheiro diz:
— Você vai se sentir melhor lá fora, no ar fresco. Não quer subir até o deque?

No deque faz frio e o vento machuca suas orelhas. Depois que vomita por sobre o parapeito, sente-se melhor e torna a descer para onde estava sentada antes de ir ao banheiro. As roupas que escolheu para sua viagem estão em duas grandes sacolas de compras; o dinheiro, em sua bolsa. Teve que pagar pelas sacolas de compras no Chawke's; cinquenta centavos cada. Elas exibem o nome Chawke's e um motivo celta próximo à borda. No *bureau de change* lhe deram notas inglesas em troca das irlandesas.

Não há muitas pessoas viajando. Crianças em idade escolar passam ao lado de onde ela está encolhida, gritando e fingindo perder o equilíbrio. Uma família está sentada em um canto, em silêncio, todos com os olhos fechados. Duas mulheres idosas e um padre conversam sobre corridas de cavalo.

É a balsa noturna. Ela não chegou a tempo para a balsa matinal.
— Aquela ilha se chama Ireland's Eye — gritou uma das crianças, não muito tempo depois do barco se afastar do cais, e Felicia então se sentiu a salvo. Parece que se passou um ano desde ontem à noite, quando saiu de mansinho do quarto que divide com a bisavó, levando suas sacolas até o barracão dos fundos, para escondê-las

atrás de uma confusão de tábuas velhas de assoalho com que seu pai pretende fazer um viveiro de mudas. Pela manhã, enquanto a velha ainda dormia, esperou no barracão até que a luz se acendesse na cozinha, sinal de que seu pai estava de volta do Herverin's, com o *Irish Press*. Então, esgueirou-se pelos fundos até a praça, vinte e cinco minutos antes do ônibus das 7h45. Passou o tempo todo nervosa, com medo de que seu pai ou seus irmãos aparecessem, e quando o ônibus começou a se mover, olhou de esguelha pela janela, cobrindo o rosto com a mão. Repetia para si mesma que eles ainda não poderiam saber a respeito do dinheiro, que eles ainda nem teriam encontrado o bilhete que deixou, mas nada disso servia de ajuda.

Felicia dorme por um tempo e depois volta ao banheiro. Duas garotas estão passando desodorante, trocando o tubo *roll-on* entre elas, os botões de suas blusas desabotoados.

— Sinto muito — diz Felicia depois de vomitar, mas as garotas dizem que não importa. Não deve ter sobrado muita coisa dentro dela, pensa, porque não teve muito o que comer nesse dia.

— Tome um pouco de água — aconselha uma das garotas. — Vamos chegar em vinte minutos. — A outra pergunta se ela está bem, e ela responde que sim.

Felicia escova os dentes e uma mulher ao seu lado pega a escova quando ela a coloca na beira da pia. — Nossa, me desculpe! — a mulher diz, quando Felicia protesta. — Pensei que fosse do barco.

Típico dela, sair para algum lugar num tempo esquisito como este, seu pai teria dito quando ela não estivesse ali para ajudar nas frituras do café da manhã; típico da maneira como ela anda nesses dias. Ele não teria encontrado o bilhete até ter aprontado o café da manhã da velha. — Ela foi embora — seu pai teria dito para seus irmãos, e não haveria tempo para conversar sobre isso antes de seus irmãos saírem para as pedreiras. Ela se pergunta se ele foi até a polícia. Era possível que não tivesse tido vontade de fazer isso, apesar de tudo, com ele nunca se sabia. Mas ele teria tido que ir até o vizinho pedir a mrs. Quigly que desse uma olhada na velha durante o dia, lhe desse seus cream crackers e meia lata de sopa ao meio-dia, como mrs. Quigly costumava fazer quando Felicia ainda trabalhava na fábrica de processamento de carne.

Avisos são dados. Há um frenesi entre os passageiros, juntam-se malas, acata-se a ordem para que todos se reúnam numa área específica. Uma lufada de ar frio entra, quando as portas se abrem para o desembarque, e então o pequeno grupo avança para o passadiço.

À noite, quando seu pai e seus irmãos tivessem voltado para casa, eles se sentariam na cozinha com o bilhete sobre a mesa, o pai balançando a cabeça lentamente e pesaroso, como se ele, em particular, tivesse sido tratado com dureza: tudo era sempre pior para seu pai. Um de seus irmãos teria dito que iria até a rua McGrattan contar a Aidan, e no seu caminho de volta a quem quer que estivesse no Myles Brady's Bar. Seu pai teria preparado o jantar da velha, e depois o seu próprio, o rosto sisudo junto ao fogão.

O nervosismo de Felicia volta, quando ela entra com os outros passageiros em um prédio sombrio sem móveis, onde é interrogada por um segurança:

— Você tem documento de identificação? — ele pergunta.

— Identificação?

— Qual é o seu nome?

Felicia diz. Ele pergunta a ela se tem uma licença de motorista.

— Na verdade, eu não dirijo.

— Você tem alguma forma de identificação?

— Acho que não.

— Nenhuma carta? Nenhum tipo de documento?

Ela balança a cabeça. Ele pergunta se ela mora no Reino Unido, e ela diz que não, na Irlanda.

— Você está aqui de visita, é isto, senhorita?

— É.
— E qual é o propósito da sua visita?
— Visitar um amigo.
— E pra onde você está viajando?
— Pra região de Birmingham. Norte de Birmingham.
— Posso dar uma olhadinha nas suas sacolas? A senhorita poderia fazer o favor de vir aqui ao lado?

Ele remexe entre as suas roupas e o par extra de sapatos que ela trouxe. Ela acha que ele vai fazer algum comentário quando encontra o dinheiro na sua bolsa, mas ele não faz.

— Eu só vou anotar o endereço do seu amigo — ele diz. — Você poderia passar pra mim, por favor?
— Não sei qual é. Ainda tenho que achar ele.
— Ele não está esperando você?
— Na verdade, não.
— Você tem certeza de que vai achá-lo?
— Vou, pelo lugar onde ele trabalha.

Seu interrogador faz um gesto de concordância com a cabeça. É um homem com a idade próxima à de seu pai, e um rosto sem traços marcantes. Usa um casaco preto aberto na frente.

— Só vou anotar seu endereço na Irlanda — ele diz.

Ela diz que é de Mountmellick, a primeira cidade que lhe vem à cabeça. Fornece um endereço inventado: 23 St. Mary's Terrace.

— Certo — diz o policial.

Ninguém a interpela na alfândega. Ela pergunta de onde saem os trens, e lhe indicam. Quando desdobra a pergunta, recebe a informação de que o trem para Birmingham não deve partir antes das duas e quinze. Agora mal passa da meia-noite.

Dorme por um tempo na sala de espera. Sonha que está comprando carne no Scaddan's, que mr. Scaddan joga um pedaço grande de fígado na balança, dizendo que ele mesmo o tirou do boi. Isso não é verdade; no seu sonho, ela sabe que não é; mr. Scaddan é famoso por suas histórias absurdas. Um dos Irmãos de Cristo* entra na loja e mr. Scaddan diz que é uma desgraça, mas ela não sabe a que o açougueiro se refere. "Eu saí pra dar uma volta uma noite", ele diz para o Irmão de Cristo. "Lá, pela usina de gás." Ela, então, compreende.

O trem chega, bem antes da hora de partir novamente. Felicia certifica-se de que é o trem correto, e, quando a viagem começa, volta a adormecer. Acordada pelo fiscal, fica zonza de sono por um instante, sem saber onde está. O homem aguarda com calma, enquanto ela procura a passagem na bolsa. Os traços calmos de sua mãe afloram à sua consciência, resíduo de outro sonho.

— Obrigado — diz o homem, seguindo em frente.

O sonho sobre sua mãe acabou, mas, embora ela não consiga se lembrar de que se tratava, agitou sua memória. "Vá depressa chamar mrs. Quigly", sua bisavó lhe disse naquele dia, tempos atrás, "e diga ao padre Kilgallen que ele tem que vir rápido." A velha levava uma xícara de chá aos lábios de sua mãe, que tinha os olhos semifechados; suas faces estavam cor de cimento. "Mrs. Quigly! Mrs. Quigly!" Ela tinha seis anos naquele dia, batendo na caixa de correio da casa vizinha. Depois, teve que correr pra acompanhar as passadas urgentes do padre Kilgallen pela Main Street e pela praça, e, quando chegaram em casa, mrs. Quigly e a velha ajudavam a mãe a chegar ao quarto. O padre Kilgallen rezou ali, e depois seus irmãos vieram da reunião dos Irmãos de Cristo, e Aidan foi buscar o pai no jardim do convento. Foi o pai quem cobriu o rosto da mãe com o lençol nos últimos minutos que teve com ela, enquanto eles esperavam na cozinha e Aidan chorava. A pasta com seus livros de escola estava no chão, onde ela a tinha jogado, azul clara e lustrosa, com a Minnie de sapatos cor-de-rosa na aba. "Sinto muito", disse mrs. Quigly, tirando

---

* "Christian Brother", no original: organização católica fundada na Irlanda por Edmund Rice, no final do século XVIII, em prol da evangelização e da educação dos mais pobres. (N.T.)

o avental depois de se persignar, cujas flores, agora, eram muito espalhafatosas. "Graças a Deus", disse padre Kilgallen, porque tinha chegado a tempo. "Sobrevivi a mais uma", disse a velha.

O trem chacoalha em frente, vibrando nos trilhos, diminuindo até quase parar, ganhando velocidade novamente. Felicia abre os olhos. Um amanhecer enevoado distribui casas de fazenda, silos e celeiros arredondados em campos imersos em sombras. Mais tarde, há longas filas de carros movendo-se lentamente em estradas vizinhas, e rostos amanhecidos e sem expressão nas estações de trem. Torres e antenas confundem o horizonte, pássaros remexem um depósito de lixo. Não há uma única faixa de campo vazia.

O trem se enche. Jornais são lidos em silêncio, olhos que se encontram por acaso desviam-se de imediato. Tudo — pessoas, casas, carros, torres e antenas — constitui um único aglomerado, como se quase não houvesse espaço suficiente para acomodá-los. Os rostos são tomados por uma ansiedade quando o trem ameaça parar, ainda que não seja em uma estação.

Johnny também deve estar indo trabalhar. Felicia imagina-o se apressando como todo mundo, mas relaxado, sem se preocupar, porque esse é o jeito dele. Ela conserva uma imagem de sua expressão descontraída enquanto consegue, depois do seu perfil na tarde em que pegou o ônibus, a última vez que o viu, quando ele não sabia que ela ainda estava na praça. Como um eco remoto e sussurrante, surge o murmúrio de sua voz.

2

Embora não saiba, mr. Hilditch pesa cento e vinte e três quilos, peso que se conserva há mais de dez anos, raramente variando para mais ou para menos em sequer meio quilo. Batizado como Joseph Ambrose há cinquenta e quatro anos, mr. Hilditch usa óculos fundo--de-garrafa, mantém o cabelo cor de pombo curto, está sempre de terno e colete, faz um nó pequeno e apertado na gravata listrada, engraxa os sapatos duas vezes por dia, e costuma sorrir de um jeito simpático. Regularmente, a gordura que torna suas feições volumosas é puxada para trás e surgem dentes bem tratados, enquanto suas pupilas enevoadas por trás dos óculos ganham um brilho vivo. Sua voz é levemente aguda.

As mãos de mr. Hilditch são pequenas, parecendo não pertencer ao restante do corpo; dedos delicados e ágeis que conseguem inserir uma bateria num relógio, ou amarrar uma galinha com capricho, habilidade útil para o que mr. Hilditch mais gosta de comer. Sempre com a impressão de não ter comido o suficiente durante a refeição, ele se serve de uma barra de chocolate Bounty ou Mars, ou de um pacote de biscoitos. Chama a isto, em particular, de saber apreciar uma comida.

Depois de ter sido faturista, mr. Hilditch é agora, convenientemente, gerente de bufê. Há quinze anos, quando seu predecessor nesta função se aposentou, foi convocado pela administração da fábrica, e lhe apresentaram a possibilidade de uma mudança de cargo. Como era do seu conhecimento, a política era a de que as vagas, quando possível, deveriam ser preenchidas pelo pessoal interno, e seu interesse em refeições e alimentos não havia passado despercebido. Só era preciso que ele fizesse um breve treinamento em *catering*. De sua parte, estava ciente de que os computadores tinham um peso cada vez maior sobre a equipe do escritório, e quando lhe fizeram a proposta não foi bobo em hesitar: como uma recompensa por um longo e satisfatório serviço, a demissão estava sendo adiada.

Mr. Hilditch ocupa sozinho uma casa isolada, rodeada de arbustos, na Número 3 da Duke of Wellington Road. Sua mãe morreu nesta casa, em 1979. Nunca conheceu o pai. Sem ter mais ninguém por ocasião da morte, levou a leilão a mobília que sua mãe havia acumulado, e a partir dali tomou posse da Número 3. Visitando mostruários de vendas nos finais de semana, encheu-a de artigos, grandes e pequenos, todos de seu gosto pessoal: guarda-louças e cômodas de mogno enormes, enfeites de mármore para suas lareiras, tapetes indianos de segunda mão, e retratos de desconhecidos em molduras trabalhadas. Vinte meias-tintas de cenas militares sul-africanas decoram a parede da escada, um cabideiro em mármore e mogno disputa o lugar de honra com um conjunto de galhadas num hall espaçoso. A casa Número 3 da Duke of Wellington Road é espaçosa o suficiente para conter tudo o que mr. Hilditch comprou. Construída em 1867 segundo o projeto de um comerciante de chá, a casa se espalha deste majestoso hall de entrada para a cozinha, copa e despensa nos fundos, e salas de visitas de proporções generosas à esquerda e à direita da porta do hall. No andar de cima, essa generosidade se repete. Quatro dormitórios abrem-se para o patamar do primeiro andar, com mais quatro acima deles. Os tetos são ricos em acabamentos e cornijas trabalhados em gesso. Lampiões de gás decorados, não mais em uso, ainda se projetam das paredes. Mr. Hilditch espana-os regularmente, cuidado que com o passar dos anos resultou em um brilho baço nas protuberâncias da decoração. Na primavera e no verão, ele cuida dos arbustos, mantendo-os livres de pragas, mas sem plantar nada de novo. Varre as folhas caídas no outono, e de tempos em tempos conserta a cerca de madeira que delimita a casa.

Por um lado, a vida particular de mr. Hilditch é comum e previsível, por outro, é reservada. Para seus colegas na fábrica, ele parece ser, em essência, tão jovial e agradável quanto seu exterior indica. Seu volume sugere um homem indiferente a sua própria longevidade; sua presença sorridente indica uma filosofia extrovertida. Mas mr. Hilditch, em seus momentos solitários, constantemente se vê mais próximo de outros aspectos mais sombrios dos abismos que se perdem dentro dele. Quando um sorriso já não faz diferença, pode ser um homem melancólico.

Mas em fevereiro, numa manhã de quarta-feira, mr. Hilditch está tomado de considerável euforia: uma vez a cada quinzena, às quartas-feiras, o almoço da fábrica inclui torta de peru, e já se passaram quinze dias desde que ela fez parte do cardápio. Ele fica pensando nisso enquanto frita seus ovos com salsichas e bacon no café da manhã, e tosta fatias grossas de Mother's Pride.* Aquilo perdura em seus pensamentos, enquanto come em mangas de camisa e colete à mesa da cozinha, e enquanto se lava na pia. Temporariamente, pelo menos, o esperado prato do almoço, então se torna mais distante.

Ele puxa o varal do teto, pendura o pano de prato usado, e volta a subir o varal. Vai até o banheiro com o *Daily Telegraph*, e logo sai pela porta da frente, trancando-a duas vezes ao sair. Seu carrinho verde está parado na entrada de cascalhos. Os arbustos que protegem a casa da rua estão úmidos e gotejantes em uma manhã enevoada.

---

* Marca de pão que se anuncia como sendo feito exatamente como a antiga receita da mãe. (N.T.)

Mr. Hilditch dirige devagar, como de costume. Nunca dirige rápido, não vê motivo para isso. Pertencendo ao bairro, tendo nascido e crescido na cidade por onde passa agora, tem visto certas mudanças. A mais duradoura e fundamental ocorreu na década de 1950, quando a cidade se expandiu e até certo ponto foi reconstruída para abrigar e favorecer os empregados das fábricas que chegaram à região naquela época. Essas fábricas são diferentes das que marcaram a cidade no passado. Seu processo de fabricação é de uma natureza mais leve. Agora há uma arquitetura simples e semelhante por toda parte, quarteirões de lojas e escritórios espalhados em um quadriculado de linhas retas, os cruzamentos em ângulos retos. Foram feitas calçadas largas para pedestres na década de 1950, com arbustos e flores em canteiros centrais compridos e suspensos; e os arquitetos da nova cidade incluíram arcadas floridas e cestas penduradas nos postes de luz. Desde então, o solo ficou pobre nos longos canteiros suspensos; urzes morreram ali, restando apenas filamentos amarronzados no meio dos quais latas de cerveja e embalagens descartadas de comida pronta proporcionam o que há em matéria de cor. As arcadas floridas são arcos nus de metal, e as cestas penduradas estão enferrujadas. Mas grafites a spray animam o concreto liso e marrom de um grupo esculpido: homem, mulher, e criança num andar estilizado e pesado, *en route* do posto de correio para um estacionamento de vários andares. Entre quarteirões de prédios baixos de escritórios, uma imitação de mosaico decora a parede da filial de uma cadeia de lojas. Logotipos familiares — de lojas, bancos, e construtoras — chamam atenção incisivamente.

Na opinião de mr. Hilditch, a cidade é uma metrópole e deveria ser conhecida como tal. Tem o tamanho de uma metrópole, a população de uma metrópole, mas não possui uma catedral, o que alguém — seu tio Wilf, pelo que ele se lembra — uma vez observou ser a condição no que se refere a status urbano. Em vez disso, há seis igrejas, quatro de denominações diferentes, uma sinagoga e uma mesquita.

Existe um centro de lazer, terminado em 1981, onde mr. Hilditch nunca entrou e que considera um desperdício de dinheiro público.

Ele passa por ali agora, depois ladeia a área central e espera com paciência na rotatória, onde o tráfego, nesta específica hora da manhã, invariavelmente trava. Depois disso o percurso é mais fácil, e em minutos ele está atravessando os portões amarelos da fábrica. Estaciona onde o asfalto traz pintado o número do seu carro, e caminha sem pressa até seu escritório — uma repartição num canto do que antes era um escritório maior —, além da seção de carga e descarga. Nos velhos tempos como faturista, antes que se levantassem todas as divisórias, ele trabalhava ali com sete outros escriturários na mesma sala, cada um em uma mesa.

Um pouco antes do meio-dia desta quarta-feira — um dia que até então parece a mr. Hilditch não ter nada de especial, a não ser pela promessa da torta de peru —, ele vai até a cozinha para provar o menu completo do almoço. Começa com a torta, passa da massa folhada para a carne, depois prova o molho. Um prato alternativo é uma caçarola de carne picada com legumes. Conscienciosamente, ele também o experimenta; e batata, assada e purê, couve-de-bruxelas e nabos.

— Esplêndido — mr. Hilditch cumprimenta seus cozinheiros.
— Ótima degustação.

Prova o pudim em banho-maria com geleia de amora, o creme de ovos, e o *crumble* de maçã.

Analisa um impresso de custos de cada prato calculado separadamente, custos de mão de obra e de eletricidade, ingredientes, com um total individual. Sua função é evitar perdas — função na qual seu predecessor raramente era bem-sucedido —, e tem feito isso há mais de quinze anos, responsável por uma transformação nas contas do refeitório da fábrica que não tem passado despercebida.

— Ótimo, isso está ótimo — ele afirma, depois de ter olhado os números, o gosto agradável da geleia de amora ainda aderindo ao céu da boca. Sorri ao devolver os papéis, refletindo que com certeza vai querer o pudim em banho-maria com amoras, ao escolher o que comer depois da torta de peru. Passeia pela grande cozinha engordurada por mais alguns minutos, conversando afavelmente com a equipe responsável, em sua maioria mulheres em turno de meio-período. Depois, com o apetite estimulado, caminha até o refeitório. Fica satisfeito por ser o primeiro a chegar ao refeitório todos os dias. Sente que isso enfatiza sua posição, e atrai atenção para o fato de que essa hora de relaxamento para todos os funcionários da fábrica, independentemente do cargo, é determinada por ele. Existe uma sala de jantar para a equipe da diretoria à qual ele tem o direito de uso, mas nunca o faz. A comida é idêntica nos dois lugares.

Às dez para uma, soam as sirenes da área de produção, e logo depois os funcionários chegam, homens e mulheres, garotas e aprendizes. Eles ficam em fila com suas bandejas ao longo do balcão, gritando uns com os outros, trocando piadas e ligeiras obscenidades. Mr. Hilditch sorri para as pessoas conforme elas passam perto de onde está sentado, todas em seus uniformes de trabalho, algumas com o *Sun* ou o *Daily Mirror* debaixo do braço. Sente que confiam nele. Confiam na comida pela qual é o responsável final, porque, por experiência, sabem que podem, e isso lhe dá prazer. Não consegue imaginar sua vida agora, se tivesse continuado como faturista. Com o tempo, teria se tornado Chefe do Serviço de Faturamento, mas apenas seus colegas mais próximos saberiam que existia tal cargo. Não haveria a possibilidade de um lugar na sala de jantar da diretoria, ou o luxo de rejeitá-lo.

— Numa hora está úmido, na outra faz frio — resmunga um homem ao passar. — Não se sabe que tempo vai fazer, mr. Hilditch.

— Impressionante — mr. Hilditch sorri de volta. — Mas pelo menos os dias vão ficando mais longos.

— Coma com gosto, mr. Hilditch. — Uma mulher com uma bandeja faz um gesto simpático com a cabeça, ao passar.

— Igualmente, Iris.

Esta é uma expressão que eles usam constantemente, "coma com gosto"; ele supõe que foi tirada da televisão. Mr. Hilditch não tem televisão. Houve uma época em que ele alugou um aparelho, mas não o pôs para funcionar uma única vez.

Às vezes, em resposta aos bons votos em relação a sua refeição, diz que come com gosto todas as suas refeições, uma brincadeirinha que, invariavelmente, provoca risadas.

No refeitório, a agitação aumentou. Ele já não consegue ouvir os cumprimentos e comentários da fila junto ao balcão. Pratos, facas e garfos ressoam nas bandejas, elas próprias barulhentas ao serem pousadas. Na área de fumantes, acendem-se cigarros. Forma-se uma nova fila para xícaras de chá ou café. Jornais são espalhados nos tampos das mesas.

Mr. Hilditch gosta de olhar tudo isso. Flertes começam ou continuam no refeitório. Garotas, às vezes mulheres, olham os jovens aprendizes; homens, que mr. Hilditch sabe serem casados, arriscam a sorte. Além desse tipo de coisa, há duas relações há muito estabelecidas. Um homem chamado Frank, da área de acabamento, alguns anos mais velho do que mr. Hilditch, senta-se todos os dias com uma das indianas; Anette, da oficina de pintura, guarda um lugar na mesma mesa de canto para o jovem Kevin, que tem pelo menos quinze anos a menos que ela. Não dá para dizer o que está havendo, ou se, em outros momentos, fora da fábrica, esses relacionamentos continuam. Todos sabem de tudo, ainda que mr. Hilditch confie que ninguém, ao encontrar o cônjuge dessas pessoas, diria uma palavra. A fábrica é outro mundo; dentro dela, o mesmo acontece com seu refeitório.

Ele termina seu pudim, e entra na fila do chá, trocando mais considerações sobre o tempo com quem está ao seu lado. Volta para a cozinha, fica parado por um tempo na entrada, depois sai do prédio em direção a seu escritório, além da seção de carga e descarga.

Enquanto avança na superfície asfaltada, fazendo hora para a digestão, nota uma figura solitária à sua frente. É uma garota de casaco vermelho e lenço na cabeça, carregando duas sacolas de plástico. Ao chegar mais perto, ele nota que ela tem o rosto redondo, olhos grandes e a aparência de estar perdida. Não a reconhece; ela vem de fora. "Chawke's" está escrito nas sacolas de plástico, letras pretas destacadas em fundo verde. Ele nunca ouviu esse nome antes; ele também vem de fora.

— Não sei se estou no lugar certo — diz a garota, quando ele está prestes a passar por ela, e mr. Hilditch sorri da sua maneira habitual. Irlandesa, diz consigo mesmo.

— Que lugar você está procurando?

— A fábrica de cortador de grama. Alguém disse que poderia ser aqui.

— Nós não fazemos cortador de grama.

— Então eu entendi errado.

— Acho que sim.

— O senhor conhece o lugar que eu estou procurando?

Ele sacode a cabeça. Diz que não há nenhum lugar por perto onde se fabrique cortador de grama.

— Ah!

Ela fica ali desajeitada, a boca caída nos cantos, o olhar preocupado. Mechas de cabelo claro escapam do lenço e voam pelo seu rosto. Uma cruz minúscula, em uma corrente prateada vagabunda, está visível sob seu casaco. Curioso por natureza, mr. Hilditch imagina o que suas sacolas de plástico contêm.

— Tenho um amigo que trabalha no depósito de uma fábrica de cortador de grama. Só que eu não sei direito onde fica.

— Com certeza aqui por perto não se fabricam cortadores de grama.

O mais próximo de qualquer coisa parecida seria no distrito industrial, a um quilômetro, onde há mostruários de equipamento pra jardim. A *Pritchard's*, no distrito, trabalha com cortadores de grama: *Mountfield*, *Flymo*, japoneses.

— Você não tem o endereço do seu amigo?

A garota sacode a cabeça. Ela só tem o nome desta cidade e a informação do cortador de grama.

— A *Pritchard's* trabalha com varejo, nada é fabricado ali.

— Vai ver que eu entendi errado a história da fábrica.

— De qualquer maneira, tente o distrito. Pode ser que eles te ponham em contato.

Mr. Hilditch, um homem recatado, não quer ser visto com uma garota nas dependências da fábrica. Ninguém observou o encontro deles, disso ele tem certeza. Não há janelas que deem para a área asfaltada. Não há e não houve ninguém por perto. Ele nunca foi visto na companhia de uma garota nas dependências da fábrica, nem pela vizinhança. Sua regra é: "nunca sob a vista alheia".

— Saia pelos portões amarelos, por onde você entrou. — Ele dá as instruções apressado, mal esperando pelos sinais de entendimento que elas provocam. — Vire à direita e vá em frente até chegar à via expressa de pista dupla. Vire à esquerda ali. Depois disso, você verá a placa para o distrito. Distrito Industrial Blackbarrow, é o que está escrito.

Mr. Hilditch faz um gesto breve com a cabeça para si mesmo, uma demonstração de que o encontro terminou. Depois, deixa a garota abruptamente, e segue seu caminho.

3

Desde sua chegada à cidade nessa manhã, Felicia descobriu que nem sempre consegue entender o que as pessoas estão dizendo, porque elas falam com um sotaque que é estranho a ela. Mesmo quando repetem o que foi dito, há uma dificuldade e às vezes ela tem que desistir. No distrito industrial, faz perguntas em um depósito que vende material de escritório — arquivos, cadeiras giratórias, bem como papel, envelopes, prendedores de papel, fita isolante, tudo empilhado de maneira confusa, não como numa loja. Metade do que a moça diz em resposta lhe escapa, mas ela sabe que isso não importa porque a moça fica sacudindo a cabeça, negando assim qualquer conhecimento de uma fábrica de cortador de grama.

O distrito industrial é uma repetição sem fim de depósitos comerciais parecidos entre si, cada um com um estacionamento na entrada. Marcas anunciam: Toyota, Ford, Toys ' ' Us, National Tyre and Autocare, Kwik-Fit, Zanussi, Renault Trucks, Pipewise, Ready-bag, Sony, Comet. Ao lado da Britannia Scaffolding está a Motorway Exhausts, depois o C & S Roofing, o Deep Drilling Services e o Tomorrow's Cleaning Today. Em um cruzamento um pouco mais longe, o All Parts Vehicle Dismantlers divide a esquina com o OK Blast & Spray Ltd.

As ruas de concreto do distrito são compridas e retas. Ninguém caminha por lá casualmente, pelo prazer da coisa. Não se vê cachorros se encontrando com outros cachorros. Negócios acontecem por todo canto: compra e venda, consignação, descontos à vista. Felicia leva quase duas horas para encontrar o Pritchard's Green Requisites and Patio Centre.

— Você está pensando num de lâminas rotativas? — o vendedor responde à pergunta que ela faz, e ela pergunta se aquele lugar é uma fábrica, se os cortadores são feitos ali.

— Temos nossas oficinas nas dependências para serviços de manutenção. No entanto, a garantia anual que recomendamos fica a seu critério. Você prefere um elétrico?

— Estou procurando um amigo. Ele trabalha no depósito de uma fábrica de cortador de grama.

O comportamento do homem muda. Ele não tem como ajudá-la, diz secamente, com o tom inexpressivo, esvaziado pela decepção.

— Alguém me disse que o senhor poderia me dizer onde é que tem uma fábrica.

— Nossas máquinas são produzidas em fábricas espalhadas por todo o país. Sinto muito. Acho que preciso atender alguém.

Um casal está medindo os móveis de jardim com uma fita métrica. Estão procurando alguma coisa para sua estufa, é o que informam ao vendedor. Felicia vai embora.

Um homem num *showroom* da Volkswagen é paciente com ela, mas desconhece qualquer fábrica de cortador de grama lá por perto. Depois, quando ela já está saindo, um pensamento lhe vem à cabeça, e ele menciona o nome de uma cidade que diz ficar a quarenta quilômetros de distância, ou um pouquinho mais. Quando percebe que ela está confusa com o que ele está dizendo, anota o nome na beirada de um folheto. "Ela não bate bem" é uma expressão que seu pai usa, e "ela tem um parafuso a menos". Ela se pergunta se é isto que o homem está pensando.

Ninguém mais pode ajudá-la. Caminha pelo distrito, investigando cada rua, perguntando em um armazém de bricolagem, e na

Britannia Scaffolding. Na OK Blast & Spray Ltda, uma mulher lhe traz um mapa, mas quando ela segue as setas ali assinaladas, vê-se em um depósito de material de encanamento que está fechado. Volta para o Pritchard's Green Requisites and Patio Centre, na esperança de que agora o vendedor esteja desocupado. Mais seco do que antes, ele a ignora.

Caminha de volta para a cidade, exausta, na borda gramada ao lado de uma grande via expressa de duas pistas. Uma sequência infindável de caminhões e carros passa por perto, o barulho de seus motores gera um ronco que cresce a todo momento, os faróis ligados por causa da neblina. O simulacro de grama por onde ela caminha é cinza, em alguns lugares preto, decorado pelo lixo que está espalhado ao seu redor: maços amassados de cigarros, sacos plásticos, latas e garrafas, folhas de jornal amassadas, caixas de embalagem. Ela havia tomado uma xícara de chá no meio da manhã, com uma fatia de bolo de frutas. Desde então, não pôs mais nada na boca e não se sente com fome, mas sabe que assim que voltar para a cidade vai ter que encontrar algum lugar onde passar a noite. Seus braços doem do peso das sacolas; seus pés estão doloridos, com bolhas em dois lugares diferentes; um dos calcanhares está esfolado. Sabia que não ia ser fácil; mesmo antes de partir, ela já sabia, não estava esperando nada diferente. O que está acontecendo é culpa sua, culpa de sua própria estupidez em não se assegurar de ter um endereço. Não dá para culpar mais ninguém.

No entanto, apesar de tudo, ela não ia deixar de estar aqui, mais perto dele. No dia do casamento de Aidan, quando foi dama de honra de Connie Jo, quando segurou seu buquê de flores de outono, mal sabia de sua existência. Apesar disso, o dia tornou-se especial para sempre, porque foi então que, subitamente, ali estava ele, o começo de tudo. Na igreja de Nosso Salvador, ela estivera pensando que seus ombros eram sem graça, que seu rosto não reagira aos cuidados atenuantes da maquiagem de Carmel, que sem dúvida seu cabelo tinha ficado murcho. Na metade superior do seu corpo, o tule e a renda esticavam-se sem mostrar nenhum volume, e ela desejou ter seguido o conselho de Carmel, e enchido seu sutiã com chumaços de algodão. "Nossa! Como você é desajeitada!", costumava dizer Carmel, quando elas tinham doze anos, e ela sentia que ainda o era, aos dezessete, no dia do casamento do seu irmão. "Aceito", Aidan respondeu no altar, ao padre Kilgallen, e Connie Jo disse a mesma coisa. Depois, eles sorriram na escada para o fotógrafo careca — ela, Connie Jo e Moss McGuire com seu buquê na botoeira de padrinho: cravo e aspargo-pluma, igual ao de Aidan. No caminho da igreja para o Hickey's Hotel, na praça, seus ombros ficaram cobertos de confetes, que foram parar no Kincora Lounge, onde a irmã mais nova de Connie Joe já estava pedindo Pepsi Cola. Irmã Benedito, que adorava os casamentos das meninas do seu colégio, estava empoleirada no estofamento escarlate de uma cadeira dourada, parte de um conjunto disposto ao longo das paredes. O escarlate estava manchado nas partes protuberantes; o dourado das pernas, gasto em alguns lugares ou lascado. Barry Manilow murmurava com suavidade pelas caixas de som.

 À medida que Felicia avança na via expressa, os rostos daquela tarde de outubro se amontoam em seus pensamentos; ecoam trechos de conversas. A Reverenda Madre e outras freiras juntaram-se à irmã Benedito, convidadas especialmente porque o pai do noivo era jardineiro do convento. Artie Slattery, fornecedor do bolo, ficou próximo a ele com sua mulher cheia de curvas. Old Begley, que inevitavelmente comparecia a todos os funerais e casamentos, esperou que começassem a servir a comida. O sargento Breen, de folga, e Fogarty, o mecânico de tratores, atravessaram o hall do hotel, vindos do bar da frente, a convite do pai da noiva. Mr. Logan, dono do Two-Screen Ritz e do Dancetime Disco, estava elegante num terno risca-de-giz e gravata borboleta azul, traje adequado para o empresário e solteiro de maior destaque da região. Recebendo os convidados à porta, a mãe de Connie Jo não conseguia disfarçar em sua expressão a opinião de que sua filha, ao casar-se com um gesseiro, tinha se casado com alguém que não estava à sua altura. Connie Jo era amiga de Felicia. As duas eram amigas desde o tempo do colégio de freiras, que Felicia teve o privilégio de frequentar por causa das ligações que seu pai tinha com o lugar. Ocasionalmente, quando uma freira ficava brava, Felicia era lembrada que estava ali por tolerância. Nem sempre as freiras eram severas, mas aquelas que ainda seguiam a tradição de homenagear as figuras sagradas em seus nomes tinham lhe dado essa impressão, antes que conhecesse melhor algumas delas: irmã Antonio Ixida, irmã Inácio de Loyola, irmã Francisco Xavier, irmã Benedito, irmã Justina.

— Como estão as coisas nas pedreiras? — perguntou Tim Bo Gargan aos irmãos gêmeos de Felicia. Eles responderam que estava tudo bem, e deixaram parar por aí, nem um pouco mais comunicativos na festa de casamento do que em qualquer outra ocasião.
— Como vai você, Felicia? — perguntou o Small Crowley, falando pelo canto da boca, como achava que faziam os gângsteres americanos, olhando Carmel enquanto falava, porque era nela que estava interessado. — Como vai você, Carmel? — ele juntou coragem para finalmente perguntar, fazendo a prima de Carmel rir.

— À hora que você quiser, Aidan — o pai de Connie Jo ofereceu — tem um lugar pra você na McGrattan Street Cycles e Prams.

Tim Bo Gargan tentou dar uma de Scott Joplin ao piano, mas desistiu quando começaram os protestos. Foi servido *trifle*.*

— Ah, não, não, você está ótima, Felicia — Connie Jo garantiu a ela, e Carmel e Rose concordaram que é claro que ela estava. Small Crowley riscou um fósforo na unha do polegar e disse que

---

* Sobremesa servida em taças, feita com pão-de-ló molhado no sherry, rum ou brandy, intercalado com camadas de gelatina ou geleia, creme de ovos, frutas, e coberto com chantilly. (N.T.)

soubera que Fogarty tinha estado fora a manhã toda, tentando fazer funcionar um trator na plantação de algum fazendeiro, razão pela qual estava desprendendo um cheiro de petróleo.

— Vamos servir o bolo logo — a mãe de Connie Jo avisou, interrompendo a conversa no Kingora Lounge, e então o bolo foi cortado e houve aplausos, com copos e xícaras de chá erguidos ao alto. No saguão, as crianças abriam e fechavam as portas dos elevadores. "Estão precisando de você! Estão precisando de você!", chamaram do alto da escada, e uma menina que Felicia não conhecia lhe disse que Dessie Flynn tinha vomitado os restos de uma salada de frango numa cama. "Esperem pra jogar os confetes até que eles saiam", alguém do hotel pediu, quando os noivos estavam prestes a sair. "Guardem os confetes pra rua, gente." Todos estavam saindo do hotel atrás de Aidan e Connie Jo, e se ouviu uma ovação quando eles entraram no carro que o pai de Connie Jo tinha alugado para eles.

— Bray — Tim Bo Gargan declarou com conhecimento de causa. — Acho que eles vão pra Bray.

O carro contornou a praça. Os convidados voltaram para dentro do hotel, e foi então que Johnny Lysaght passou pela calçada. Foi então que ele parou, olhou, e a viu em seu vestido de dama de honra. Enquanto eu viver, Felicia disse a si mesma inúmeras vezes depois disso, esse momento nunca perderá sua força: seu pai de costas, a cabeça grisalha enquanto ele passava pela porta rotatória, e a virada que ela deu para ter uma última visão do seu irmão e da sua amiga em seu carro todo enfeitado com fitas, por causa do casamento; em vez disso deu com o olhar de um homem que vinha passando; como ela sorriu porque ele sorriu; como ela disse a si mesma depois disso, que foi então que conheceu o começo do amor.

Aquele momento ainda vive quando ela chega aos arredores da cidade para onde veio impelida por esse amor. Comerciantes de pele escura estão fechando seus pequenos estabelecimentos. Suportes de jornais são removidos das entradas, arranjos de verduras, levados para dentro. As casas que separam essas lojas solitárias umas das outras são inexpressivas: predomina o concreto aparente, o metal das acanhadas molduras das janelas está enferrujando sob sua camada de tinta. A prevalência de lixo continua, soprado da rua, ou caído das latas de lixo, acumulando-se em uma pequena extensão defronte a cada loja.

— Você não teve sorte? — pergunta uma voz. Felicia se vira e vê o homem gordo a quem pediu informações, sorrindo-lhe de um carro que a vem acompanhando junto à beira da calçada. O carro breca quando ela mesma para, um veículo pequeno e verde, com uma traseira antiga do tipo *humpback*, tão despretensioso que era quase inimaginável que o homem coubesse lá dentro. Ele agora está usando um chapéu; suas feições estão indistintas na escuridão do interior do carro.

Ela sacode a cabeça. Entende o que ele diz com mais facilidade do que entendeu os outros. O esforço feito no distrito aumentou seu cansaço.

— Não, não é lá. Um homem anotou o nome de outra cidade pra mim — ela diz, e tira o folheto do vendedor de carro de um bolso do seu casaco.

Ele dá uma olhada concordando, e comenta que o homem pode estar certo com relação à cidade. É lá que fica a Thompson Castings. Ele mesmo pensou na Thompson cinco minutos depois de ela ir embora. Mas ela não vai encontrar um ônibus que vá para lá esta noite.

— Então vou ficar aqui.

— Você tem onde ficar?

— Estou indo procurar um lugar.

Um pouco antes de ele lhe falar, ela já tinha resolvido sondar a respeito de alojamentos baratos. Tinha passado por uma estação rodoviária durante o dia; lá eles saberiam, pensou, e estava pronta para pedir a alguém na rua que lhe indicasse o caminho até lá, quando o carro chegou ao seu lado.

— Marshring — disse o homem gordo. — Lá tem um monte de pensões.

Ela pergunta onde fica Marshring, e ele diz:

— Siga em frente, segunda à direita. No final à esquerda, lá é Marshring. Tem a Crescent e a Avenue. Dez minutos de caminhada.

Quando ela agradece, ele faz um gesto de concordância com a cabeça e sorri. Seus óculos cintilam no escuro, quando vira a cabeça enquanto fecha o vidro do carro.

— Mais uma vez, obrigada.

Felicia segue em frente, e por fim chega à rua mencionada. Desce por ela até Marshring Crescent, onde há anúncios na maioria das janelas oferecendo pernoites. *Bed and breakfast com refeição noturna, £ 11*, diz um deles. Abre um pequeno portão trabalhado e passa entre duas estreitas áreas de jardim abandonado. Depois, na dúvida se tinha fechado o portão, olha para trás para ter certeza. No final da Marshring Crescent repara no que parece ser o carro verde com a traseira antiga, mas presume ter se enganado.

Nessa noite, às cinco para meia-noite, mr. Hilditch sobe lentamente a escada para o seu quarto.

Seu tio Wilf foi para a Irlanda depois da Primeira Guerra Mundial. Foi acalmar os ânimos, e voltou com uma ou duas histórias, nada de espetacular, só histórias de exército. Morreu uns doze anos atrás, aos oitenta e oito, ainda contando suas histórias de exército sobre escaramuças na França e na Bélgica, e a leitura do *Riot Act*.*

Foi ouvir seu tio Wilf quando criança que fez mr. Hilditch querer se alistar em um regimento, anseio que aumentou conforme

---

* Decreto que proibia o ajuntamento de mais de doze pessoas perturbando a ordem, e obrigando sua dispersão no máximo em uma hora após a leitura do ato por um magistrado, sob pena de prisão. (N.T.)

foi crescendo. Mas chegado o momento, não foi aceito por causa de sua miopia e de seus pés. Insistiu no alistamento, depois de tanto tempo de expectativa, pensando que talvez o departamento do intendente, ou a cantina, não fossem meticulosos, não sabendo como essas coisas eram regulamentadas.

— Sem chance, meu velho — disse um sargento do recrutamento, um pequeno arrivista impassível, de bigode longo e fininho.

Desde então, o desapontamento permaneceu, persistindo ali para sempre.

É curioso como os pensamentos dão voltas, pensou mr. Hilditch. Curioso como eles começam com o rosto de uma garota pairando, depois voltam para tio Wilf e aquele sargento do recrutamento. Ela entrou no número 19.

4

Felicia acorda no meio da noite, e permanecem fragmentos de sonhos à medida que eles evaporam.

— Eu te trouxe uma concha — irmã Benedito está dizendo, um menino corre em frente à procissão de Corpus Christi, e alguém acena de uma janela. *Pedreiras Flanagan's* está escrito em um dos caminhões que seus irmãos dirigem, estacionado junto ao Myles Brady's Bar, enquanto a procissão segue. Passando pelo posto Aldritt's pode-se ver vapor de gasolina à luz clara do sol, um homem abastecendo seu carro nas bombas. "Os anjos estão voando baixo", diz irmã Francisco Xavier, mas isso não é uma coisa que começou num sonho, embora, talvez, tenha ido parar nele. Irmã Francisco Xavier dizia isso sempre que se referia às Little Sisters, que trabalhavam entre os pagãos da África. Bem como a Reverenda Madre costumava contar como Santa Úrsula partiu em viagem com suas damas, navegando pelo mundo porque desejava manter-se pura. "Você nunca considerou o celibato, Felicia?", perguntou a Reverenda Madre uma vez, do nada. Depois, quando contou a Carmel e Rose, elas disseram que ela tinha rosto de freira.

Quando as pessoas iam até o mar, traziam conchas para ela porque sua mãe tinha morrido. Ela as dispunha na cômoda com gavetas no quarto que compartilhava com a bisavó, mas a bisavó vivia derrubando-as por descuido, então passou a guardá-las em uma das gavetas. A primeira vez que ela própria viu o mar foi quando fez esta viagem. "*O mar, o mar, o mar aberto...*" Recitando isso na classe um dia, não conseguiu se lembrar de como continuava. Ficou ali, ruborizando, envergonhada porque na noite anterior sabia de cor.

Felicia fecha os olhos no escuro, mas não dorme. Os detalhes da sua viagem invadem-na: o enjoo, a mulher que usou sua escova de dentes no banheiro, as perguntas do policial, um trem e depois outro, as perguntas pela localização da fábrica, a mulher de rosto afilado que trouxe sua *shepherd's pie** e fruta em calda na sala de jantar deserta, a xícara de chá no final. Então, lá está Johnny, aliviando o cansaço e a frustração do dia anterior: seus olhos verdes-acinzentados, o cabelo escuro, a covinha em seu queixo, as maçãs do rosto salientes. Ela o vê em uma multidão de fábrica, o primeiro em uma massa que sai da Thompson Castings, às pressas, como se tivesse a premonição de que ela o estaria esperando, seus movimentos ágeis e angulosos.

— Naquele dia eu pensei que a noiva fosse você. — Foi na segunda-feira depois do casamento que ele falou com ela na rua, vindo ao seu encontro em frente ao Chawke's.

Ela adora fazer com que isso aconteça de novo, é melhor do que qualquer sonho ou fantasia, porque é real.

— Ah, não, não — ela disse, sacudindo a cabeça, sem acrescentar que não achava que algum dia seria uma noiva. Uma mulher na vitrine da Chawke's estava trocando as roupas dos manequins, substituindo os modelos de verão.

— Johnny Lysaght — ele disse, sorrindo amistosamente, como tinha feito quando ela estava usando seu vestido de dama de honra. — Você se lembra de mim?

Ela se lembrava dele vagamente de muito tempo atrás, quando ele ainda estava nos Irmãos de Cristo. Ele era sete, talvez oito anos

---

* Prato tradicional inglês, feito com carneiro e legumes, à semelhança do nosso "escondidinho". (N.T.)

mais velho do que ela; não morava mais na vizinhança; voltava de tempos em tempos para ver a mãe.

— Como é que você vai? — ela perguntou.

Deitada ali com os olhos ainda fechados, ouve sua própria voz perguntando aquilo atrevidamente, porque não conseguia pensar em mais nada para dizer. Ele nunca tinha feito parte do grupo de Lomasney, ou do pessoal do Small Crowley; tinha ficado mais na sua, partindo para Dublin ao deixar os Irmãos e logo depois indo para a Inglaterra. Tinha sotaque inglês.

— Tudo bem — ele disse. — E você, Felicia?

— Desempregada.

— Você não estava no ramo de carne?

— Fechou.

Ele sorriu novamente. Perguntou por que a Slieve Bloom Carnes tinha fechado, e ela explicou; mais uma vez era para ter alguma coisa que falar. Uma mulher deixou de relatar um corte na mão que infeccionou, e uma onda de intoxicação foi, mais tarde, rastreada em uma partida de rim e carne bovina. O cortezinho não parecia mais do que um arranhão para mrs. Grennan, embora não sarasse. O dr. Mortell tinha-o visto e dado uma licença para mrs. Grennan, mas ela continuou trabalhando, porque quando a pessoa ficava doente, às vezes, ao voltar, era despedida. Desde 1986, quando tinha havido uma outra contaminação de alimentos — uma que então foi geral no ramo de processamento de carne —, a fábrica não andava bem. A opinião da vizinhança era que mais cedo ou mais tarde ela teria fechado de qualquer jeito, e com alguma razão, mrs. Greennan achava que era um bode expiatório. — Claro, não tem mais trabalho, e é isso que importa — Felicia ouviu outra mulher confortando-a na época. — Faz diferença de quem é a culpa?

Na rua da Chawke's, Johnny Lysaght perguntou-lhe se já tinha trabalhado em algum outro lugar, e ela disse que não, só na Slieve Bloom, onde tinha estado desde que saiu da escola. Não entrou em detalhes. Não contou que, estando desempregada nos últimos três meses, não via chance de outro emprego, pelo menos na vizinhança. Toda sua experiência era com enlatados, e, embora isso requeresse muito pouca habilidade, fazia rapidamente os movimentos com os quais estava familiarizada, e tinha desenvolvido um olhar apurado para uma lata fechada de maneira imperfeita. Era preciso ser treinada para trabalhar no caixa de um supermercado, e as lojas menores preferiam um trabalho temporário — colegiais ou mulheres idosas. Não havia nada nesses dias na Erin Pisos, ou no hospital. Se você esperasse, poderia conseguir alguma coisa na cozinha de um bar que servisse jantar, ou no Hickey's Hotel, mas facilmente esperaria um ano.

— Falei sobre você com a irmã Inácio — seu pai dizia de tempos em tempos, para tranquilizá-la, sendo a irmã Inácio a freira com a qual ele mais se relacionava em seu trabalho no jardim do convento. Por outro lado, tê-la em casa facilitava as coisas: ela fazia companhia para sua bisavó, que não saía do quarto, nem da cama, ultimamente; podia assumir todas as funções da cozinha e de limpeza, que anteriormente eram compartilhadas.

— Não é fácil ficar desempregado — disse Johhny Lysaght, encostando-se na vitrine da Chawke's. Abriu o celofane de um maço de cigarros, e lhe ofereceu um. Ela sacudiu a cabeça.

— Não é, não — ela disse. — Não é fácil.

Sua liberdade se fora com a perda do emprego — a liberdade de se sentar com Carmel, Rose e Connie Jo no Diamond Coffee Dock, um final de tarde no Two-Screen Ritz sem ter que primeiro calcular o custo. Depois de algumas semanas do fechamento da fábrica de enlatados, ela tinha gastado todas suas economias, e era mais do que justo — como seu pai deixara claro — que qualquer auxílio-desemprego que entrasse na casa fosse destinado à comida e à manutenção. Uma família tinha que fazer um esforço comum, especialmente a família de um viúvo.

— Venha até o Sheehy's — Johnny Lysaght convidou —, tomar um drinque?

— Ah, não, tenho que voltar agora.

Eram três e meia da tarde. Ela ainda tinha que comprar costeletas e verduras. A refeição principal era às quinze para as seis porque seus irmãos não podiam voltar das pedreiras no meio do dia, e seu pai recebia alguma coisa ao meio-dia e meia na cozinha do convento. Às quatro, ela poria as costeletas para cozinhar com meio nabo picado e uma cebola em fatias. Era preciso que o cozido começasse a ferver em quinze minutos.

— Mais tarde? — Johnny Lysaght sugeriu. — Sete? Sete e meia?

Em sua cama da pensão, Felicia se lembra de ter tido vontade de dizer sim, mas de ter hesitado. Ela se lembra que se sentiu um pouco constrangida, sem dizer nada.

— Sete e meia? — Johnny Lysaght sugeriu mais uma vez.

— Você está dizendo no Sheehy's?

— Qual é o problema com o Sheehy's, Felicia?

Ele riu e ela riu, sentindo uma onda de alívio no estômago. O maço de cigarros ainda estava na mão dele. Ele soprou a fumaça em meio ao sorriso. Por que estava se incomodando com ela? Carmel, Rose, ou qualquer outra garota em que ela pudesse pensar, largaria qualquer coisa para sair com Johnny Lysaght. Ela não era bonita como elas; não era grande coisa.

— Vejo você então — ele disse baixinho.

A cadência de sua voz, sua olhadela sorridente fluem por seus pensamentos noturnos. Conforme ela se afastou dele — até o Scaddan's para as costeletas e banha de carneiro, até o McCarty's para as verduras — uma euforia como nunca tinha sentido antes quase a fez chorar. E não diminuiu enquanto ela descascava batatas na pia e misturava farinha de arroz com leite, enquanto batia um ovo e picava verduras. Do corredor vinha o ocasional resmungo de impaciência de sua bisavó, ou um pedido de ajuda quando as peças do seu quebra-cabeça chocavam-se no chão, a porta do quarto aberta, como sempre ficava durante o dia para o caso de alguma emergência.

— Como ela está? — as primeiras palavras de seu pai eram as mesmas de sempre, quando ele entrava na cozinha às cinco e quinze, mas nessa tarde a repetição trazia uma frescura etérea. Nem provocou irritação quando ele baixou a voz — ainda alta o bastante para atravessar o corredor — e entreteve a avó com os detalhes do seu dia: como tinha rastelado o que faltava da grama podada e colocado aquilo em sua pilha de composto, como a irmã Antonio Ixida estava de novo às voltas com as *tayberries*.* — Afinal de contas, quem é você? — veio o grito familiar da velha. — O que quer comigo?

Não querendo pensar na velha, Felicia não conseguiu muito bem tentar diversificar seus pensamentos. Lembra-se de como — naquela adorável e tão diferente tarde de segunda-feira —, por engano, colocou um lugar na mesa para Aidan, esquecendo-se que sua casa ficava agora na rua McGrattan, no apartamento perto da loja de bicicletas e carrinhos de bebê de seus cunhados. Às seis, seus dois outros irmãos chegaram das pedreiras, tão semelhantes em seu modo reticente quanto em sua aparência, sentando-se imediatamente à mesa da cozinha para aguardar a comida. "É, ela está se esforçando", seu pai relatou, voltando da visita ao quarto, e trazendo com ele uma aura da velha. A presença dela revivia nele uma vitalidade, a história dela há muito tinha se enraizado em sua sensibilidade. Por insistência do pai, reverenciava-se naquela casa o fato de há setenta e cinco anos seu marido, com quem se casara há apenas um mês, ter morrido, com dois companheiros, pela independência da Irlanda. A tragédia deixou-a desamparada, esperando um filho, obrigando-a pelo resto de sua vida ativa a ganhar o que pudesse esfregando o chão de escritórios e casas de família. Mas a dificuldade foi dignificada durante todos esses anos pela fé ainda mantida por uma velha

---

* Híbrido de amora com framboesa. (N.T.)

causa. Honrando a matança ocorrida, a velha mulher sobreviveu à filha que gerou, bem como ao marido com quem essa filha se casou, e à mulher do único filho que tiveram. E quando ela sobreviveu a seu próprio pensamento racional, o pai de Felicia honrou a matança por sua própria conta; regularmente, à noite, sentava-se com seus álbuns de recortes daqueles tempos revolucionários, três volumes pesados de mostruários de papel de parede, que Multilly, da loja de ferragens, tinha deixado que levasse quando seu conteúdo ficou ultrapassado. Durante toda sua vida, tanto quanto Felicia podia se lembrar, ela tinha visto, entre dálias e rosas, pontos e listas, superfícies uniformes e decoradas, os recortes de jornal, fotografias e cópias de documentos caprichosamente colados em seu devido lugar. No cerne da mensagem que eles representavam — a base de toda coleção, seu pai tinha lhe repetido inúmeras vezes — estava o obituário em conjunto dos três patriotas locais, conservado por sua avó entre seus poucos pertences, até que ela decidiu que ficaria mais bem preservado nas páginas dos livros de recortes. Em segundo lugar em importância, vinha uma cópia manuscrita da proclamação de um governo provisório de Patrick Pearse, datada de 24 de abril de 1926, seus sete signatários registrados na mesma caligrafia de escrivão. Colunas de jornal contavam o incêndio da Central de Correios, e os acontecimentos em Boland's Mills, o desembarque de Roger Casement de um submarino em Banna Strand, o bombardeio de Liberty Hall. Os ataques ao quartel de Beggars' Bush e ao Mendicity Institute estavam registrados, bem como a ocupação britânica do Shelbourne Hotel, e as execuções de Pearse e Tom Clarke. Havia os santinhos das missas dos patriotas locais, cartas vindas de simpatizantes, e uma fotografia dos caixões. Tinham sido colados um artigo sobre as antigas *penal laws** e outro

---

* Leis promulgadas na Inglaterra e na Irlanda, nos séculos XVI e XVII, penalizando a prática do catolicismo com multas, perda de direitos civis, prisões e até mesmo a morte. Essas leis começaram a perder força no século XVIII. (N.T.)

sobre o batalhão irlandês. O chalé de Patrick Pearse, em Connemara, estava em um cartão postal; em outro, uma tricolor se agitava em um mastro. A "Canção do Soldado" estava ali em sua inteireza.

O álbum de recortes de papel de parede, segundo o pai de Felicia, era um monumento à nação e um direito de uma mulher corajosa, um registro do mérito do seu sacrifício. Ele tinha feito pequenas e cuidadosas anotações em tinta vermelha, colocando-as aqui e ali para estabelecer uma continuidade. Entre flores entrevistas, estavam os sentimentos sagrados de Eamon de Valera:

> A Irlanda com a qual sonhávamos seria o lar de um povo que valorizava a riqueza material apenas como base para um viver digno, de um povo satisfeito com o conforto frugal e que devotava seu lazer a coisas do espírito; um país cuja zona rural estaria radiante com fazendas aconchegantes; com áreas alegres com os sons da indústria, com a correria de crianças saudáveis, as competições de jovens atléticos, a risada de belas moças; cujos lumes seriam fóruns para a sabedoria da velhice. Seria, em resumo, o lar de um povo vivendo a vida que Deus deseja que os homens vivam.

— Nenhum sinal de nada? — perguntou o pai de Felicia naquela tarde de segunda-feira, referindo-se a seu desemprego.

— Não.

— Ainda tenho a irmã Inácio em alerta vermelho.

No dia em que a Slieve Bloom Carnes deixou claro que o fechamento era definitivo, ele tinha conversado com a Reverenda Madre quando ela terminou seu ofício. Mais tarde, tinha mencionado o assunto com a irmã Inácio.

— Alguém falou em alguma coisa na Maguire Suínos? — Ele fez uma papa de batata e caldo de carne para a velha, e serviu farinha de arroz para ela.

— Contabilidade. Lottie Flynn ficou com o emprego.

— O dentista, sei lá o nome dele, tem um anúncio no Heverin's pedindo uma faxineira por meio período.

Ela encheu o pimenteiro na bancada da pia, enquanto seu pai colocava uma costeleta, batatas e uma colher de verduras em cada prato, passando-os para a mesa. Ele saiu levando a bandeja da velha.

— A placa de latão do lado de fora do dentista está num estado lamentável — ele disse ao voltar. — O mesmo acontece com a dos médicos e dos advogados. Foi-se o tempo em que o brilho dessas placas chegaria até o céu.

Quando tinha doze anos, Felicia estivera apaixonada por Declan Fetrick. Ele era mais velho, já trabalhava no balcão de carne embalada no empório Centra. Ela costumava vagar pelo Centra sozinha, fingindo ler as etiquetas das latas de sopa, pegando vidros de pasta de camarão e de frango com presunto, fingindo mudar de ideia ao colocá-los de volta no lugar. Uma das mulheres que veio trabalhar ali, no período da tarde, começou a observá-la desconfiada, mas ela não se importou. Nunca falava com Declan Fetrick, um garoto magrelo que estava tentando cultivar um bigode, e nunca contou a ninguém como se sentia, nem mesmo a Carmel, Rose ou Connie Jo, mas todos os dias e todas as noites, por quase um ano, pensou nele, imaginando seus braços se estreitando em torno dela e os pelos macios do seu bigode de menino.

— Delaney, é como se chama aquele dentista — disse seu pai. — Não é à toa que não conseguíamos lembrar o nome, do jeito que não dá pra ver com o estado daquele latão. Mas o trabalho de meio período não seria bom pra você? Ele está oferecendo setenta por hora, nove horas por semana. Pensando bem, isso não seria melhor pra você do que tempo integral?

Era o que ele queria para ela. Estava aliviado que ela não tivesse sido aceita para a inauguração da Maguire Suínos. Um trabalho de meio período a tiraria do seguro-desemprego, permitiria que continuasse a fazer o serviço doméstico, e cozinhar para ele e os irmãos que restavam em casa. Um trabalho em tempo integral significaria ter que pagar mrs. Quigly para cuidar da velha no meio do dia, como tinha acontecido na Slieve Bloom. Ele tinha calculado isso; provavelmente, havia discutido o assunto com as freiras.

— Eu diria que seria bem bom pra você. Se não for o dentista, então alguma coisa parecida.

— Eu preferiria que fosse de tempo integral.

— Mas afinal de contas é o que tem. É o que estão oferecendo, menina.

— Sei — disse Felicia, e então passaram para outro assunto, seu pai repetindo o que havia dito para a velha: que a irmã Antonio Ixida o estava atormentando com as *tayberries*. Quando a refeição terminou, e a louça estava lavada, Felicia trocou o suéter e a saia, e passou maquiagem no quarto sob o olhar concentrado da velha, que sempre ficava alerta depois de comer.

— Vai sair, menina? — seu pai perguntou, vendo-a vestida com o casaco. Quando ela respondeu que sim, ele deixou de demonstrar interesse. Sua mãe teria ficado curiosa, Felicia pensou, pelo tanto que se lembrava dela. Sua mãe teria imaginado que ela não iria se embonecar, com brincos, sombra e batom coral, só para se encontrar com Carmel e Rose em uma noite de segunda-feira. Seus irmãos, de saída para o Myles Brady's, nem mesmo repararam que ela tinha vestido o casaco.

— Oi — Johnny Lysaght cumprimentou-a no Sheehy's dez minutos depois. — Você está o máximo! Ela adorou que ele dissesse aquilo. Quis que ele repetisse. Não tinha a menor ideia sobre maquiagem dos olhos, mas assim que a viu ele disse que ela estava o máximo.

— Oi, coisa linda! — Dirty Keery costumava gritar, de tocaia em Devlin's Lane. Mas era diferente, porque ele dizia isso a todas as moças que passavam, tentando fazê-las chegar perto dele. E, de qualquer modo, ele era cego.

— Tire o casaco — Johnny Lysaght propôs, e ela ficou feliz que ele o tivesse feito, porque o vermelho do seu casaco não combinava com seu batom coral. Além disso, ele estava puído em alguns lugares. Tinha colocado um vestido especial, o azul, com quadrados e triângulos.

— O que você vai beber? — ele perguntou.

— Seven Up.

— Com um toque de gim?

— Ah, não, não.

— Me faça companhia. Anime-se. Tente uma vodca com suco de laranja, em vez desse troço velho.

Ele estivera bebendo cerveja. O rótulo da garrafa era festivo, ao lado do copo vazio. Ia pedir destilado, ele disse, para dar uma mudada. "Anime-se", voltou a dizer.

— Está bem.

Ele pediu seus drinques ao jovem Sheehy, atrás do balcão. Sua expressão mudava muito quando conversava, entusiasmada num momento, meditativa no outro. Referiu-se a seu perfume ao voltar para a mesa, dizendo gostar dele. Chamava-se *Love in a Mist*. Ela o tinha passado ao sair da cozinha, do lado de fora, na rua.

— Saúde — ele disse.

Ela perguntou onde é que ele costumava ficar na Inglaterra. Perguntou se era em Londres, e ele disse que não, era no norte de Birmingham. Ele mencionou uma cidade, mas o nome não lhe era familiar. Era estoquista em uma fábrica de peças para cortador de grama. Acendeu um cigarro. Dá pra ir me defendendo, ele disse; podia ser pior.

— É bonito você ficar voltando pra ver sua mãe.

— Mãe só tem uma.

— É.

— Ah, me desculpe.

Ela disse que não tinha importância. A maioria das pessoas não se desculparia; a maioria das pessoas se esqueceria, ou se lembraria tarde demais e não saberia o que fazer.

— A velha senhora tem andado bem?

Ela disse que sim. Está no seu centésimo ano, ela disse, e balançou a cabeça impressionada. Ele tornou a sorrir, e ela o observou fumando. "Marlboro" estava escrito no maço sobre a mesa. No Café Dock, e no Two-Screen Ritz, Carmel fumava o estranho Afton Major. Rose também.

— Como é a Inglaterra? — ela perguntou.

— Normal. Você se acostuma. Dá pra se acostumar com qualquer lugar, depois que a pessoa está lá há um tempo.

— Alguns se sentem sozinhos. Patty Maloney voltou.

— As pessoas parecidas com Patty Moloney voltam.

— Não sei se as coisas vão melhorar aqui.

Ele também não sabia. Ela contou que tinham corrido boatos de que a Bord na Móna abriria uma fábrica, alguma coisa a ver com prensar refugo de turfa.

— Coisa que as pessoas compram pros jardins — ela explicou. — Meu pai estava interessado nisso.

— Mas eles voltaram atrás, não foi?

— No fim, eles deixaram de lado.

— Quer mais um drinque?

— Ah, não, não.

Ele riu. — Essa laranja vem com vitamina.

— Então, só a laranja.

Ele tornou a rir, pegando o copo dela e também o dele. Ela o observou no bar, à vontade com o jovem Sheehy. Carmel e Rose poderiam chegar; ela desejou que chegassem. Desejou que viessem até onde estava sentada, e ela diria não, o lugar estava ocupado.

— O Dancetime ainda está funcionando às sextas-feiras? — ele perguntou ao voltar com as bebidas.

— Eles têm a discoteca de sexta-feira sim.

Ela sabia que ele ia convidá-la, mas ele não o fez de imediato. Estava olhando para seus lábios, e ela ficou imaginando qual seria a sensação de beijar. Na época de Declan Fetrick, tinha imaginado isso. No começo, Carmel não tinha gostado, quando o camarada cheio de cravos, do correio, partiu para cima, no Two-Screen, quando Carmel estava com treze anos.

— Você acha que vai estar a fim da discoteca sexta-feira, Felicia?

— Não tenho como pagar uma discoteca ultimamente.

— Você não pagaria se estivesse comigo.

Ela se sentiu confusa, apesar de ter imaginado que ele iria convidá-la. Sentiu que ruborizava, e se recostou um pouco para trás, tentando ficar fora da luz. Fazia dois meses que tinha ido à Dancetime Disco, na noite em que os Heart Stoppers vieram, a noite em que o Small Crowley começou a demonstrar interesse por Carmel, a mesma noite em que Rose se envolveu com o clérigo fracassado, vindo de fora, de algum lugar do interior, um homem que nunca tinha aparecido no Dancetime antes, e que Rose nunca mais viu.

— Foi ótimo ter dado de cara com você, Felicia. — Sob a mesa, seu joelho roçou no dela, quando ele se mexeu. — Estou contente que você não fosse a noiva, Felicia.

Carmel dizia que a gente nunca sabe por que um sujeito gosta da gente, por que ele te escolhe. Você podia estar chateada por ter braços gordos, ou peito chato, e acabar descobrindo que foi exatamente isso que atraiu o sujeito. Connie Jo costumava dizer a mesma coisa. Rose dizia que era impossível entender a cabeça de um homem.

— Seria ótimo se você viesse — Johnny Lysaght disse. — Uma maravilha.

Ele diz isto em um sonho, quando Felicia volta a adormecer. Eles dançam durante quatro horas na discoteca de sexta-feira, nenhum dos dois dançando com mais ninguém. Por duas vezes obtêm um passe e vão até o Sheehy's. Quando ele pegou na mão dela, andando juntos pelas ruas silenciosas, às duas da manhã, ela quis dizer a ele que o amava. Quis dizer a ele que nunca tinha sido beijada antes. Em seu sonho, ele a ajuda a passar pelo arame farpado, e seus braços estão em torno dela na área ao lado dos velhos gasodutos, puxando-a para junto dele, amando-a, ele diz. Há o perfume de sua loção pós-barba, e ele abre um botão da camisa, guiando a mão dela até sua carne quente. Tudo que vem dele é gentil.

— Você é linda — ele sussurra. — Você é maravilhosa, Felicia.

Seus lábios estão úmidos quando ele a beija novamente, e ele fecha os olhos quando ela o faz, exatamente no mesmo momento, como se eles fossem uma única pessoa.

Então, o sono dela se modifica. Seu pai diz que é para isso que o campo está caminhando, placas de latão opacas, uma demonstração terrível para o mundo. Seus irmãos comem em silêncio.

— Como é o Lysaght, então? — Rose pergunta, e Carmel dá uma risadinha.

Quando Felicia acorda, são quase sete horas. Uma luz vaga e fraca se infiltra por cortinas diáfanas, identificando a única janela do quarto. Ela a vê intensificar-se, sombras definindo-se como uma cadeira, uma mesa, um guarda-roupas, uma bacia em um suporte num canto. As cortinas são estampadas com espirais laranja e verdes; há marcas nas paredes de cor parda, onde antes havia fita adesiva grudada, a pintura rosa está lascada.

Seu pai estaria voltando do Heverin's com o *Irish Press*, os passos matinais pesados dos seus irmãos apenas começando. No quarto que ela abandonou, peças de quebra-cabeça estariam espalhadas pelas roupas de cama e no chão, as poucas que a velha conseguira juntar, desencaixadas, a base do quebra-cabeça caída entre a cama e a parede. Dentro em pouco haveria a comadre, seu pai tendo que levantar a velha, sozinho. Como sempre faz a essa altura, ela apalparia debaixo do forro de borracha, procurando o saco de pregadores de roupa onde guarda o dinheiro da sua pensão, e então se lembraria de que parte dele foi levada, que ontem foi feita essa descoberta inacreditável. Na cozinha, uma panela cheia de bacon bem gordo estaria espirrando no fogão, espalhando gotinhas de gordura no esmalte branco, e nos ovos ainda na embalagem, esperando para serem fritos.

    Felicia levanta-se e se lava no canto do quarto. Despe sua camisola, e fica nua por um momento, envergonhada por estar assim, como se estivesse no quarto que compartilha em casa. Veste-se rapidamente, também por hábito, depois escova o cabelo e passa batom. Abre a porta com cuidado e descobre o banheiro. Ao cruzar o hall, voltando para o quarto, o som de um rádio chega fraquinho, vindo lá de baixo. Alguns minutos depois, ela desce para a sala de jantar, onde só há um lugar preparado, um prato de cereais com leite já à espera.

    Quando a mulher de rosto afilado entra, diz alguma coisa sobre o sono, e Felicia responde que dormiu como uma pedra. "Cozido vai bem pra você?", a mulher oferece, sem esperar uma resposta. Um avental quase todo azul está bem amarrado à sua volta. Ela coloca um ovo cozido em um porta-ovo ao lado do cereal, e um prato de torradas, além de um bule de metal em um descanso elétrico espiralado. Diz a Felicia para se servir de leite e açúcar.

— Se precisar de alguma coisa, chame — acrescenta, antes de deixar a sala.

    Felicia se serve de chá, termina os cereais, e lentamente passa manteiga na torrada. Quebra a ponta do ovo. Na cozinha, seu pai estaria tirando as fatias de bacon da frigideira, enfiando uma faca sob elas, no ponto em que ficaram grudadas. "Deste jeito, Felicia", ele disse anos atrás, mostrando para ela. Ele cortaria pão para fritar, e fatiaria morcela e chouriço. Ele gosta dos seus ovos fritos dos dois lados; seus irmãos, de um lado só.

    A proprietária aparece novamente para perguntar se está tudo em ordem. Menciona o restante do valor que foi combinado, e Felicia paga o que está faltando.

5

Ele para o carro de tempos em tempos, aproximando-se da calçada, deixando que ela quase se perca de vista, antes de prosseguir lentamente em seu encalço. Sabe aonde ela está indo porque ela revelou sua intenção quando conversaram. Mas é claro que poderia ter mudado de ideia durante a noite; ele já passou por isso.

Na verdade, ela entra na rodoviária exatamente como disse que faria, com o mesmo casaco vermelho, as mesmas sacolas de compras. Mr. Hilditch observa por mais alguns minutos, depois vai embora.

Não há morros. Contra um céu cinzento, chaminés altas e sombrias vomitam suas próprias nuvens quentes. As fábricas parecem fortalezas, suas torres protegendo um velho reino de ferro e opulência. Por todo lugar a terracota pretejou o insistente brilho local. Os aspectos do lugar se perderam sob uma força de propósito, sua idiossincrasia natural reprimida, os contornos comprimidos.

O ônibus que leva Felicia entre tudo isso está quase vazio. Mulheres com sacolas de compras sentam-se sozinhas, com o olhar nas costas do motorista. Uma criança chora sem parar, acalentada inutilmente pela mãe. Um homem murmura enquanto vira as páginas de um jornal.

Conforme o ônibus se aproxima da periferia da cidade onde fica a Thompson Castings, as áreas planas ao lado da estrada diminuem, e o número de fábricas se intensifica, uma colada à outra. Em uma delas, Felicia imagina Johnny Lysaght, com peças avulsas dispostas à sua frente, do chão ao teto, em gavetas e prateleiras de madeira. Ela o imagina em sua roupa de trabalho, um avental marrom, o mesmo marrom dos atendentes na loja de ferragens Multilly's. Ele procura por alguma coisa que foi pedida, e assobia do jeito que costuma fazer às vezes. Quando visualiza o lugar, a Thompson Castings é como o depósito de maquinário agrícola Queally's, na estrada Roscrea.

— Vai ver que fechou faz um tempo — um homem de uniforme arrisca uma opinião na rodoviária, lábios contraídos de irritação por não saber. — Pra falar a verdade, nunca ouvi falar nisso.

Ela caminha até a cidade, que tem um aspecto mais velho do que a cidade de onde veio, mas com o mesmo símbolo em bancos e lojas. Ruas se estendem, se entrelaçam e viram, esvaindo-se para se transformar em vielas e alamedas, o pitoresco preservado como que em protesto pelas torres e chaminés que desfiguram as cercanias da cidade.

— Por favor — Felicia interpela um homem em uma cadeira de rodas, em frente a uma casa de chá com janelas de vidraças pequenas que se projetam abauladas.

— Me empurre pra dentro, meu bem — o homem comanda. — Pediremos informação lá dentro.

A responsável pelo caixa pergunta a uma garçonete que passa se ela sabe onde fica a Thompson Castings. A garçonete sacode a cabeça, mas repete a pergunta para o pessoal a quem está servindo.

— Thompson's — uma mulher idosa relembra — costumava ficar na Half Street. — Mas outra pessoa diz que essa era a Thompson's do pessoal do couro.

Em uma loja que vende material elétrico, um homem prestativo, terno cinza, sabe de imediato: a Thompson Castings foi incorporada há dois anos por uma empresa maior. Outra vítima da recessão, o homem afirma, não há a menor dúvida. Não dá para andar um quilômetro sem ser atropelado pela recessão, só se ouve falar nisso. Mas quando Felicia pergunta se ele sabe como é que a Thompson Castings se chama agora, ele diz que não faz ideia. Pelas ruas, novamente, ninguém sabe também.

Então, Felicia volta para a casa de chá com as janelas abauladas, e se senta em frente a uma xícara de chá, porque lá eles foram atenciosos. Todas as mesas ao seu redor estão ocupadas, com donas de casa e empregados de escritório que deram uma saidinha rápida. A garçonete se apressa, atiçada pela caixa, que sai do seu posto de tempos em tempos para acomodar pessoas em seus lugares. As duas mulheres à mesa de Felicia estão conversando sobre o casamento insatisfatório de uma terceira. Vestem-se com elegância e estão maquiadas, parecendo mais novas do que talvez sejam, na casa dos quarenta.

— Ninguém conseguiria aguentar o Garth — uma delas declara, olhando os amanteigados colocados na mesa. — Aquele homem é terrível.

— Você conhece o Garth, é claro.

— Pode-se dizer que sim.

Felicia percebe que está começando a se acostumar com o sotaque, ao ouvir mais comentários sobre esse marido. Suas sacolas estão perto da sua cadeira, onde ela pode vê-las quando olha para baixo. Retirou da bolsa as notas sobre as quais o policial que a interrogou não fez qualquer comentário, deixando apenas algumas. O grosso delas está enfiado nos braços de um pulôver no fundo de uma das sacolas, mais seguro ali do que em uma bolsa que poderia atrair um ladrão. Connie Jo colocou sua bolsa no chão em um café em Dublin, e, quando se voltou para pegá-la, não havia sinal dela.

— Não dá pra viver com um traste como aquele — a primeira mulher continua. — Eu sempre disse isso.

— O caso que o Garth está mantendo veio por troca de casais. Uma vez eles ofereceram pra ela Bob Mather.

— Você está brincando!

— O Garth acha que Beryl Mather estava por trás disso.

— Por favor — Felicia pergunta às mulheres —, vocês sabem qual é o nome da Thompson Casting agora?

Elas olham-na surpresas.

— O quê? — uma delas pergunta.

Felicia repete a pergunta e as mulheres dizem que na Half Street tem uma Thompson's.

— A Thompson's que estou procurando foi incorporada há dois anos — Felicia explica. — Eles fazem cortador de grama. O lugar da Half Street é outra coisa.

As mulheres balançam a cabeça. Uma delas diz que ela mesma tem um Flymo.

— Só que um amigo meu trabalha lá — Felicia explica. — Estou tentando encontrá-lo.

— Poderia ser em qualquer lugar — a mulher que tem um Flymo observa, pegando um amanteigado.

— Eu sei.

Quando as duas se levantam para ir embora, Felicia faz a pergunta à garçonete que preenche a nota, uma garçonete diferente daquela que foi solícita antes. "Half Street", diz essa garçonete abrupta e apressada, sem notar quando Felicia balança a cabeça. Ela pergunta ao casal que ocupa a mesa ao lado, mas nenhum deles ouviu falar em Thompson Castings, nem mesmo antes de ser incorporada. Felicia espera que o movimento da casa de chá se acalme, na esperança de que o caixa esteja menos ocupado. Agora tem certeza de que a Thompson Castings, sob seu novo nome, é o lugar que ela procura. Tem um pressentimento a respeito: ele vive em uma cidade e trabalha na outra, não existe motivo para que não seja assim. Ela até mesmo se pergunta se ele não disse alguma coisa parecida, mas eles conversaram tanto...

— Restam onze dias — ele dizia todos os dias em que se encontravam. Caminhavam até o cruzamento Creagh, sob o sol de outubro, e se davam as mãos no barzinho do cruzamento, ligado ao armazém Byrne. Voltavam apressados pelo parque Mandeville, porque era um atalho, porque ele não gostava de deixar a mãe por muito tempo, já que ela o via tão pouco.

— A Thompson Castings foi incorporada — Felicia conta à caixa ao pagar o seu chá. — Parece que ela tem um novo nome agora.

Mas desta vez a caixa olha para ela sem expressão, como se não se lembrasse da conversa que tiveram. "É", ela diz, e Felicia deixa o falatório da casa de chá, e anda pelas ruas, perguntando para outras pessoas.

Senta-se por um tempo em um banco, segurando em cada mão as alças de cada uma das sacolas, a tira da bolsa bem presa ao peito.

Eles sempre tinham que tomar cuidado para não perturbar a mãe dele. Quando iam ao Diamond Coffee Dock, ele escolhia uma mesa dos fundos, para o caso de ela passar pela rua e os vir. Isso a deixaria nervosa, ele explicou. Anos atrás, tinha sido traída e desde então se tornara cética a respeito do amor. Felicia não conhecia a mãe dele a ponto de conversar com ela, mas às vezes cruzava com ela nas lojas, uma mulherzinha de ar cansado, uma viúva, Felicia deduziu, até que ele lhe contou que ela havia sido abandonada. Uma linha branca e delicada — uma cicatriz desbotada — corria do seu olho esquerdo até o queixo, e era isto o que mais se notava nela.

— Eu entendo — Felicia disse, quando ele explicou que não havia nada que teria gostado mais do que ficar passeando indefinidamente pelo parque Mandeville, agora que as folhas estavam mudando de cor; ou ficar à toa durante horas no barzinho do Byrne's. Mas por necessidade seus encontros eram frequentemente abreviados, o café tomado às pressas. Ele dava olhadelas no relógio, mesmo quando estavam nos braços um do outro, lá nos antigos gasodutos.

— Você vai voltar logo? — ela perguntou a ele no Diamond Coffee Dock no dia de sua partida, e ele disse que talvez no Natal.

— Posso te escrever? — ela perguntou, e ele disse que lhe daria o endereço, não que ele próprio fosse muito chegado a cartas.

Ele colocou a mão sobre a dela na superfície da mesa desenhada de losangos.

— Vou pensar em você a cada minuto — ele disse, seus dedos ainda pressionando os dela. — Você estará ao meu lado a cada minuto.

Ele a beijou nos lábios, sem se importar que a mulher que servia pudesse ver, e ela perguntou a ele qual era o endereço. Ele começou a lhe dizer, mas infelizmente Shay Mulroone chegou bem na hora.

— Como está você? — perguntou Shay Mulroone, recostando-se na parede em sua roupa de trabalho.

Ela rezou para que ele fosse embora, mas ele simplesmente ficou ali, contando piadas e rindo.

— Me dê uma Coca — ele pediu por fim, e bateu o dinheiro no balcão. — Não, no gargalo — ele disse, quando a mulher começou a servir a bebida, e então ele pegou a garrafa e foi em direção à porta, bebendo enquanto andava.

— Saúde — ele disse, e contou uma história sobre um pica-pau que tinha ficado preso na bagagem de um casal em lua de mel. — Nossa, quase morri de rir quando ouvi essa pela primeira vez!

Uma onda de amargura reaparece quando Felicia se lembra de Shay Mulroone naquele dia, com seu nariz quebrado e olho esquisito, falando sem parar, as risadas escandalosas. Se Shay Mulroone não tivesse entrado no Coffee Dock naquela hora, nada disso estaria acontecendo agora. Eles teriam se mantido em contato, teriam mandado cartas ou cartões — qualquer coisa, enfim — um para o outro; poderia até ter havido um número de telefone.

— Você vai anotar o endereço pra mim? — ela disse assim que ficaram novamente sozinhos, mas tudo ficou confuso então, porque o ônibus sairia em menos de vinte minutos.

— Nossa! Olhe que horas são! — Ele ficou em pé enquanto falava, e ela pensou que ele fosse anotá-lo ali, naquele momento, que procuraria no bolso um pedaço de papel, e talvez pegasse uma caneta emprestada com a mulher atrás do balcão, mas, em vez disso, ficou ansioso para pegar o ônibus. Ele lhe mandaria o endereço, foi o que disse, a primeira coisa que faria ao chegar. Logo depois havia partido, e ela foi deixada com nada além do que uma sensação de vazio, de enjoo, como se parte do seu estômago tivesse sido escavada.

Levou sua caneca de vidro cheia de café até uma mesa junto à janela, pensando que a qualquer minuto iria envergonhar a si mesma entregando-se às lágrimas. O endereço que não tinha — que ela tinha pedido com tanta hesitação, para começo de conversa, não querendo ser insistente — tinha sido arrancado dela como se fosse uma tábua de salvação. Ela não tinha percebido que até mesmo a caligrafia dele em algum pedaço de papel teria sido algo para se guardar, além de todo o resto.

Da janela, podia ver o armazém Doheny's, onde os ônibus paravam, do outro lado da praça. Passaram-se dez minutos, e então lá estava ele, com uma mala, a mãe ao lado, os dois de braços dados. Passaram sob a estátua do soldado de perneira que ficava na praça, ao lado da Main Street, parando ali por um momento para deixar um carro passar, antes de completarem a caminhada. Na calçada em frente ao Doheny's eram os dois únicos que esperavam, e dentro de instantes o ônibus chegou, diminuindo a velocidade até parar, enquanto uma nova ladainha começou: como é que ele poderia lhe mandar seu endereço, se nem mesmo tinha o endereço dela? Ela nunca tinha dito a ele, nem mesmo o nome da rua. Durante a viagem, ele iria perceber isso, mas aí seria tarde demais.

— Até logo, gritou a mulher de detrás do balcão, quando ela saiu correndo do Coffee Dock, mas ela foi incapaz de responder, nem mesmo com um gesto. O ônibus começou a se mover do outro lado da praça, e então um longo *setter* vermelho — a insígnia na lateral — passou próximo a onde ela estava. Por um rápido instante o rosto dele também estava lá, o cabelo escuro, a mão levantada em um gesto de despedida para a mulherzinha vestida de cinza que estava na calçada. A traseira do ônibus estava tão empoeirada que sua pintura vermelha e branca estava obscura, escondida em tons de marrom.

— Não — um carteiro diz na cidade aonde ela veio, parando de esvaziar uma caixa de correio, sacudindo a cabeça. — Não tenho a mínima ideia.

Ela pergunta em lojas. Pergunta a dois policiais, e a uma mulher no ponto de ônibus.

— Não, você entendeu errado, meu bem — um homem que está esperando ali garante a ela com total segurança. — Não tem a menor chance de a Thompson's ter sido incorporada. A Thompson's faliu há dois anos.

— Existe algum lugar aqui que fabrique cortador de grama?

O homem responde que de jeito nenhum e, uma hora depois, numa delegacia de polícia, ela repete a pergunta. — Tem algum lugar fazendo cortador de grama atualmente? — um sargento no atendimento grita por uma portinhola. Alguém que ela não vê dá um palpite, mas alguém mais diz que isso é passado, eles fecharam em 89. — Duvido que a gente possa te ajudar, diz o sargento para ela, fechando novamente a portinhola.

Ele já lhe confirmou que a Thompson Castings foi à falência há dois anos, mas apesar disso, e da resposta dos seus colegas, consulta uma lista telefônica.

— Nada aqui — comenta.

Uma segunda lista é folheada, são feitas duas ligações, antes que lhe garantam, com uma segurança ainda maior do que antes, que o que ela procura não existe na localidade: não são fabricados cortadores de grama naquela região. Eles são vendidos; existem *showrooms* que possivelmente também poderiam fornecer peças avulsas; talvez seja alguma coisa desse tipo que ela procura. Ela recebe uma lista de números de telefone e passa a próxima hora em uma cabine, sem se surpreender quando não consegue nada. Estoquista em uma fábrica, foi o que ele disse, sem dúvida alguma uma fábrica.

— Não tem como a gente te ajudar mais, meu amor — o sargento deixa claro quando ela volta até ele. Seria melhor ela voltar para o lugar de onde veio nesta manhã, ele sugere, já que foi essa a cidade mencionada pelo seu amigo.

Entreouvindo a conversa, um segundo policial levanta os olhos do jornal e concorda. Uma agulha no palheiro, Felicia ouve um deles dizer para outro, quando ela sai.

6

Às quatro e cinco, saindo cedo do departamento de catering, mr. Hilditch vai em seu carro até a rodoviária, e acha um lugar em um estacionamento de onde pode observar as plataformas de chegada. Está certo de que ela voltará. Assim que não conseguir seu intento, voltará para continuar sua busca em outra direção. Parece razoável, mas é claro que isso não exclui a possibilidade de tê-la perdido. Depois de uma ou duas horas fazendo perguntas, ela poderia facilmente ter decidido que bastava. Ele tinha passado o dia todo inquieto por causa disso. Na hora do almoço ficara em dúvida se dirigia até a Marshring Crescent e ficava lá dentro do carro por um tempo, para o caso de ela voltar. Ele acabou de passar pelo número dezenove, mas é óbvio que não dá para dizer nada pela fachada de uma casa.

Atento aos ônibus que vêm e vão, mr. Hilditch enfia moedas no parquímetro do estacionamento e espera que saia um tíquete. Consumidores sobrecarregados com suas compras passam devagar, mulheres jovens frustradas, gritando com suas crianças, homens macambúzios e mal-humorados. Há um exagero nisso tudo, mr. Hilditch considera, ao voltar para o carro, violência demais no mundo, muita irritação. "Mantenha distância!" um adesivo ordena grosseiramente no vidro traseiro de um carro. "Os surfistas fazem de pé!" informa outro. "Quero Madonna!" anuncia uma mensagem numa camiseta. Mr. Hilditch acha tudo isso de um profundo mau-gosto.

Um ônibus estaciona e mr. Hilditch observa os passageiros que saem dele: estudantes, um casal idoso, operários que trabalham na estrada com suas caixas de ferramentas e garrafas térmicas vazias em sacolas sujas de lona. Um homem de cabelo comprido, que mr. Hilditch vê com frequência nas ruas, está viajando em busca de trabalho, ele imagina. Operários, homens e mulheres, chegam em grande quantidade. A garota irlandesa não está entre eles.

Encurvado em uma soleira, ele pensa nela. No que se refere à aparência, ela não chega à altura de Beth, mas quanto a isso muito poucas garotas chegam. E ela com certeza não tem a ousadia de Elsie Convington; Elsie, com seus joelhinhos brilhantes voltados para fora, sentando de lado como era seu costume, seu batom reluzindo como uma cereja. A lembrança de Elsie Covington desperta uma imagem em moldura trabalhada na recordação de mr. Hilditch, como se uma vez um fotógrafo tivesse estado presente quando ela assumia sua expressão de estrela de cinema — costumava lembrá-lo Barbara Stanwyck, não que ela já tivesse ouvido falar em Barbara Stanwick, é claro. Beth está em silêncio em outra linda moldura, seu longo cabelo negro chegando até a curva dos seios, suas botas pretas de amarrar terminando onde suas coxas começam. Beth adorava preto. Costumava escurecer a área abaixo dos olhos, e empoar o rosto e o pescoço de branco para fazer contraste. Na Owen, em Conventry, eles compraram um vestido preto com um corpinho de renda, a primeira das muitas roupas que compraram juntos. Todas as suas roupas íntimas eram pretas. Ela contou isso a ele, quando ele perguntou, teria sido na terceira vez em que estavam juntos, em 5 de novembro de 1984, o Happy Eater na A51, noite de fogos de artifício, uma segunda-feira.

A garota irlandesa traz tudo isso de volta, da maneira que uma nova amiga invariavelmente o faria. É compreensível que assim seja. A Alameda da Lembrança está sempre ali, sempre na penumbra, até mesmo obscurecida a ponto de se reduzir a nada, até que acontece algo que faz as luzes se acenderem. Mr. Hilditch gosta de pensar nisso desse jeito; gosta de chamar isso de Alameda da Lembrança. Não que diria isso em voz alta, é claro. Há certas coisas que não se diz em voz alta; e certas coisas que você não diz nem para você mesmo, é melhor deixá-las, é melhor esquecê-las. Muitas vezes ele tem ficado acordado à noite, desejando que o brilho venha — os pequenos instantâneos de Elsie, Beth, e das outras; Elsie com a mão levantada chamando atenção, Beth em seu pulôver amarelo, Sharon saindo do banheiro feminino no Frimley Little Chef, Gaye esperando por ele do lado de fora dos *showrooms* de eletricidade no Market Drayton, Jakki acendendo um cigarro no carro.

Os ônibus particulares que ele está observando chegam a cada quarenta minutos, mas ele não se importa de esperar, porque a força da recordação já está correndo suavemente pelos seus sentidos. O gerente de um Odeon, em traje social, sorriu brevemente para Beth uma vez, no foyer; tinha sido em Leicester, *O retorno da pantera cor-de-rosa*. Um rapaz tentou abordar Elsie, no Southam Restful Tray, sorrindo para ela à distância, e ela gesticulou através das mesas, indicando que estava comprometida.

Jakki quis ir a uma igreja, certa vez, na época em que tinha uma religião, e eles foram a um centro batista em Coalville. Em um posto de gasolina, na M6, um rapaz era conhecido de Gaye; não tinha mais de um metro e meio, uma lâmina de barbear de enfeite em uma das orelhas, cabeça raspada, atarracado, um encrenqueiro cheirando a bebida. No posto perto de Loughborough, Beth não disse nada durante toda a refeição, não que estivesse brava, apenas pensativa, como qualquer garota tem o direito de estar. "Five Foot Two, Eyes of Blue", Beth sempre o faz lembrar isso, o ritmo animado e breve, de algum modo cabe à lembrança dela.

Outro ônibus chega. A garota irlandesa está nele.

*

Descendo em meio à multidão, Felicia procura com o olhar. Os ônibus nas plataformas, em grupos de cores distintas, estão alinhados em ângulo, com indicação de destino, os motoristas parados por ali, à espera. Os retardatários são levados a correr pelo funcionamento ocasional de um motor; os que já estão sentados estão impacientes. *The Friendly Midland Red, Midland Fox, Chambers' Coaches, Town About* são nomes que se repetem.

Felicia deseja que seu amigo saia de um ônibus recém-chegado, mas ele não aparece; também não o vê em lugar nenhum em meio à multidão. Pela primeira vez, ela se pergunta se deveria simplesmente voltar para casa, e imagina como seria isso, entrar na cozinha para encarar seu pai e seus irmãos. Procurando alguma indicação de seu paradeiro, eles agora teriam descoberto as cartas que pretendia levar consigo, mas tinha deixado para trás por engano; cartas longas, esparramadas, que havia escrito ainda que não pudessem ser postadas. Toda noite, na possível privacidade que seu quarto oferecia, enquanto a velha cochilava ou se concentrava em outro quebra-cabeça, escrevia o que achava que poderia interessar a ele: como miss Horich, da escola técnica, ao dar ré com o carro bateu em uma bomba de gasolina no posto Aldritt's; como Aidan — sob pressão de Connie Jo e dos pais de Connie Joe — já tinha desistido do seu ofício e agora trabalhava na McGrattan Street Bicicletas e Carrinhos de Bebês; como o representante da Pond's foi inepto na farmácia; como Cuneen, o atendente com uma perna mais curta, tinha sido posto no olho da rua no Chawke's, por falsificação. Fez um calendário dos dias até o Natal, porque ele tinha mencionado o Natal como uma época em que, com um pouquinho de sorte, ele poderia voltar. Riscava cada dia que passava, e depois, quando só havia dezenove faltando, viu-se escrevendo uma carta diferente de todas que já tinha escrito... *É um problema, mas lá vai. Atrasei no primeiro mês, e depois de novo neste aqui. Não tem dúvida quanto a isso Johnny. Pensei que talvez estando com você, como a gente estava, poderia fazer com que atrasasse, mas agora é diferente. No Natal vou estar dois meses sem, e então vamos ter que decidir o que fazer Johnny...*

Aquela carta — a última que ela escreveu — está com as outras, escondida debaixo da sua coleção de conchas na cômoda branca de gavetas ao lado da sua cama. Na noite em que a escreveu, ainda acordada horas depois de ter ido se deitar, desejou que de todas as suas cartas fosse capaz de postar esta. A composição das outras — inventando frases enquanto ia às compras, ou realizava suas tarefas domésticas — tinha sido um consolo. Depois de escrito, o problema que ela registrava agora — que não fora compartilhado com ninguém — adquiriu um terror extra. Enquanto estava deitada ali, insone, depois de ter terminado a carta, tentou pensar em palavras melhores do que as que tinha usado, uma maneira mais suave de colocar a coisa. Mas tudo o que houve foi o sino da igreja batendo uma hora, depois duas, três e quatro, e o gorgolejar da velha, as molas da cama estalando na intenção de um movimento, a súbita parada da respiração, e depois ela novamente se tornando regular. Quando era mais nova, Felicia costumava temer que sua bisavó morresse durante o sono, que pela manhã estivesse branca e imóvel, um olhar fixo nos olhos sem vida.

Entre os ônibus à espera, a melancolia daquela longa noite volta, e o ânimo de Felicia fica tão deprimido quanto estava então — mais deprimido do que na balsa, ou no cômodo desolado onde o policial a interrogou, ou quando acordou no trem sem saber onde estava, mais deprimido do que quando o policial disse "uma agulha no palheiro". Ainda procurando por entre os rostos à sua volta, ela volta a experimentar o sentimento de punição de que teve consciência na noite em que escreveu a última de suas cartas. Um chamado de ordem, um chamado para considerar a felicidade que ela tinha se permitido tão levianamente. "Não se preocupe com isso", ele tinha garantido a ela uma vez, enquanto se apressavam pelo parque Mandeville, "eu cuidei de tudo." O rosto dela ficou vermelho quando ele disse isto, mas ela ficou satisfeita que ele o tivesse feito. "Não há nada de errado nisso", ele murmurou, dizendo mais: nada de errado nisso quando duas pessoas se amam. No entanto, na noite em que ela escreveu a carta, sentiu que talvez, no fim das contas, tivesse havido: o antiquado pecado que era preciso confessar caso você fosse para a confissão; o pecado de ter sido insaciável, o pecado de não ter sido paciente. E por que motivo ela deveria ter suposto que a felicidade que o amor dele lhe dera era um direito seu, e de graça?

Se ela voltar agora, vai acordar novamente naquele quarto. Haverá um outro amanhecer com o mesmo desespero, o cansaço de se levantar quando o sino bate às seis, o início de mais um dia. A escada acanhada será novamente limpa às terças-feiras, os lençóis da velha serão trocados no final de semana. Se ela voltar agora, seu pai ainda estará com olhos acusadores, seus irmãos ameaçarão vingança. Haverá o desapontamento de Connie Jo por ter entrado para uma família que aguarda um nascimento vergonhoso. Na rua haverá olhares curiosos, ou duros. "Nossa, sua idiota", dirá Carmel, e Rose dirá "você nasceu ontem"?

Só se ficarem juntos, apenas o amor deles pode trazer redenção, ela sabe disso perfeitamente. Sabia disso quando passou o Natal e ele não voltou. Sabia disso durante a neve que caiu em janeiro e quando a primeira semana de fevereiro chegou ventosa, quando foi ver a mãe dele. "Sou uma amiga de Johnny, mrs. Lysaght." Parada ali com suas sacolas, olhando em torno desanimada, ela ouve o eco de seu nervosismo, a voz gaguejando.

Será o fato de ser tão separada de sua realidade o que confere à lembrança tal força, a distância aguçando o estirão comum do tempo? O olhar da mãe dele, frio de desconfiança e descrença, a princípio sem dizer nada, parecendo prestes a fechar a porta de entrada num impulso. A mãe dele perguntando-lhe o que ela queria, um questionamento insensível a caminho. A porta foi aberta, então;

a passagem estreita, o caminho conduzindo à cozinha. "Sim?", disse a mãe dele, a linha branca da cicatriz debaixo do olho mais evidente na iluminação melhor. Azeda como um abrunho, era como as pessoas se referiam a ela.

A multidão vai diminuindo na rodoviária, mas Felicia continua no posto que escolheu, ao lado de um quiosque de lanches que fechou. Agora não há ônibus chegando, e apenas uns poucos permanecem à espera de partir. Tão claramente como ela os vê, também há as duas pessoas na cozinha da mãe dele; tão claramente quanto ela ouve as vozes e as risadas das pessoas passando por perto, há as vozes da mãe dele e a dela própria.

— Eu só queria saber se a senhora tem o endereço do Johnny.
— O que você quer com o Johnny?
— Só escrever uma carta pra ele, mrs. Lysaght.
— Meu filho não iria querer o endereço dele espalhado por aí.
— Não teria problema dar pra mim, mrs. Lysaght.
— Eu mesma vou escrever pra ele. Vou dizer que você esteve aqui.

A mãe dele sabia quem ela era. Ela não disse isso, mas Felicia percebeu. Sabia seu nome e que seu pai trabalhava no jardim do convento, que a mãe dele ainda era viva, quase com cem anos. Só de estar na presença de mrs. Lysaght dava para perceber que era uma mulher que sabia de tudo.

— Ele não se incomodaria se a senhora me desse seu endereço.
— Por que não?
— Eu sei que não.
— Ele mesmo não te deu, então?

Felicia começou a gaguejar. Mrs. Lysaght sentou-se. Uma mão tocava a parte de baixo do seu estômago, como se tivesse começado a sentir alguma dor ali.

— Tenho coisas pra fazer — ela disse, não se levantando de imediato, mas fazendo isso um pouco depois, antes que Felicia pudesse se recompor. Foi em direção à passagem que dava na porta da entrada.

— Eu sei que ele não se incomodaria — Felicia tornou a dizer. Sentiu uma onda de calor no rosto, que queimou até a raiz do cabelo.

— Preciso urgentemente do endereço.

— Johnny tem seus próprios amigos aqui, Cathal Kelly, Shay Mulroone, rapazes assim. Não me lembro de ele ter mencionado ninguém como você.

— Preciso do endereço, mrs. Lysaght.

A situação de Felicia transpareceu, então, nas feições de mrs. Lysaght. Sua boca caiu, seu olhar gelado foi tomado pela aversão.

— Deixe meu filho em paz — ela disse sem emoção. — Deixe ele.

— Tudo o que quero é entrar em contato com ele.

— Você já teve bastante contato com ele.

Mas mrs. Lysaght não se mexeu da cozinha, como tinha começado a fazer. Continuou junto à porta, e depois de uns minutos levou os dedos da mão direita até a cicatriz de seu rosto.

— Não estou bem — ela disse.

— Sinto muito, mrs. Lysaght.

— É por isso que ele volta. Porque não estou bem.

— Eu não sabia...

— Quando o homem do aluguel vem às sextas-feiras, posso vê-lo olhando para mim. Estou esquisita desde que o Johnny não conseguiu encontrar trabalho aqui. O pior dia da minha vida.

Felicia sacudiu a cabeça, tentando descobrir alguma coisa para dizer, mas sem sucesso. Sobre a lareira, enfiado entre uma caixa decorativa de porcelana e a parede, pôde ver um maço de cartas e cartões postais, imaginando de quem seriam. O endereço estaria ali.

— Eu sabia disso — mrs. Lysaght disse — na primeira vez em que ele saiu com você. "Acho que vou tomar um pouco de ar", ele disse, e quando voltou, disse que tinha se encontrado com Cathal Kelly. Uma vez, em Dublin, na sua volta depois de ter vindo me visitar, ele foi visto com uma garota saindo de uma sorveteria. Isso veio na minha cabeça e eu toquei no assunto. Ele riu. "Erro de pessoa", disse. Elas fariam qualquer coisa — mrs. Lysaght acrescentou, como se tivesse se esquecido com quem estava falando — depois de colocar as garras em um rapaz. Doces como açúcar, e depois passam a agir como víboras. — Seus dedos passam lentamente pela marca na sua face. — Não faria mal a uma mosca — ela disse — até chegado o momento. "E quanto ao Johnny?", perguntei pro pai dele. Ele ficou ali, acabado de chegar da chuva, as gotas pingando no chão, a meio metro de onde você está. "O Johnny não significa nada?", eu disse, e tudo o que ele fez foi desviar os olhos de mim, com a poça d'água a seus pés. "Ouça o que eu digo", ele disse, mas o que havia para ouvir? Ele estava caindo fora, e o que há para se ouvir numa coisa como essa? "Você vai receber dinheiro regularmente", ele disse. Foi a única coisa que ele pensou pra dizer. Quatro anos de casada, dois abortos antes do Johnny, e então seu marido cai fora. "Tome", eu disse pra ele, e peguei a faca de pão da mesa. "Faça o que quiser comigo. Não é mais do que uma bosta essa mulher para quem você está indo." Estendi a faca pra ele, mas ele não se mexeu. Então, eu mesma levantei ela, e vi ele me olhando. Então, a ponta furou a carne, e eu puxei ela pra baixo com força.

Mrs. Lysaght virou-se e saiu da cozinha ao dizer isto. Felicia foi atrás dela.

— Se eu entregasse uma carta pra senhora, a senhora mandaria ela pra mim, mrs. Lysaght?

A porta da entrada foi aberta, e como não veio resposta, Felicia repetiu seu pedido. Ela selaria o envelope, prometeu. Só seria preciso endereçá-la.

— Muito bem — mrs. Lysaght concordou por fim.

Mas quando se passaram dez dias, e depois duas semanas sem uma resposta, Felicia soube que a carta não havia sido mandada. Não havia sido mandada porque a mãe dele sentia ódio dela. Johnny tinha sido roubado de sua mãe, da mesma maneira que uma mulher havia roubado o seu marido. Era assim que a mãe dele via a coisa. Ela tinha lido a carta e provavelmente a queimado.

Enquanto abandona o lugar onde esteve parada, ao lado do quiosque de lanches, Felicia se pergunta se a mãe dele imagina onde ela está agora, e sabendo, se a odeia mais ainda. Ela se pergunta se a mãe dele mencionou a visita quando ela mesma escreveu para ele, e acha que não. Porque faria isso, já que não é do seu interesse, já que isso não lhe trará nada? Ele nunca disse que sua mãe não estava bem; isso explicava sua atenção para com ela.

— Eu estava preocupado com você — diz uma voz, e o rosto do homem gordo, de óculos, que a ajudou ontem, está ali, numa soleira. Ele fala manso, sua expressão tomada pela preocupação a que ele se refere, sua súbita aparição, e o que ele diz, desconcertando Felicia. No decorrer do dia, ele continua, fez várias consultas sobre a Thompson Castings e soube que ela vem sendo enganada. Ficou tão nervoso que andou perguntando e no final rastreou a única fábrica dentro de uma distância razoável que se encaixaria no que ela procura. Lá eles fabricavam um cortador com motor Briggs and Stratton, a carroceria moldada na fábrica, lâminas Sheffield, rotativas ou cilíndricas.

— Acho que é o que você está procurando — ele diz. — Liguei para Ada do escritório, e ela disse pra aparecer na rodoviária, para o caso de eu te ver voltando. Quando contei pra Ada o seu problema ontem à noite, ela ficou preocupada ao pensar em você vagando por aí.

Ele está recostado em um canto da soleira, ladeado por vitrines exibindo sapatos. Sua voz não passa de um sussurro, não como era quando ela o abordou ontem para perguntar se estava no lugar certo, ou quando ele a chamou do carro. Ada é sua esposa, ele diz, uma mulher que se preocupa com os outros.

— A única coisa é que fica a oitenta quilômetros daqui.

Ela começa a sacudir a cabeça, mas ele diz que há um monte de gente que mora ali e faz a viagem diariamente. Não há motivo para que seu amigo não o faça. Uma garota no escritório chegou a coisa toda: as pessoas viajam quase cem quilômetros por dia.

— Elas vão trabalhar em um lugar como o que te deixou de mãos abanando hoje, ou nesse que estou mencionando. Voltando pra cá à noite.

— Sei, entendi. Eu percebi isso.

Ele está silvando sob a respiração, uma brisa suave nos lábios, quase inaudível, que cessa quando volta a falar.

— O que eu queria te dizer — ele explica — é que minha mulher e eu temos que pegar esse caminho de manhã. O que eu estou dizendo é que você será bem-vinda em um lugar no nosso calhambeque. — Ele ri, o excesso de carne no seu rosto e no pescoço treme e depois volta a se acomodar.

— Ah, não acho que...

— Não, claro que não. É óbvio que não. É só porque a Ada disse que eu deveria tocar no assunto. Mas eu lembrei a ela que é uma saída cedo. Provavelmente você não iria querer sair cedo.

— Sua esposa...

— Pobrezinha da Ada. Temos que deixá-la num hospital dali. Coisa de especialista.

— Se o senhor pudesse só me dar o nome da fábrica... — Felicia começa a dizer, mas é interrompida de imediato pela dúvida que se espalha pelas feições rechonchudas nas sombras da soleira.

— Está difícil. A garota anotou o nome e o endereço em um cartãozinho pra mim, mas infelizmente eu deixei no escritório. Quando os faxineiros viessem, eu ia telefonar pra eles e eles iam ler pra mim o que estava escrito. Mas não vou fazer a ligação se você não quiser sair cedo.

— Se o senhor pudesse pelo menos me dar o nome da cidade...

— Você ia ficar lá a vida toda, procurando por todo canto. Tem mais de cento e cinquenta fábricas que você teria que investigar, umas duzentas. Em todo caso, pode ser que eu volte a cruzar com você num desses dias, e eu te passo a informação. Agora tenho que ir pra ver como a Ada passou o dia. — Ele deixa a soleira lentamente, e começa a se afastar.

Rapidamente, Felicia diz:

— Posso pegar a carona?

— Seis e meia pontualmente, porque a Ada tem que estar logo cedo no hospital. Sinto muito.

— Seis e meia está bom.

— A gente pega você em Mashring. Na esquina da Crescent com a Avenue.

Ele sorri e faz um gesto de assentimento. Promete não se esquecer de ligar para os faxineiros, depois se vai sem pressa. Felicia observa seu vulto pesadão desaparecer dentro do estacionamento, antes de ocupar o lugar dele na soleira, seu olhar novamente à procura de Johnny Lysaght na multidão.

7

A casa está silenciosa e escura. Não há animal de estimação para testemunhar a chegada do seu único ocupante, nem um peixinho de aquário, ou um passarinho. Uma chave gira na fechadura, uma segunda abre a Yale. O hall espaçoso está iluminado; a respiração ruidosa entremeada de silvos começa.

Mr. Hilditch pendura sua capa mackintosh no cabideiro do hall, dando uma olhada em seu reflexo no espelho octogonal. Mecanicamente, levanta a mão para acertar uma área do seu cabelo curto. Os ancestrais de outras famílias observam-no dos retratos que ele comprou ao longo dos anos, uma galeria de estranhos que já não é estranha. Na cozinha, ele reúne os ingredientes de uma refeição.

O *frisson* de excitação que tem sentido o dia todo recebe uma descarga maior agora que voltou a conversar com a garota irlandesa. Nunca houve uma garota tão próxima de casa quanto essa, uma garota que, na verdade, aproximou-se dele nas dependências da fábrica. Elsie Covington surgiu em Uttoxeter, Beth em Wolverhampton, Gaye em Market Drayton, Sharon em Wigston, Jakkie em Walsall. Todas elas, assim como a irlandesa, vieram de longe, e estavam se dirigindo para outro lugar, qualquer lugar — na maioria dos casos. Você estabelece a regra de não comer a carne onde se ganha o pão, não comprar na vizinhança, como dizem. Você se esforça para respeitar a regra, mas desta vez a coisa simplesmente aconteceu. Um fruto caindo de uma árvore que você nem ao menos sacudiu; era pra ser, é o que parece. E talvez, pelo fato de ter sido abordado, em vez do contrário, mr. Hilditch percebe uma promessa: desta vez o relacionamento está destinado a ser especial.

As lembranças instantâneas recomeçam: aparições de finais de semana em cidades e lugares onde ninguém sabe que ele é Hilditch, um gerente de *catering*; horas gastas no carro, observando de um ponto estratégico perto de uma discoteca que está prestes a terminar, ou simplesmente estacionado em qualquer lugar à espera de uma possibilidade; para cima e para baixo nas vias expressas, atento às vias de acesso no caso de haver outro veículo a que tenha que se manter perto; conversas paternais com garçonetes em locais de *bed-and-breakfast*, um convite feito, mas nem sempre aceito.

Mr. Hilditch se pergunta se a quebra dessa regra meticulosamente observada está, de alguma forma, relacionada com o fato de a garota irlandesa vir de tão longe, uma estrangeira — era possível dizer, a primeira vez que isso acontece. Ela é o exemplo máximo da escolha feita ao acaso, mais do que apenas um rosto novo no Burger King da A522, no posto Forest East, ou no Long Eaton Little Chef. Seja qual for a razão para sua própria atitude, vê-se eufórico com as circunstâncias que se lhe apresentaram, e apenas lamenta que a predestinada brevidade deste relacionamento também seja um dado nessas circunstâncias. Talvez a perfeição em uma amizade tenha que ser assim — ele reflete, enquanto lava meio quilo de couve-de--bruxelas — efêmera para que não perca a qualidade.

Grelhando a carne que comprou no Tesco's ao voltar para casa, escorrendo as batatas e as couves-de-bruxelas, mantém, sem esforço, as feições da garota em sua mente. Arruma a mesa na sala de jantar, levando sal, pimenta, e algumas fatias de Mother's Pride num pratinho. Ele sempre come na sala de jantar à noite.

Enquanto espera que a carne grelhe, coloca dois *triffles* individuais em um prato, derruba creme por cima, e salpica com uma colher de sopa de açúcar de confeiteiro. Leva os *triffles* para sua longa mesa de mogno, juntamente com sua lata de biscoitos — com creme de morango, creme de chocolate, *cookies* cobertos de chocolate, enroladinhos de figo, dois KitKats. Uma música toca baixinho: "Bugle call rag".

Ela caminha a esmo, ainda percorrendo os rostos na calçada. Se o homem não tivesse lhe dito aquilo, se não tivesse parecido tão seguro, a esta altura ela poderia ter se convencido de que deveria ir para casa, apesar do que a espera por lá. Novamente ela se pergunta o que eles estariam pensando agora, a que conclusões chegaram. Será que temem a sua volta tanto quanto ela mesma? Esse pensamento lhe vem repentinamente, não lhe tendo ocorrido antes. Eles esperam que ela tenha partido para sempre? Haveria um pedido nas preces de mrs. Lysaght para que ela suma ou até mesmo morra?

— Você saiu com o Lysaght? — seu pai perguntou, apenas algumas horas depois de ela ter entregue a carta a mrs. Lysaght, num envelope selado. — Algum tempo atrás? — seu pai continuou, o tom sugerindo que o pior ainda estava por vir. — Outubro?

Um homem na rua pergunta-lhe alguma coisa, sorrindo. Ela não entende, não responde. Ela também não respondeu quando seu pai fez essas perguntas. Estava lustrando latão na bancada da pia, enfeites e cinzeiros que seu pai gostava de ver brilhando, como gostava das placas nas portas de entrada das pessoas. — Mais ou menos na época do casamento? — ele insistiu.

— Conheço John Lysaght — ela disse. Inclinou a cabeça sobre uma peça que representava três macacos com as patas tapando a boca, os ouvidos, ou os olhos. A televisão, que mais cedo estivera ligada, tinha sido desligada.

— Mas você saiu com ele?

— Saí.

— Eu evitaria esse camarada — disse o pai. — Sairia com algum outro.

— O que você quer dizer?

— A gente ouve certas coisas sobre o Lysaght — A cabeça grisalha do seu pai estava inclinada na direção de Felicia, um hábito que ele tinha quando estava sério, ou queria ser entendido. — Não estou dizendo que seja verdade. Só estou dizendo que fazem alguns comentários.

— Que comentários?

— Que ele se alistou no exército britânico.

— Johnny trabalha no depósito de uma fábrica. Peças de cortador de grama.

Ele assentiu pensativo, lentamente, como se concordasse. Estava franzindo a testa um pouco, uma tendência que tinha quando se esforçava para validar uma verdade. Gostava de ter a compreensão das coisas.

— Seria bastante natural que ele quisesse guardar segredo sobre o exército.

— Ele trabalha em um depósito.

Seu pai continuou a assentir da mesma maneira lenta, e quando falou, também foi uma fala sem pressa. Ele se perguntava, observou, de onde teria vindo tal coisa sem fundamento, e acrescentou:

— Tem rapazes melhores do que ele por aqui, menina. Os rapazes irlandeses pertencem à Irlanda.

— Johnny foi pra Inglaterra porque não conseguia arrumar trabalho aqui.

— Um membro das forças britânicas poderia ser mandado para o norte. Poderia ser posto pra matar a nossa gente.

— Johnny não está no exército. Você ouviu falar sobre alguma outra pessoa.

— Tem um monte de irlandeses decentes com quem você poderia ir ao bar Sheeny's, menina. Só vou te dizer isto.

Fez-se silêncio na cozinha, então. Seu pai sentou-se reto e aprumado na cadeira, sem fazer nada com as mãos, contemplando o nada. Felicia pegou outra peça de latão.

— Eu e Johnny nos amamos. — As palavras saíram inexpressivas, depois que vários minutos haviam se passado. Ela não parou de lustrar o latão, enquanto falava. — Ninguém pode fazer nada quanto a isso.

Nenhuma resposta. Se ela ainda estivesse empregada, poderia ter colocado uma das mulheres da Slieve Bloom Carnes a par da situação em que se encontrava, situação que não poderia ser mencionada na cozinha. Lembrava-se dos tons baixos das mulheres quando falavam sobre tal estado, ou brincavam a respeito. Ela poderia ter dito que tinha uma amiga que estava encrencada; qualquer coisa do tipo funcionaria. Em vez disso, ainda não tinha contado a ninguém que todos os dias, pontualmente às onze horas da manhã, a náusea a torturava. Nem para Carmel, ou Rose, ou Connie Jo, nem para a irmã Benedito, que sempre ouvia os problemas das pessoas; naturalmente, nem para seus irmãos. A própria ideia de confidenciar para alguém muito conhecido fazia com que se sentisse tomada pelo nervosismo, toda arrepiada.

Mas enquanto esperava naquela noite que seu pai fosse mais a fundo na condenação de Johnny Lysaght, e talvez porque as mulheres na fábrica de enlatados tivessem surgido nos seus pensamentos, ela se lembrou de miss Furey.

— Você não passa de uma criança, Felicia — seu pai comentou por fim, já de pé, saindo da cozinha. Hesitou junto à porta, como se fosse dizer mais alguma coisa, no exato momento em que seus irmãos voltaram do Myles Brady's e se sentaram à mesa para comer fatias de pão de forma besuntadas com queijo cremoso, o que faziam todas as noites a essa hora. Seu pai fechou a porta ao sair.

Será que ela teria conseguido se abrir com sua mãe? Teria confessado e dito que havia sido cometido um erro, que não havia dúvida a respeito? Sua mãe teria ficado quieta, incapaz de disfarçar sua decepção, até mesmo chorado um pouco, mas sabendo, então, o que fazer? Teria ela mesmo chorado, e sido consolada no final?

Ela entra num bar, o Pride of Lions, ainda pensando nisso. Está cheio e barulhento. As pessoas estão bebendo, afogueadas de riso e bom-humor; o garçom se apressa com os copos. O balcão do bar é de mármore, marrom salpicado de verde e cinza. Há luminárias entre espelhos com molduras escuras nas paredes, e debaixo deles, banquetas de veludo verde. Mesas com tampos de vidro têm nos cantos presilhas decorativas de metal. Em uma delas, ao seu lado, um cigarro manchado de batom está ardendo em um cinzeiro. No bar, um homem faz uma demonstração com um chimpanzé mecânico em roupa xadrez.

Ninguém repara nela, parada ali com suas sacolas. Ouve-se música, o ar está enfumaçado. Há cores de futebol, vermelho e branco, um bando de jovens. "Lá vamos nós! Lá vamos nós!", eles começam a cantar, e uma voz avisa que não é permitido cantar, nem hoje à noite, nem em qualquer outra noite. Uma menina negra se recosta no bar, a cabeça jogada para trás, dando risada. Felicia fica um pouco mais de tempo para ter certeza: ele não está aqui.

Novamente na rua, com frio, retoma a linha de pensamento que o ambiente festivo interrompeu. Não tem como saber se teria confessado a sua mãe. Sua mãe está longe demais, obscura demais, e perdida, restando pouca coisa dela além daquele último vislumbre de suas feições, e a lembrança de correr para acompanhar o padre Kilgallen na praça, seu pai ali presente quando era chegado o momento, e a velha dizendo que tinha sobrevivido a mais uma.

— Com licença, moça — um rosto barbudo esmola —, tem algum trocado?

Estranho pensar que foi para miss Furey que ela confessou, ou coisa parecida: uma estranha que uma vez a cada quinze dias vendia ovos de pata e de perua nas lojas. De meia idade, solteira, uma mulher por quem nenhum homem demonstrara evidente interesse, mas de quem certa vez se dissera que estava grávida. Quando seu estado mudou abruptamente e ela voltou ao normal, foi dito com certeza que não havia criança na fazenda onde ela morava.

Felicia deixa cair uma moeda na palma estendida. O homem olha para a moeda, sem agradecer, sem dizer nada. Culpada, ela acrescenta uma segunda moeda, ainda pensando em miss Furey. Ela não tinha hesitado, ao lembrar-se da história que tinha se espalhado. Na noite em que seu pai trouxe à tona seu caso de amor, pedalou até a fazenda de miss Furey, uma noite gelada, a lua quase cheia. Cachorros latiram quando ela se aproximou do quintal. A própria miss Furey abriu a porta dos fundos.

— Sinto muito aparecer deste jeito — Felicia disse, e falou seu nome. — Posso perguntar uma coisa, miss Furey?

Miss Furey era uma mulher de ombros largos, dentes grandes e projetados. Seu nariz também era grande, espesso na altura das narinas. Esses eram seus traços marcantes. Seu cabelo curto era acobreado.

— Você está perdida? — ela perguntou, em resposta à pergunta de Felicia.

— Não, não, não é isso. Acho que talvez a senhora possa me ajudar.

— Entre.

Ela segurou a porta e Felicia entrou direto numa cozinha grande e bagunçada. O irmão de miss Furey, também de compleição pesada, estava sentado em uma poltrona próximo a um fogão Rayburn, assistindo à televisão. A seus pés dormiam uns gatos. Os cachorros que haviam latido eram *sheepdogs*, um deles doente, algo a ver com a pele da cabeça, ao redor dos olhos. Havia ao todo quatro cachorros, e o mesmo número de gatos.

— Eu conheço você? — O espanto de miss Furey, mesclado à curiosidade de uma mulher que não recebia muitas visitas, não tinha diminuído.

— Não, não conhece. Espero que não se incomode por eu ter aparecido.

— Por que eu me importaria?

Havia pratos sujos em uma mesa no centro da cozinha; panelas e uma frigideira empilhadas na pia. Todas as superfícies — peitoris das janelas, prateleiras, tampos de mesa — estavam em desordem. Dois pares de botas de borracha estavam ao lado de uma porta semiaberta na extremidade da cozinha. Casacos pendiam de cabides; havia pinturas religiosas e um calendário. Pratos com comida para os gatos espalhavam-se pelo linóleo ensebado do chão.

— Nós pagamos aquela coisa do imposto — disse o irmão de miss Furey. Ele não tirou os olhos da tela da televisão. Suas roupas estavam gastas, assim como as de miss Furey, cardigãs e aventais esburacados. Os dois usavam calças.

— Sente-se à mesa — miss Furey convidou, e Felicia pôde sentir sua curiosidade prevalecendo sobre a desconfiança. Ela queria ouvir; já dava para sentir sua ansiedade. Era hora do noticiário na televisão.

— Tive vergonha de vir aqui — Felicia disse.

— Bom, você está aqui agora. Não se incomode com ele — miss Furey acrescentou, porque Felicia tinha olhado na direção do homem da poltrona. — Ele é surdo do ouvido esquerdo.

Felicia descarregou tudo. Queria fechar os olhos ao fazer isso, para não ter que ver as reações da mulher, não ter que prestar atenção a elas quando miss Furey se sentisse ofendida. Na época, fora dito que miss Furey viajara a Dublin para consultar um farmacêutico que fazia operações. As mulheres da Slieve Bloom Carnes disseram que o pai era o irmão. Uma delas contradisse a teoria de que um farmacêutico de Dublin estivera envolvido, afirmando que a criança fora retirada de uma forma mais cruel e enterrada nas terras dos Furey.

— Deus do céu! — miss Furey exclamou. — Por que você está me contando isso?

— Eu me lembro que anos atrás...

— Você está prestes a dizer uma calúnia. Não diga.

Miss Furey manteve a voz baixa, embora estivesse embargada de emoção. Surdo ou não do lado esquerdo, o homem afundado na poltrona tinha virado bruscamente a cabeça, quando ela soltou a exclamação.

— A senhora poderia me ajudar, miss Furey?

— As pessoas dizem qualquer coisa, qualquer mentira que vem à boca. Vá pra casa agora.

Miss Furey levantou-se. Em seus andrajos, apressou-se para a porta que dava no quintal. Os quatro *sheepdogs* levantaram-se com o seu movimento.

— Tome cuidado pra eu não ir até a polícia — ameaçou. — Saia da nossa propriedade já.

Felicia chorou na pedalada de volta, e o acúmulo de suas lágrimas tornou-se um fluxo que a cegou. Quando finalmente elas cessaram, desceu da bicicleta para enxugar as marcas ainda em seu rosto e para assoar o nariz. — Por favor, Deus — ela rezou —, por favor, Deus, me ajude.

Mas a ajuda não veio. Em vez disso, ao regressar, seu pai continuou com o falatório: "Agora, me ouça, menina", ele começou, no momento em que a viu, uma dureza estampada no rosto e no tom, enquanto avançava para o território que julgava mais relevante, território no qual era incapaz de acreditar que corresse o risco de estar errado, no qual sua própria experiência era incontestável. Com o rosto formigando de frio, os olhos inchados pelo choro e pela frieza da noite, Felicia ouviu:

— Você não vai morar nesta casa e andar com um membro das forças de ocupação. Esta família sabe quais os seus princípios e sempre soube. Seu bisavô e seus companheiros patriotas saíram desta pequena comunidade para o campo de batalha e pereceram em seus valorosos esforços. Durante oito séculos, nem uma hora a menos, o povo irlandês só conheceu a supressão da linguagem, da religião e da liberdade humana. Uma esperança nasceu nas ruas de Dublin há setenta e cinco anos, na época da Páscoa. Ela não foi concretizada, o potencial não se realizou, basta você olhar à sua volta. Acima de tudo, o coturno do opressor inglês continua em seis dos nossos condados; ainda perdura o espectro de morte e tortura nas ruas de cidades tão humildes quanto a nossa. Nenhum filho meu jamais estará daquele lado das coisas, menina.

Felicia não disse nada, e por um momento fechou os olhos. O que estava sendo dito sobre soldados era pateticamente irrelevante.

— Este camarada vai voltar, menina, mas junte-se a ele e terá que deixar esta casa. Digo isto e não vou precisar repetir. — Seu pai fez uma pausa, depois prosseguiu com menos dureza: — Você está começando a vida, menina. Num desses dias haverá um trabalho pra onde você irá novamente. Ontem eu soube que é provável que se monte uma cooperativa de fazendeiros, com um estoque de todos os itens que um fazendeiro poderia querer: botas de borracha, arames para cercas, manta de telhado, todo tipo de artigos e mais um pouco. Dentro de seis meses, poderia haver tantas pessoas empregadas quantas costumava haver nos enlatados, talvez o dobro. Quando a pessoa é nova, ouve os conselhos, menina. É isto que tenho pra te dizer agora. Já disse e podemos esquecer isso.

Felicia também não acedeu a isso. Lembrou-se, anos atrás, quando era criança demais para entender, de seu pai chamando sua atenção de um jeito brincalhão para uma pequena bandeira do Reino Unido, a marca registrada no capô do velho Wolseley de miss Gwynn. Ela estava de mãos dadas com ele, tendo saído para dar um passeio em uma manhã de domingo. "Foi ótimo que o Wolseley deixou de ser fabricado", seu pai observou com uma satisfação bem-humorada, e na época aquilo tinha parecido algo natural de se dizer. No entanto, agora, só porque alguém trabalhava na Inglaterra, só porque tinha um sotaque inglês, tinha que ser condenado e se inventavam mentiras a seu respeito.

— Vou te dizer uma última coisa, menina: basta olhar para aquela velha corajosa que dorme no quarto com você. Ela não tinha muito mais do que a sua idade quando os rapazes foram embora, sabendo qual era a sua obrigação. Três dias depois, ela estava viúva. Não fazia nem um mês que estava casada e ele se foi. Não venha me falar de romance proibido nenhum, menina.

Ele acenou com a cabeça do seu jeito enfático, ainda imerso no fervor que inspirava suas afirmações. Então, levantou-se e saiu da cozinha, como tinha feito na noite anterior. Mas quando ela estava preparando o café da manhã no dia seguinte, ele subitamente perguntou:

— Lysaght engravidou você?

Ela não fingiu que não. Não havia sentido em fingir nada. Não havia sentido em dizer uma mentira explícita, agora que a palavra estava ali, entre eles.

— A responsabilidade é de nós dois.

— De quanto tempo você está?

— Deixou de vir algumas vezes.

— Quantas?

— Não há dúvida quanto a isso.

Ele se persignou. Chamou-a de puta, olhando para ela sobre a fumaça da frigideira, sem levantar a voz. Disse que ainda bem que sua mãe não estava viva. Não passa de uma puta imunda, ele repetiu furioso.

— Tenho enjoos pela manhã — ela disse.

Às dez horas mr. Hilditch já havia lido tudo no *Daily Telegraph*: as notícias internacionais, financeiras, de esporte, locais. Não se interessa por esportes, mas normalmente se vê se inteirando de assuntos esportivos porque acha que esse conhecimento é útil nas conversas. Um juiz do tribunal superior, ele soube, está correndo algum risco após revelações feitas por uma jovem; uma mulher foi encontrada, ainda viva, no porta-malas trancado de um Ford Escort; os cachorros de viajantes da Nova Era acabaram com um rebanho de carneiros; uma mulher decapitou seu marido. Tal fato provoca uma leve melancolia em mr. Hilditch, e ele se levanta para colocar um disco no prato do velho gramofone a manivela que comprou em um leilão na semana que a Número 3 se tornou sua. "I got it bad and that ain't good" anima-o consideravelmente, e ele especula deliciado sobre o que a manhã traz para ele.

8

O carrinho com a traseira achatada está à espera no final da Marshring Crescent, mesmo Felicia estando adiantada. Suas janelas estão embaçadas, mas uma delas se abre quando ela se aproxima. O homem gordo sorri para ela. Ele sussurra, como se estivesse ansioso para não perturbar o sono das pessoas das casas próximas. Diz-lhe para entrar pela outra porta, sem que saia do carro.

Ainda não amanheceu de todo. Enquanto ela acomoda suas sacolas a seus pés, sente que é errado sentar-se na frente, com a esposa do homem atrás. Mas não diz isso porque o motor já entrou em funcionamento. O carro está na verdade se movimentando, antes que ela perceba que o banco de trás está vazio.

— Sua esposa — ela começa, subitamente alarmada.

— Tive que levar Ada ontem à noite. Sem qualquer tipo de aviso, eles ligaram pra dizer que a pequena cirurgia havia sido marcada para hoje, às dez da manhã. Tive que levar Ada pra que eles pudessem prepará-la.

Confusa, e ainda desconfortável, Felicia diz que espera que ele não esteja fazendo esta segunda viagem por causa dela.

— Ada vai precisar de mim quando voltar a si. Tenho que estar ao lado da cama. Tudo bem com os quartos? — A voz dele é estridente, ela não tinha notado antes. Não é um homem com o qual você possa ficar alarmada por muito tempo.

— O quê?
— A casa onde você está. Tudo bem?
— É boa.
— Fico feliz em saber disso. Não gostaria de pensar que te enganei com relação a Marshring.

Os ombros enormes ao lado dela ficam imóveis enquanto ele dirige. As mãos, sem luvas e descoradas, parecem desproporcionalmente pequenas na direção. Quase não há trânsito. Um prazer dirigir de manhã cedo, ele observa, e acrescenta:

— Na primeira vez que eu te encontrei, percebi que você estava com algum problema.
— É só porque vim de muito longe.
— E você também está em um país estranho.
— É, estou. — Ela explica como, de início, achou difícil entender o que as pessoas lhe diziam, mas que, quanto mais ela ouve, isso está ficando mais fácil.
— Espero não ter ofendido nesse aspecto. — Um inesperado riso contido a deixa perplexa. Dois olhinhos brilham sorridentes por trás dos óculos fundo-de-garrafa. Bolsas de carne tornam indistintas as feições viradas em sua direção, um sorriso de dentes uniformes. Os punhos de sua camisa estão engomados e limpos.
— Assim que você avistar o seu amigo, vai ficar bem. Assim que você souber em que pé estão as coisas.
— É.
— Você se incomoda se eu perguntar o seu nome?

Ela diz a ele. Ele não diz o seu para ela.

— Nunca ouvi esse nome — ele diz. — Temos Felicity por aqui.
— Meu pai descobriu Felicia. Alguma mulher da qual ouviu falar.

Uma mulher que tinha atuado nas barricadas de 1916, que tinha encontrado a morte ali. Há um recorte de jornal sobre essa pessoa nos álbuns do seu pai, uma fotografia de uma mulher de rosto duro, em uniforme militar.

— É bonito — ele diz, ignorando os dados sobre a mulher revolucionária. — Felicia tem um som interessante.

— É, acho que sim.

— Nunca estive no seu país, Felicia, mas tive um parente que costumava falar sobre ele. Me pareceu um país lindo.

— É mesmo.

— Você trabalha com o quê, Felicia?

— Eu trabalhava em uma fábrica de enlatados. Ela fechou faz pouco tempo.

— O desemprego está terrível. Falando claro, você está desempregada, então?

— É, estou.

— E você tem família, Felicia? Pai e mãe ainda entre nós?

— Meu pai sim. Minha bisavó também. Tenho três irmãos, dois deles gêmeos.

— *Bisavó*? Ela é idosa, não é?

— Ela tem quase cem.

— Não acredito!

A paisagem por onde eles estão passando tornou-se familiar a Felicia; os campos bem cuidados, pastagens abundantes em um aveludado cinzento, chaminés de fornalhas quebrando a monotonia sem graça, o tijolo de fábricas.

— Essa velha senhora se lembraria da Guerra dos Bôeres.

Felicia não sabe quando foi a Guerra dos Bôeres, mas mesmo assim ela concorda. Alguma vez ela deve ter sabido, pelo menos considerando a extensão de uma das aulas de história da irmã Francisco Xavier, mas depois ela esqueceu por falta de interesse. Sua bisavó também não se interessaria por uma estrangeira.

— Dois parentes meus foram para a Bôeres — seu companheiro anuncia. — Venho de uma família de militares.

— Entendo.

— Eu mesmo tive uma carreira militar. O exército está no meu sangue, por assim dizer.

— O senhor não está no exército agora?

— Saí quando Ada ficou doente. Ela precisava de cuidados, mais do que eu poderia dar, tendo deveres militares. Não, eu ainda ajudo o regimento, mas agora é com serviços de escritório.

— Na empresa onde conheci o senhor...

— Ah, não, não, de jeito nenhum. Eu estava de passagem por lá pra ver um amigo. Na verdade, pra dizer a ele que a Ada estava indo para o hospital. As pessoas gostam de saber uma coisa dessas. Não, deixo as coisas em ordem para o regimento no que diz respeito à contabilidade, agora. Me faz sair de casa, Ada diz.

Novamente Felicia aquiesce.

— A pessoa fica estagnada se não fizer isso, Felicia. Fica estagnada em uma casa grande, cuidando de uma esposa inválida, fazendo papel de enfermeiro, na verdade.

— Sua esposa é inválida?

— É melhor pensar em Ada assim. Melhor para ela, ela mesma diz, melhor para mim. É o equivalente a isso, pra falar a verdade, não adianta negar, não adianta esconder. Está me entendendo, Felicia?

— Estou.

— Se você encarar os fatos consegue lidar com eles com equilíbrio. Tive um primeiro-sargento sob meu comando que dizia isso. Um homem de primeira. A gente encontra de tudo numa carreira militar.

— É, não tenho dúvida.

— Agora não falta muito, Felicia. Você parece tensa, não?

Novamente surge o sorriso, os olhinhos brilhando para ela, claros por detrás dos grossos discos de vidro. Aqui está um homem gentil, Felicia reflete em meio a suas apreensões, mais gentil do que o sargento de ontem, que no final tinha se tornado impaciente.

"Deus do céu, lá vem ela de novo", ela o ouviu murmurar quando voltou à delegacia, na esperança de que ele pudesse ter conseguido mais informações.

— Qualquer um ficaria nervoso nessas circunstâncias, Felicia. Este camarada é um namorado, não é?

— É.

— Bom, é isso aí. Naturalmente, você gostaria de encontrar um namorado.

— É.

— Família sem querer proximidade? Desaprovando o namorado?

— Meu pai é contra.

— Quando acontece isso pode ficar difícil. Conversando com você, Felicia, dá pra sentir uma ponta de preocupação. Pensei que poderia ser com a família.

Ela explica a respeito do pai, como ele pôs na cabeça que Johnny está no exército britânico, como sua bisavó ficou viúva por causa dos conflitos quando só tinha um mês de casada, como isto está sempre presente na família, um sentimento em relação àquele passado em particular.

— Ele teria me contado se estivesse no exército.

— Claro que teria. E se ele tem um trabalho fixo e não é alguma espécie de irresponsável, por que a família deveria se preocupar? Se ele é quem você escolheu, e você é a escolha dele, por que eles deveriam interferir?

— Meu pai é inflexível.

— Sei o que você quer dizer, Felicia. Alguns dos jovens soldados que tive sob meu comando no regimento tiveram um ou dois problemas da mesma natureza. Problema com a namorada, a família mantendo distância. Eu costumava servir de pai pros pobres moleques, se é que está me entendendo. Ia com eles até em casa e a Ada servia chá, tortas e bolo, uma porção de coisas. Nós nunca tivemos filhos, uma grande decepção pra Ada e pra mim mesmo. Você gosta do namorado?

— Gosto.

— Não é difícil imaginar que ele goste de você.

A conversa prossegue por mais uma hora. Felicia ouve mais fatos sobre o regimento, sobre as fábricas por onde eles passam, como as vias expressas mudaram o aspecto da Inglaterra, como novas cidades se formaram nessas regiões, como pessoas do Paquistão e das Antilhas começaram a se estabelecer, mudando também o aspecto das coisas, como a prosperidade foi substituída pela pobreza em certas áreas. Às oito e dez, o carrinho verde entra cautelosamente no estacionamento de uma fábrica.

— Muito obrigada mesmo — diz Felicia.

— Ainda não está na hora de eu ir pro hospital.

Da mesma maneira cautelosa, o carro é conduzido até o limite do estacionamento. Felicia é informada de que é preciso ter cuidado caso você se instale em um espaço reservado para a diretoria, ou onde é proibido estacionar. Num piscar de olhos, você pode levar a maior dura de algum funcionário diligente.

— Daqui, a gente vê todo mundo que chega — acrescenta o homem gordo. A maioria viria de carro, ele diz, e provavelmente haverá uns dois ônibus pouco antes das oito e meia. Se, por alguma razão, eles perderem o amigo dela, sempre resta a opção de ela perguntar na grade da segurança.

— Não quero impedir o senhor de ir pro hospital.

— A Ada quer que eu te ajude de todo jeito que puder. Não é recomendável que uma moça fique vagando neste canto do mundo, você sabe. Às vezes a gente ouve umas coisas chocantes.

— É muito gentil da sua parte.

— Ela sempre se preocupa quando uma moça está à solta. Bom, eu te disse. Foi a Ada quem falou pra eu descobrir as fábricas que produzem cortador de grama. A iniciativa foi dela. Bom, coisa de mulher, imagino.

— Espero que ela esteja bem.

— Eu teria entrado pra dar uma palavrinha, mas eles não gostam que se perturbem os pacientes antes da operação. É melhor não provocar excitação, acho que é isso. Você sabe como é, Felicia, uma paciente pode querer ir ao toalete se ficar agitada por causa de um visitante.

— É.

— Eles não gostam que isso aconteça antes de uma operação. Sei disso por uma triste experiência.

Ela faz um sinal afirmativo com a cabeça, mal ouvindo o que está sendo dito, agora que eles chegaram à fábrica. À noite, sonhou com seu pai chamando-a de puta novamente, e de cadela suja. Sua mãe estava viva, dizendo que não acreditava que ela seria capaz disso, batendo nela com os punhos, dizendo que era ela quem deveria estar morta. Em seu sonho, ela podia ver o convento espalhado no alto da íngreme colina St. Joseph, a praça com a estátua do soldado de perneira, e vegetais dispostos no lado de fora das lojas, no calor do verão. Havia o soar do *Angelus*; a fumaça de turfa era acre no ar. Seu pai dizia que eles não conseguiriam manter a cabeça erguida quando começassem as risadinhas dissimuladas. Carmel e Rose falavam sobre isso no Coffee Dock.

— Bom, agora a coisa começa — seu acompanhante observa, quando os carros começam a chegar. Ela é orientada a abaixar seu vidro para ter uma visão melhor.

Não é impossível que o namorado possa realmente aparecer. Não é impossível, mas muito pouco provável. Quando ele telefonou para esta fábrica ontem, conversou com a única pessoa que trabalhava no estoque, e era uma mulher. O tipo de controle de estoque que o namorado está fazendo é claramente em uma loja de varejo, de serviços de manutenção. Ou ela entendeu errado a história da fábrica, ou o namorado inventou-a como disfarce. O mais provável é que o pai estivesse certo ao referir-se ao exército; dez contra um que ela se meteu com um desqualificado, que só estava pensando em se dar bem, aproveitando-se da situação que lhe foi oferecida.

Espremido atrás da direção, com uma dorzinha apontando na parte inferior das costas, mr. Hilditch observa o movimento da chegada dos carros e dos empregados de ambos os sexos na fábrica. Há cumprimentos, nomes sendo chamados, formação de grupos. Às oito e vinte os ônibus chegam.

— Ele não está aqui — a garota afirma num tom pesaroso, depois que os ônibus se esvaziam. — A sirene já tocou e ele não está.

— Enfie-se lá, querida, e pergunte na grade. Pode ser que ele seja da noite. Ou do segundo turno. Nunca se sabe. É melhor ter certeza, não é?

Na ausência dela, ele remexe nas duas sacolas que ela deixou no carro. No fundo da segunda, enfiados nas mangas de um pulôver azul-marinho, há dois maços de notas. Ele hesita por um momento, antes de transferir o dinheiro para um bolso interno do seu paletó.

— Não — a garota informa ao voltar. — Ele não trabalha aqui. Eles não têm um depósito do tipo que ele descreveu.

— Sinto muito, Felicia. Sinto mesmo.

Quando ela começa a chorar, sem qualquer anúncio, a carne do rosto de mr. Hilditch se contrai por simpatia, inflando ao redor de seus olhinhos. Em meio a soluços, ele ouve sobre uma quebra de comunicação, em como o namorado se foi sem deixar endereço ou número de telefone, em como ela tinha tido medo de parecer insistente. Ela era tímida, diz a garota, e isso o faz lembrar de Elsie Covington, que não podia entrar numa sala cheia de gente sem, aparentemente, sentir palpitações.

— Eu sei, eu sei — ele se solidariza. — A timidez é uma aflição horrorosa.

A mãe do namorado não tinha se predisposto a passar o endereço, e aparentemente não havia mais ninguém que poderia sabê-lo.

Tudo fica pior, a irlandesa insiste, porque ela sabe que se tivesse pressionado para tê-lo, ele teria passado para ela imediatamente, sem a menor dúvida.

Pra cima de mim! é a resposta silenciosa de mr. Hilditch antes de dar a partida e sair lentamente do estacionamento. Ele sabe onde fica o hospital local; esteve lá uma vez, na remota possibilidade de que uma das enfermeiras da noite pudesse estar suficientemente cansada para aceitar uma carona. Mortas de cansaço, algumas delas, e o próximo passo é que poderiam jogar tudo para o alto em busca de ajuda e conselho de um homem mais velho.

Quando o carro estaciona, ele diz:

— Só vou dar uma entradinha, meu bem, ver como estão as coisas.

A garota assoa o nariz em um lenço de papel que a mr. Hilditch parece já ter sido usado. A jovem Sharon tinha o péssimo hábito de manter consigo lenços de papel usados, bolinhas de algodão, com as quais aplicava sua maquiagem, e cigarros fumados até a metade.

— Agora vou embora — diz a garota. As bordas dos seus olhos estão quase escarlates. As lágrimas recomeçam. — Estou bem — ela diz.

— Seja uma boa menina e espere, Felicia. Volto em cinco minutos, só vou saber dela. Depois, talvez a gente tome uma xícara de chá e vê o que fazer.

Quando os dentes dela ficam à mostra, eles brilham, por causa de uma camada de saliva. Gaye tinha uma falha entre os dois dentes da frente, onde costumava juntar saliva, mas é claro que não dá para se ter tudo.

— Não quero ser um incômodo para o senhor.

— Você nunca é um incômodo, Felicia. Nunca seria.

Na recepção do hospital, ele pergunta onde fica o banheiro de visitantes, e segue as instruções que lhe dão. Encontra um telefone e liga para o departamento de *catering* para dizer que se atrasou esta manhã por causa da ajuda que teve que dar a um vizinho que sofreu um derrame durante a noite.

    Volta lentamente para o estacionamento.

Ela vai ter que voltar àquela fábrica para ter certeza. Deveria ter sondado mais, não se limitar às perguntas ao segurança. Não deveria ter voltado a entrar no carro; deveria ter dito que gostaria de ficar sozinha, para poder pensar no que fazer a seguir. Mas o acúmulo de decepções e o acréscimo desta última formam uma cadeia de desespero que abala sua vontade. Exausta, ela reflete que o homem tem sido bom com ela; o mínimo que ela precisa fazer é aceitar que ele se preocupe, e, em todo caso, qual é a finalidade de sua busca? De que adianta ficar perguntando incessantemente, e ouvir incessantemente que as pessoas não podem ajudá-la, ficar vagando, olhando os rostos nas ruas?

    Ouve novamente o protesto ressentido de sua bisavó, quando escavou debaixo do forro de borracha da mulher, tirando o saco de pregadores de roupas, e depois o devolvendo. "Deixe isso aí", veio o grito das profundezas do sono, indistinto e confuso. A esta altura, eles saberiam em Doheny que ela pegou o ônibus de Dublin; a esta altura, mrs. Lysaght teria espalhado que enquanto esteve fora, na missa de manhã cedo, uma semana atrás, alguém entrou pela janela da sua cozinha, sujando de barro o peitoril e a superfície impecável da sua pia. *Fui a um show aéreo domingo*, dizia um cartão postal trazendo barcaças, a letra dele caprichosamente inclinada, curvas, pontos, os tês cortados. No papel pautado de caderno com suas breves cartas, nunca havia um endereço no alto. O padre Kilgallen vai convocá-la, caso ela volte agora, a Reverenda Madre também, ambos com a intenção de preservar a vida da criança que é a sua vergonha. — Que Deus te amaldiçoe! — é a saudação do seu pai que a espera.

O carro inclina-se em suas molas, quando o gordo volta a entrar. Sua respiração é ruidosa no pequeno espaço.

— Sinto muito — ele sussurra, rouco por seus esforços.

Quando Felicia vira-se para olhar para ele, seus dois pontinhos de olhos encaram o vazio. Ele não faz qualquer gesto de dar partida no carro. Ela o observa tentando estabilizar o tremor na mão próxima a ela, pressionando-a contra a direção.

— Aconteceu alguma coisa? — ela pergunta, sua atenção desviada subitamente de sua preocupação. — O que foi?

— Uma xícara de alguma coisa — ele murmura, buscando as chaves do carro no bolso. — Nós dois precisamos de uma bebida quente.

9

O nome do café é Buddy's.

Um eletricista está em cima de uma escada, trabalhando em um quadro de fusíveis logo abaixo do teto. O teto é marrom, com manchas de um marrom mais escuro. Atrás do bar, de onde vem o chá, o café e a comida, há uma fileira de calendários da Pirelli, modelos seminuas em poses provocantes. Um velho está fumando e lendo as notícias esportivas no *Sun*, numa mesa de canto.

— Acho que um café — mr. Hilditch pede. — Você se incomoda de me buscar um café, meu bem?

Ele fecha os olhos e os mantém fechados até que ela volte.

— Algum problema? — ele a ouve perguntar novamente.

— Ada não está tão bem — ele sussurra, com os olhos ainda fechados. — Eles fizeram um procedimento de emergência nela, às cinco da manhã. Ela não está muito bem.

— Ah, sinto muito.

— Daqui a um minuto melhoro.

Na primeira vez em que ele levou Beth para o Happy Eater da A361, observou a mulher do caixa concluindo que Beth era sua filha, e colocou sua mão no joelho de Beth por um momento, da maneira que um pai nunca faria. Deu uma olhada na direção do caixa, e a excitação começou porque a mulher ainda estava olhando, decidindo, agora, que o relacionamento era de outra natureza.

— Sinto muito — esta garota atual estava repetindo, e mr. Hilditch abriu os olhos.

— Quando se tem um choque desses, não dá vontade de ficar sozinho. Nós dois com um choque, Felicia.

O casaco vermelho dela, desabotoado no café, tinha caído para trás, e pela primeira vez ele vê as outras roupas que ela está usando: uma saia azul-marinho, um pulôver vermelho. O cabelo dela perdeu o brilho, as bordas dos seus olhos recuperaram-se um pouco. Ela ainda usa a cruzinha em uma corrente ao redor do pescoço, uma menina católica, mr. Hilditch deduz, o que parece razoável, vindo de onde veio.

— Você está grávida — ele diz baixinho.

— Estou.

Eles ficam em silêncio. Sob muitos aspectos, ele considera, não há nada tão saboroso quanto um sanduíche de bacon tostado. Às vezes você pensa que um café como este não vai te fazer um, mas nesta manhã eles tiveram sorte: *Sanduíche de bacon*, anunciava uma tabuleta escrita a mão.

— Acho que você devia comer alguma coisa, Felicia.

— Não estou com fome.

— Uma mordida ou duas é um conforto para a angústia — ele explica baixinho — melhor para você do que só um café.

Eles ficam novamente em silêncio. Ele termina o café que ela trouxe e se levanta para trazer mais para os dois.

— O meu era chá — ela explica.

— Não quer um café, meu bem?

— Café não combina comigo neste momento.

— Ah é, claro — ele se levanta e vai até o balcão. — Dois sanduíches de bacon — pede para uma mulherzinha indiana, pouco maior do que uma anã, ele avalia. — Um chá pra minha mulher e um café pra mim. — Ele sorri para a mulher, sabendo que o sorriso não pode ser visto pela garota irlandesa. — Esses sanduíches de bacon que você faz parecem ótimos.

A mulher não toma conhecimento disso. Geralmente elas não tomam. Ele tira uma libra e cinquenta e quatro, lembrando-se de quando estava sentado ao lado de uma indiana num cinema, e tentou estabelecer uma conversa, mas ela grosseiramente se mudou de lugar. Mais jovem do que a que o está servindo, estava sozinha, ou ele nunca teria se atrevido. — Açúcar para o chá? — ele pergunta. — Minha namorada gosta de uma colher de açúcar.

Um pacotinho de açúcar é jogado no balcão e então, finalmente, surge uma centelha de interesse. Ainda sem responder ao seu sorriso, a indiana repara na garota de suéter vermelho, e por um breve instante — ele tem certeza disso — considera o relacionamento entre os dois. Ele aquiesce, confirmando o que acredita ser a especulação da mulher. Eles estão tendo um dia de folga, ele confidencia, sua noiva e ele.

— Você vai encontrar o seu amigo — ele diz ao voltar para a mesa. — Se fracassarmos na fábrica, Ada me disse ontem à noite, vamos encontrá-lo no seu endereço.

— Pensei que pudesse dar com ele na rua. Não imaginei que a cidade pudesse ser tão grande.

— Claro que não. Isso é compreensível.

— A cidade de onde vim...

— Era menor, é claro que era — mr. Hilditch inclina a cabeça em simpatia. Claro que ela não teria o tamanho de uma cidade inglesa, ele concorda, não se esperaria isso. Ele se pergunta se, sendo católica, a garota é religiosa. Isso acrescentaria muito, caso ela o fosse, como Jakki era. Ela volta a dizer que lamenta pela mulher dele.

— Você se incomoda em me fazer companhia por mais alguns minutos? Só porque ela está grogue neste momento, e eles disseram que seria melhor eu sair. Disse a eles que estava com uma amiga no carro, e eles me disseram que eu estaria melhor aqui fora, na companhia de uma amiga. — mr. Hilditch arrisca um esboço de sorriso. — Pra falar a verdade, me dá ânimo só ficar aqui sentado com uma amiga.

Ele se permite um novo recolhimento em silêncio. Gosta de olhar para algo saboroso, antes de dar a mordida inicial. Não tinha mais do que cinco ou seis anos, a primeira vez que se notou isso nele. Gosta de pensar nisso. "Coma, querido", sua mãe costumava pressionar. "Não seja um Senhor Indolência."

— Devo confessar, Felicia, que não é uma coisa que aconteceu de repente. É um choque, com certeza, mas não um choque vindo do nada.

Ela concorda com a cabeça. Começa a dizer algo. Ele a observa mudar de ideia.

— "Talvez eu não saia dessa", ela disse quando vinha pra cá ontem à noite. Ela enfrentou isso meses atrás. Todos nós vamos enfrentar um dia, Felicia.

Ela concorda novamente, sem ter o que falar, como qualquer garota. Uma covinha minúscula, quase imperceptível, vem e vai em uma de suas bochechas, dependendo de sua mudança de expressão.

— Estou contente que você vá ter um bebê, Felicia. Para mim é um alento.

— Um alento?

— Uma outra vida a caminho. Ada partindo nesta hora específica e você estando aqui, Ada preocupada com você, quando contei a ela. Uma garota irlandesa, eu disse, e ela me perguntou como você era.

Ela não faz comentários a respeito. Ele morde o tostado crocante do seu sanduíche, saboreando o bacon fibroso e o sal.

— Você não quer o bebê, Felicia?

— Não sei o que fazer até encontrá-lo.

Ela luta novamente contra as lágrimas, e depois se recompõe.

— O pai é o rapaz que estamos procurando, Felicia?

— É.

— Pra falar a verdade, pensei que poderia ser alguma coisa parecida.
— Não quero incomodar o senhor com isto.
— O problema de outra pessoa pode dar uma animada, Felicia.
— É.
— Você me entende?
— Entendo.
— Vou te levar de volta depois que passar de novo pelo hospital.

Ela diz que não há necessidade. Diz que talvez vá até a fábrica, para ter certeza de que não houve um engano. Ele balança a cabeça.

— Não acho que houve um engano, meu bem.

A indiana está concentrada em uma conversa estridente ao telefone. Nem o eletricista, nem o velho no canto, demonstraram qualquer interesse por eles, mas isso era de se esperar em pessoas como essas. Outra coisa é: a condição dela mal aparece; dá para perceber, sem dúvida, mas é preciso prestar atenção. Se ela estivesse maior, a coisa poderia ser diferente, com a indiana observando e especulando mais tarde.

— Ada gostaria de saber que ainda estou tomando conta de você.
— O senhor vai ficar bem?

Ele sacode a cabeça. Em circunstâncias como esta não dá para ficar bem, ninguém ficaria. Terminando o segundo sanduíche de bacon, ele limpa os dedos num guardanapo de papel.

— Estou preocupado é com a sua condição, Felicia. Só acho que ficar andando por aí com essas sacolas pode não ser bom.

Para surpresa dele, ela parece não acompanhar a conversa. Começa a falar no endereço perdido, dizendo que é tudo culpa sua. Volta a dizer que não queria ser insistente.

— Sei o que você quer dizer, meu bem. Sei como se sente, tenho experiência. Alguns desses jovens soldados que estiveram sob meu comando estavam em estado de choque por causa de assédio emocional. Era terrível vê-los: jovens decentes, inocentes, em frangalhos.

— Eu teria ficado em casa, esperando por ele, se não fosse pelo bebê.

Mr. Hilditch concorda solidário. Concede um instante de silêncio, antes de dizer: — Você está pensando em interromper a coisa, Felicia? Eles têm isso por lá?

— Tem suas dificuldades.

— Você poderia fazer isso aqui, é claro. Em qualquer dia da semana. — Ele faz uma pausa. — Ele é um velho amigo? O seu namorado?

Pouco a pouco, tudo vem aos borbotões, como ele sabia que mais cedo ou mais tarde aconteceria. De uma maneira enevoada, e sem interesse, mr. Hilditch imagina o casamento ocorrido, o mais novo dos três irmãos de sua acompanhante se casando com alguém de mais posses, um padre conduzindo a cerimônia, a reunião em um saguão de hotel. Depois, quando os noivos estão partindo, acontece do jovem marginal passar pela rua e a confusão começa. Sorrisos em um salão de dança, passeios pelo campo, folhas de outono no parque, mãos dadas sob a mesa de um café. E num mero piscar de olhos ele se vai com a mala, deixando que ela se sustente.

— Ele teria voltado na época do Natal, mas acho que a mãe disse pra ele não vir, quando ouviu sobre a gente. Sabe-se lá o que ela contou pro Johnny.

— Sabe-se lá mesmo, meu bem. Conheço esse tipo de mãe. Também passei por elas lá.

— Ele estava sempre a protegendo por causa do que aconteceu com ela.

Mr. Hilditch ouve a história, encorajando o fluxo de confidências, ansioso, agora, por formar uma imagem das circunstâncias.

— Eu me identifico com a imagem do seu amigo — ele diz, quando o quadro está completo.

— Ele não tinha o meu endereço, do mesmo jeito que eu não tinha o dele. A gente se esqueceu disso. Pensei que alguma hora ele poderia ter telefonado pra alguém que ele conhece — Cathal Kelly ou Shay Mulroone, alguém assim. Pensei que ele poderia mandar um recado pra mim através deles.

— Você não pode culpá-lo por não pensar nisso.

— Não estou culpando ele por nada.

— O que quero dizer é que é espantosa a quantidade de coisas em que você não pensa nessas horas.

Tem mais coisas sobre a mãe, que, ao que parece, sabe bem o valor das coisas. Não é uma história incomum, mr. Hilditch reflete, enquanto ouve. Com exceção de alguns detalhes a mais ou a menos, todas elas despejam uma história semelhante. Elsie Covington tentou cortar os pulsos duas vezes, ao que parece, antes que seus caminhos se cruzassem. Depressão adolescente, foi como ela chamou, embora estivesse quase saindo da casa dos vinte.

— Você passou por uns maus bocados — ele diz, lembrando-se de ter dito a mesma coisa para Jakki no Dewdrop perto de Brinklow. Vergões nas costas, foi o que Jakki contou ter, depois que algum sujeito sentou a fivela nela.

— Eu não pretendia contar isso pro senhor. Numa época dessas...

— Faz bem pôr isso pra fora, Felicia.

Ele acrescenta que está contente por ela ter sentido que podia. Eles estão sendo observados, agora, pelo velho, que se cansou do jornal. Duas pessoas com um problema, ele torna a dizer; é estranha a maneira como as coisas resultam. — Ninguém jamais cuidou de uma pessoa tão bem quanto Ada — ele diz. — "Fique preparado, querido", ela me avisou. Ah, deve ter sido há seis meses.

Mas a garota não está escutando; sua mente não está nisso, o que é novamente compreensível, dadas as circunstâncias. Ele sabe qual é a preocupação dela, e se refere a isso.

— Eu poderia dar umas investigadas, Felicia. Sobre o paradeiro dele.

Ela sacode a cabeça, a coisa de sempre, não querendo ser um incômodo.

Ele diz: — A menina que trabalha no escritório é muito boa. Se pensarmos juntos, vamos rastreá-lo, sem problema algum.

— Como o senhor faria?

— A garota telefonaria para todas as firmas de cortador de grama em Midlands, Coventry, Nuneaton, Derby, King's Brompton, o que for. Além disso, há registros de moradores, registro de impostos e registro de moradia. Seria uma invasão perguntar o nome do seu amigo?

— Ele se chama Johnny. Johnny Lysaght.

— E como é que se soletra, Felicia?

Ela diz. Ele anota.

— Mas eu não devia fazer o senhor ter esse trabalho. Não com a sua esposa...

— A Ada iria querer isto, meu bem. Um coração do tamanho de um trem. Não sei o que vou fazer.

— Talvez dê tudo certo. Talvez, quando o senhor voltar pro hospital, eles digam que...

— Eu sei o que eles vão me dizer, Felicia.

Ele não se incomoda de chorar em público. Seus soluços vêm de mansinho, as lágrimas parando por um momento nas bordas dos óculos. — Ada tem suas manias — ele sussurra —, mas ela nunca machucaria uma mosca. Um rosto reluz na sua consciência, com a forma perdida num excesso de carne, olhos estúpidos. Uma mulher que veio à Número 3 para fazer capas de cadeiras, chamada Ada por sua mãe.

— Não me culpe por adiar a volta para aquela enfermaria. Neste exato momento, não posso encará-los ali.

Ele assoa o nariz. Tira os óculos e os limpa.

— Vão ser só alguns minutos no hospital — sugere. Depois que ele tiver ido até lá, eles podem voltar para a fábrica, se for isto o que ela quer.

Volta até o balcão para mais uma xícara de café e um pacote de biscoitos. Ela protesta mais uma vez, dizendo que não pode continuar sendo um incômodo para ele, e ele mais uma vez a contradiz, dizendo que ela é uma ajuda. Eles deixam o Buddy's Café logo depois disso e voltam ao hospital.

Ele passa o tempo no refeitório dos funcionários, onde os biscoitos são de melhor qualidade do que os do café.

— Eles ainda querem mantê-la sossegada — ele comunica no carro, e quando eles se dirigem até a fábrica, ele espera, enquanto são feitas mais perguntas inúteis.

Mais tarde, na viagem de volta para seu campo familiar, ele para repentinamente em um acostamento. Não pode ir em frente, sussurra. Não pode encarar sozinho a casa vazia. Limpa os óculos e fica sentado olhando pelo para-brisa, desejando que a garota fale, desejando que ela diga que eles vão ficar juntos por um tempo, que juntos vão procurar o amigo dela. Ele tem as palavras prontas, para explicar que na vizinhança onde é conhecido, não daria certo ser visto na companhia de uma jovem, que se ela não se incomodasse de se agachar na parte de trás do carro quando eles chegassem na periferia da cidade, ajudaria muito. Principalmente com Ada no hospital, ajudaria. Mas a garota também não responde ao que ele disse sobre não ser capaz de encarar sozinho a casa vazia. A garota não diz absolutamente nada.

— É difícil pra mim — ele sussurra, e continua dirigindo, sem pedir a ela que se agache, para o caso de isso complicar mais as coisas, dizendo a si mesmo que não é estranho que ela esteja em silêncio. Mas quando ele vira na entrada da Duke of Wellington Road, Número 3 — arriscando-se de uma maneira que nunca arriscou antes, chegando em casa à luz do dia com uma garota no carro — ela pega na maçaneta do carro assim que ele estaciona. Duas pessoas com problemas, ele começa a dizer, mas ela sacode a cabeça, insistindo novamente que não pode ser um incômodo para ele em uma época dessas. Depois, como um coelho apressado, ela se vai.

10

Acordando às sete e dez, sua nudez negra envolta em uma camisola vermelha de babados, miss Caligary está mais uma vez ciente de que miss Tamsel Flewett foi embora. Miss Tamsel Flewet se foi e não voltará. Miss Calligary ficou deitada na cama com essa reflexão melancólica, antes de se levantar e lavar as paredes do seu quarto, do banheiro e lavatório comunitários. É seu costume lavar alguma coisa quando está tomada pelo descontentamento, porque o descontentamento é uma armadilha. O tedioso passar do tempo enquanto ela esfrega e limpa é relaxante. A paz voltará.

Enquanto trabalha, ouve as pessoas da Casa do Recolhimento saindo, uma a uma ou em grupos, dando início a suas atividades diárias. Então, sem miss Tamsel Flewett, que a acompanhou em seus próprios afazeres nos últimos sete meses e meio, ela sai, sendo seu território nesta manhã o novo condomínio Brunel.

— Não quero nada — uma velha branca reclama, quando miss Calligary toca a campainha da primeira casa.

— Claro que não. — Miss Calligary tem um jeito tranquilo, balançando a cabeça enquanto fala. — Claro que não, querida.

— Então o que é isso?

— Geralmente eu venho com uma jovem amiga, miss Tamsel Flewett, porque, às vezes, uma senhora jamaicana sozinha não é muito bem aceita. Mas hoje, miss Tamsel Flewett não pode estar conosco. Posso perguntar se a senhora lê a Bíblia?

— A o quê?

— A Bíblia, querida. Hoje eu trouxe a Bíblia para a senhora. Por exemplo, a senhora já pensou no futuro à espera de quem morre?

— Você é do seguro?

Miss Calligary diz que não. Mesmo assim, ela traz segurança com ela — segurança da mente e do coração, segurança de propósito.

— Então o que é essa coisa de morrer? Todos nós temos que morrer, pelo que parece.

— Vim esta manhã para conversar com a senhora sobre isso.

— *Gloria Live* está chegando ao final. Eu estava assistindo quando você tocou a campainha.

A velha é ligeiramente corcunda, pequena e enrugada, com cabelo grisalho e ralo. Ela afirma que não tem serventia para uma Bíblia; se tivesse, compraria uma numa loja. Miss Calligary não lhe dá ouvidos. Diz:

— Numa vida agitada, nem sempre se tem a oportunidade de pensar no futuro à espera de alguém que morre.

A velha sacode a cabeça. — *Fish of the Day* está começando, ela observa.

— Posso dar uma entradinha? — Miss Calligary abre um largo e brilhante sorriso. — Dez minutos do seu dia, não vou passar disso, querida.

No dia anterior, teve o homem da cama d'água, a velha retruca. Ela não quer uma cama d'água; ela nem mesmo sabe o que é um colchão d'água. Diz que a conversa foi muito boa, e faz menção de fechar a porta, mas o cotovelo de miss Calligary impede o movimento.

— Para aquele que morre, o futuro é maravilhoso. É esta a mensagem que eu trago nesta manhã. O propósito de nosso Deus Pai é de uma terra paradisíaca. A promessa de nosso Deus Pai é de uma vida sem fim. Só em troca da obediência. Não estou tentando fazer com que se interesse por uma cama d'água.

— Acontece que você veio na casa errada. Este é o número cinco. Sou a mrs. Crimms.

— Mrs. Crimms, não é por acaso que uma mensagem chegou até a senhora. Estou aqui pra recolher, pra recolher a senhora e outras pessoas. Reserve um minuto pra pensar, mrs. Crimms, que nós acordamos de manhã e damos uma conferida no dia. Todos nós fazemos isso, mrs. Crimms, a senhora, eu, e todo o imenso mundo da humanidade. À noite, nós revemos o dia que passou. Em cada noite da nossa vida há um dia que se perde na escuridão da noite. Mas se não houve luminosidade, nós não abaixamos a cabeça.

— Não quero nenhuma Bíblia.

— Não estou vendendo Bíblias, querida. A tarefa que me foi dada é recolher as pessoas. "Vamos nos reunir no rio?", é o que estou dizendo para a senhora.

— Estou perdendo o *Fish of the Day*.

— Nós vamos assistir primeiro ao *Fish of the Day*, mrs. Crimms. Vamos assistir ao programa sem dizer uma só palavra. *O céu é meu trono*, é o que está escrito para hoje. *E a terra meu escabelo. E honrar o lugar onde pousam meus pés*. A senhora só tem a ganhar, mrs. Crimms.

Esta última afirmativa teve o efeito desejado, e assim, a pequena sala de visitas de mrs. Crimms é glorificada, enquanto a culinária acontece em sua televisão. Quando o programa termina, miss Calligary explica como mrs. Crimms pode ser libertada da inevitabilidade da morte, e mrs. Crimms fala sobre o filho, Rod, que está preso. Ela tem vinte e dois netos, mrs. Crimms revela, todos eles nascidos das três esposas do mesmo filho. Rod não tem tido sorte com as esposas, revela, chorando ao relembrar isso. Na última vez, pegou dezoito meses por algo que não fez.

— Eu falaria com Rod — miss Calligary se oferece. — Levaria a mensagem até ele.

— Vinte e dois filhos e nenhum deles levanta um dedo de preocupação com ele. Rod nunca teve sorte.

— Eu levaria material de leitura pro seu filho — miss Calligary promete. — Levaria cartas e pacotes, recolheria o Rod. Minha Igreja pensa em termos de famílias.

Mrs. Crimms repete que tem vinte e dois netos. — Eles trabalham em tudo quanto é coisa: uma oficina, depois computadores, depois na Payless,* e em ônibus. Outro trabalha com lixo.

— Passe a Mensagem que eu lhe trago hoje para seus netos, querida. Quando a senhora ler as palavras que estou deixando aqui, vai descobrir que nosso Deus Pai torna tudo novo. Vai descobrir a sua vida sem fim, e seu filho e seus netos vão descobrir as deles. *Pela abundância do Seu amor, o Deus Pai emprestou Seu Filho, que a humanidade possa ser iluminada, assim como o raio ilumina Seu céu.*

— O pobre Rod está na Scrubs.

— Eu iria até a Scrubs. Sem hesitação.

Mas mrs. Crimms não parece muito interessada nesta oferta. Sacode a cabeça vagamente. Está na hora do *game show* de Henry Kelly. O que ela mais gosta é de um *game show*.

— A senhora tem quartos vagos na sua casa. — Miss Calligary fala num tom suave, sorrindo, e tentando fazer contato com os olhos. — Na primavera, vêm pessoas para nosso Jubileu da Prece. Vêm pessoas dos mais longínquos cantos da terra, e nós precisamos de mais camas e roupas de cama, o uso do banheiro, da cozinha, e tudo mais.

Mrs. Crimms aumenta o volume da televisão, e a promessa de miss Calligary de voltar em um ou dois dias se perde na barulheira. Na rua, as risadas do *game show* continuam, e depois cessam abruptamente quando o volume é diminuído.

Há quartos de sobra naquela casa, diz miss Calligary consigo mesma, enquanto segue seu caminho, submissa a seu dever.

---

* Loja de sapatos. (N.T.)

Durante toda aquela manhã, rostos sem expressão olharam para sua presença animada, seu sorriso e a energia em seus olhos. Ela ensinou miss Tamsel Flewett a ficar animada, não importando a maneira como eram recebidas. Dois sorrisos são melhores do que um, ela costumava dizer, e esta manhã é um sorriso solitário. De porta em porta, explica que trouxe a mensagem da Igreja dos Acolhedores, mas recebe de volta apenas repreensões por sua loucura.

É então, com o ânimo em baixa, que repara na garota de casaco vermelho em um banco isolado de um passeio, com lixo ventando à sua volta. Miss Calligary observa esta figura de longe, notando as duas sacolas de compras verde e preta, e o cansaço nos ombros curvados. Há ali infelicidade, miss Calligary observa em silêncio, e caminha decidida a recolher a jovem.

Durante três dias mr. Hilditch pensa insistentemente no fato de que qualquer um pode cometer um erro. Qualquer um pode tentar evoluir uma amizade rápido demais. Entusiasmo, ele imagina, um excesso de avidez. Relembra aquela que conheceu em um Coffee Bean de Debenham, que disse que era melhor não, quando ele sugeriu um novo encontro, e aquela que lhe disse que vinha de Daventry, Samantha, a quem ele ajudou quando o carro não queria pegar. Poderia ter acontecido com um bispo, ele pondera, retomando esta expressão de seu tio Wilf: avançar com muita pressa é um erro compreensível do ser humano.

Como nunca sentiu a necessidade de um telefone na Número 3, e não quer ser entreouvido no escritório, na hora do almoço mr. Hilditch telefona de uma cabine para o quartel na Old Hinley Road.

— Quem quer saber a respeito deste soldado?

Mr. Hilditch informa que é um amigo da família. Houve uma emergência de cunho pessoal, o pai do rapaz em um acidente num cruzamento de nível, falha no aviso.

— O que o senhor está me perguntando? — o tom abrupto e desinteressado pergunta.

— A família está em dúvida quanto ao quartel onde ele está, porque o pai está inconsciente no hospital. Estamos telefonando para todos os quartéis na região.

— Nome e patente?

— Lysaght. Acho que é reco.

— Um o quê?

Mr. Hilditch diz que é um soldado, e lhe dizem para aguardar. Passam-se quase dez minutos, durante os quais ele repetidamente enfia dinheiro na repartição de moedas.

— Temos um Lysaght aqui — dizem então. — Daremos o recado depois da faxina.

— Me desculpe, mas talvez seja melhor que a família dê a notícia. Agora que sabemos onde ele está, vamos contatá-lo logo.

Mr. Hilditch sorri de maneira agradável, projetando sua bonomia no bocal, mas do outro lado o fone é recolocado no gancho sem uma maior tentativa de comunicação. Recolhe as moedas não usadas e sai da cabine telefônica. Não dá para dizer que não existe uma chance de a garota dar com o desclassificado que a meteu em maus lençóis; nenhuma razão para que isso não aconteça, se ela continuar a vagar por ali.

Como tem meia hora sobrando, e para evitar ter que comprar mais tarde, mr. Hilditch segue de carro lentamente até o estacionamento do Tesco. Pegando um carrinho, atravessa a barreira de vai-e-vem cromada, e vai para a área de congelados, onde escolhe bacalhau empanado, picadinho de miúdos de porco, ervilha, brócolis, quatro sacos de batatas chips e dois potes de sorvete de morango e baunilha. Na seção de carne fresca, pega costeletas de porco, cortes de frango e carne de primeira; acrescenta salsão, ervilhas e mais batatas das prateleiras de vegetais frescos; biscoitos recheados de creme e chocolate, amanteigados de limão, wafers de chocolate e cookies integrais de chocolate das prateleiras de biscoitos. Como os bolos Mr. Kipling's Bakewell Slices estavam em oferta, bem como os Mr. Kipling's French Fancies e o bolo de melaço McVitie's, serviu-se de uma seleção, e de pacotes de salgadinhos tamanho jumbo, e croutons Phileas Fogg próximo ao caixa, além de um pacote com seis barras de chocolates Bounty. Sorri para a mulher que com rudeza passa à sua frente, dizendo que não tem a mínima importância.

No estacionamento, coloca as compras no porta-malas do carro, e volta para seu departamento de *catering*, consumindo uma barra de Bounty no caminho. A maior parte do horário de almoço se foi, mas alguma coisa quente foi guardada para ele na cozinha, como foi pedido mais cedo.

— Me desculpe pelo transtorno — ele diz quando um prato com presunto defumando e molho de salsinha, purê de batatas e couve-flor com molho é colocado à sua frente. — Tive que resolver alguns negócios. Vou ter que ficar até mais tarde pra atualizar os números.

Não pretende fazer isto. Pretende dirigir até a região de Marshring na esperança de avistá-lo. Enquanto come, e depois no cubículo do seu escritório, uma raiva reprimida gradualmente começa a aflorar pelas suas defesas. Qualquer um poderia tê-la visto correndo da Número 3. Quebrou sua regra por ela, e então isso: mal uma demonstração de agradecimento, depois de ter sido levada a mais de cento e oitenta quilômetros, oferecendo a ela xícaras de chá, e tendo ele ouvido pacientemente toda aquela baboseira de uma mulher que foi deixada viúva há setenta e cinco anos. E embora isso devesse acontecer, não há satisfação em saber que o namorado é culpado por mentir.

Incapaz de se servir, mr. Hilditch imagina este soldado, bem-arrumado em seu uniforme, imerso numa animada faxina vespertina. Ele o imagina mais tarde, de folga, relaxando com os camaradas, os pés para cima em uma mesa da sala de lazer do quartel, o tipo de camaradagem que ele uma vez almejou para si próprio, antes que o sargento do recrutamento, de bigode longo e fininho, o tivesse rejeitado por causa dos seus pés e da sua miopia. Com as pernas ainda erguidas à sua frente, os tornozelos cruzados, o jovem desclassificado gargalha que garotas intensas como a que teve são muito comuns, têm a dar com pau, sem qualquer problema. E um dos seus companheiros ergue os olhos da *Big Ones** e relembra a sua primeira vez, com uma enfermeira gorda atrás de um bar, o Flight of Birds na via Sunthorpe, numa noite de verão. Outro conta que tinha treze anos na sua primeira vez, a mulher de um encanador.

Às quinze para seis mr. Hilditch dirige seu carro até a região de Marshring e espera durante um tempo no carro estacionado. "Muito obrigada", foi o que ela disse, ao sair ventando. "Espero que sua esposa fique bem."

Às seis e dez ele vai novamente embora, decepcionado.

Não são necessárias barras de ferro, porque todos os animais estão tranquilos com as pessoas felizes. O leão e o carneiro são amigos. Veja aqueles pássaros de cores luminosas, esvoaçando para lá e para cá! Ouça sua linda canção e a risada das crianças enchendo o ar! Sinta o perfume dessas flores, ouça o ondular das águas, sinta o calor formigante do sol! Ah, provar da fruta naquela cesta, porque é a melhor que a terra pode produzir, a melhor de todas, como tudo que é visto e desfrutado neste jardim glorioso...

O casal feliz, as flores, os animais e as frutas estão vivamente ilustrados na capa do panfleto. Flamingos andam empertigados, coelhos mordiscam as plantas, mas não as flores. Uma criança abraça um cisne, veleiros navegam num lago distante.

— Essa é a terra paradisíaca — uma mulher negra afirma, um longo dedo indicador chamando a atenção de Felicia para uma cachoeira que jorra, girafas e cacatuas. A mulher negra é alta e esguia,

---

* Revista masculina com fotos de mulheres de seios avantajados. (N.T.)

com brincos e anéis em vários dedos. — Esta é a promessa e o lugar do Deus Pai — ela anuncia.

— É — Felicia concorda.

— Venha conosco, menina. Já ouviu falar no dilúvio, querida? Noé e sua arca? Ouviu falar nisso?

— Ouvi.

— O dilúvio é um fato comprovado — a mulher negra lhe relembra.

— É, eu sei.

Há poucas pessoas por lá. Rajadas de vento sopram o lixo para a soleira das portas. Está mais frio do que antes.

— Onde você mora? — a mulher negra pergunta com autoridade. — Você tem quartos sobrando por lá?

Felicia responde que é estrangeira, que tem ficado em *bed-and-breakfasts*. Apanha suas sacolas e diz que precisa ir andando.

— Pra onde você vai, menina? Pra onde você vai apressada, fugindo de Deus Pai?

— Estou procurando uma pessoa.

O dia já está terminando. Precisa encontrar outra pensão, numa área que não lhe seja conhecida. Quanto mais ela se move, mais chance tem de dar de cara com a pessoa que está procurando. Ela explica isso, mas a negra não entende. Não escuta. Diz que existe felicidade para quem morre.

— Menina, vivemos num milagre. Olhe aqui para este jardim, querida. Veja as frutas, as árvores, e as pessoas de todos os países. Veja o suco a ser bebido, e os sorrisos das crianças. Veja, menina, o Deus Pai recolhendo todas as coisas.

— Preciso encontrar um quarto pra passar a noite.

— Posso te oferecer um quarto, menina. Sem custo. Miss Tamsel Flewett foi embora e tenho no meu coração que ela nos deixou pra sempre. Uma senhora da Jamaica sozinha não se sai muito bem quando toca a campainha das pessoas.

Novamente os folhetos são empurrados para Felicia, a ilustração paradisíaca das frutas, flamingos e coelhos bem comportados.
— Não, de verdade. Sinto muito.
— O que você tem pra fazer, menina? Que coisas são mais importantes do que a obra do Deus Pai?
— Estou procurando alguém.
— Tem todo tipo de pessoas na Casa do Recolhimento. Você precisa de um travesseiro pra sua cabeça? Bom, temos um pra você, querida. Não gosto de te ver sentada aqui no vento, uma presa para a noite que chega.

Felicia sente-se cansada. Adormeceu, ali sentada no banco de madeira, até sonhou: que eles estavam novamente no Sheehy's — a primeira vez em que ele a levou lá —, que estavam no cruzamento Creagh, no aconchegante barzinho dos fundos. Ela deveria ter insistido quando foi ver mrs. Lysaght. Deveria ter contado tudo a ela e se recusado a sair sem o endereço completo. Deveria ter gritado com ela, feito um escândalo. Afinal de contas, trata-se do seu neto.

— Venha comigo, querida — a negra ordena de modo firme, e Felicia vai com ela porque é mais fácil do que procurar algum outro lugar. — Miss Calligary — a negra se apresenta. — Não fica longe.

Elas seguem apressadas por ruas desertas até uma casa de tijolos numa sequência de outras semelhantes. A negra lidera o caminho na escada até um sótão com figuras nas paredes, parecidas com a ilustração do panfleto. As roupas de miss Calligary pendem de duas fileiras de cabides de cada lado de uma janela de caixilho: vestidos, saias e casacos. Seus sapatos estão perfeitamente enfileirados, ao longo de uma das janelas. Uma mala, também no chão, está estufada com roupas íntimas e outros pertences. Os únicos móveis no sótão são duas cadeiras de encosto reto, uma mesa e uma cama estreita.

— Estou sempre de mudança — miss Calligary explica. — Recolho-me onde a mensagem me conduz.

Ela prepara um prato de atum com salada, e depois que elas comem, prepara um chá. Elas tomam o chá, depois lavam os pratos em uma bacia esmaltada. Miss Calligary joga fora os sedimentos da chaleira e as folhas de chá em um banheirinho que fica em um patamar intermediário, também despejando ali a água da lavagem. Não se ouve nenhum som dos quartos abaixo.

— Esta noite está tranquilo na casa do Recolhimento — comenta miss Calligary. — Todos estão pra lá e pra cá.

— Muitas pessoas vivem aqui?

— Pretos e brancos, meninas, velhos e moços. Todos que são chamados para se recolher.

Mais tarde essas pessoas voltam. A porta de entrada bate com frequência. Vozes trocam cumprimentos. Um piano toca um hino. Um cheiro de comida sendo preparada sobe ao sótão de miss Calligary.

— Amor! Alegria! Paz! — Com essas exclamações, um homem de jaqueta impermeável vinho sorri receptivo para Felicia, quando, uma hora depois, miss Calligary a leva para uma sala grande e sem mobília no andar de baixo. Outras pessoas aparecem e apertam sua mão: pretos e brancos, como miss Calligary dissera, velhos e jovens. Felicia é informada de que vão estender um colchonete para ela na sala onde as pessoas estão agora reunidas, conhecida como Sala do Encontro. Uma garota chamada Agnes, com unhas pintadas de cor clara e cabelo preto bem cuidado, conta que trabalha na área odontológica, mas que preferiria devotar todo seu tempo a distribuir a Mensagem.

— Não haverá mais lamentos — Agnes afirma. — Nem protestos ou dor. Quando estivermos todos reunidos, quando todos souberem novamente que há um futuro à espera daquele que morre.

Todas as noites, ela revela depois, as pessoas se reúnem na Sala do Encontro para trocar suas experiências do dia. Um etíope idoso relata as suas a Felicia, a maioria delas referentes ao toque de campainhas.

— Você não está entre nós por acaso — ele acrescenta — porque não há nada que possa acontecer a não ser pelo preceito que teve início no jardim do prazer. Adão foi tirado do solo da terra paradisíaca, e o preceito foi escrito na poeira. Olhe de perto e veja a saliva da serpente.

A pele do velho está tão enrugada quanto uma noz, seus olhos inquietos, congestionados. Ele acena com a cabeça para Felicia e se afasta.

— Meu nome é Bob. — Miúdo e careca, o homem que se dirige a ela a seguir é o que veste jaqueta vinho. — O colchonete é nosso — ele anuncia agora. — Meu e da Ruthie. A gente o conserva para os recém-chegados, já que há não muito tempo nós mesmos éramos recém-chegados. A gente se conheceu nesta sala, a Ruthie e eu. A gente se casou a partir desta casa. Nossos filhos nasceram no nosso quarto no andar de cima. Duas crianças lindas. São eles que vão trazer o colchonete pra baixo.

— Todos estão achando ótimo que você veio até nós — uma mulher alta garante a Felicia. O hálito da mulher é doce, como se fosse perfumado. Ela aproxima o rosto do de Felicia, articulando suas confidências com clareza: — Eu estava perdida em floresta até que o Caminho me foi revelado através da Mensagem.

Um japonês diz que seu nome é mr. Hikuku. Felicia não consegue entender nada do que ele diz, mas a mulher de hálito doce explica que ele trabalha entre os orientais, trazendo-lhes a Mensagem. Vive modestamente na Casa do Recolhimento, a mulher acrescenta, em um quartinho, compartilhando banheiro e lavatório como todo mundo. Mas em termos comerciais, mr. Hikuku é mais do que o dobro de um milionário.

Um casal de meia-idade, mr. e mrs. Priscatt, usa óculos sem aros e tem uma aparência semelhante; os dois são pálidos e estão vestidos de marrom. O terno de mr. Priscatt está passado com cuidado, sua camisa é nova e limpa, a gravata traz um emblema de empresa. O cardigã de mrs. Priscatt é de um marrom mais claro de do que o suéter sob ele, combinando perfeitamente com sua saia pregueada. Diferentemente de miss Calligary e das outras mulheres reunidas, ela não usa joias.

Seu marido, mrs. Priscatt informa Felicia, está no departamento de requisições da companhia de seguros Eagle Star, e está ansioso pela aposentadoria. Ela mesma dedica todo seu tempo à divulgação da fé que descobriram. Mr. Priscatt acrescenta que é alentador acolher um rosto novo.

— Você está esperando um filho.

A afirmação não é nem uma pergunta, nem uma acusação. É feita por mrs. Priscatt, e tanto ela, quanto o marido, confirmam sua dedução com a cabeça antes que Felicia responda.

— Estou — ela concorda, sentindo que, apesar da segurança que eles sentem quanto a isso, é necessário algum comentário.

— Mrs. Priscatt sempre acerta. — Acompanhado por uma inclinação da cabeça em direção à esposa, o tom de mr. Priscatt é congratulatório.

— Uma menina — mrs. Priscatt prevê, e mr. Priscatt sugere que Joana é um nome lindo.

Felicia é então interrogada e passa os detalhes das circunstâncias que a devastaram. Tudo que ela diz é recebido com simpatia e, mais tarde, depois de ter conversado com outras pessoas na sala, percebe que todas já sabem como seus problemas começaram, embora apenas os Priscatts tenham lhe perguntado sobre o assunto. Sem que a condenem, o conhecimento está lá, em suas expressões. Uma criança nascerá na Casa do Recolhimento, Felicia ouve Bob sussurrando para Ruthie, outra criança nascerá, como aconteceu com seus dois filhos lindos. Ouvindo, ela mesma sem falar muito, Felicia sente que tudo aquilo mais parece um sonho do que realidade. Nunca na vida encontrou pessoas como essas, nem mesmo sabia que elas existiam.

Uma a uma, elas dão boa-noite e repetem que ela é bem-vinda. Deixam-lhe panfletos como material de leitura, caso ela não consiga dormir. Seu colchonete chega e, agradecida, ela descansa, suas preocupações entregues ao esquecimento.

11

Mr. Hilditch tem-nos visto por ali. Em sua opinião, são malucos. Já os viu pelas ruas, impondo sua literatura às pessoas, incomodando com sua conversa religiosa.

De um jeito ou de outro a garota se envolveu com eles. Certamente, está hospedada na casa deles, porque a viu entrando lá. Uma garota inocente, dos pântanos da Irlanda, suscetível a qualquer sugestão que eles fizessem. Que chance ela teria com uma pressão dessas? O único consolo é que a casa onde ela está fica bem longe do quartel da Old Hinley Road, pelo menos três quilômetros, talvez quatro. Os rapazes do quartel frequentam o Goose and Gander, o Hinley Fish 'n' Chips, na rotatória Stoat, ou o Queen's Head, pros lados de Budder. Mr. Hilditch lembra-se disso do tempo de Elsie Covington, quando um jovem desclassificado do quartel saiu com ela umas duas vezes. A área não faz parte da cidade, nunca fez. Além do quartel, não acontece muita coisa por lá. Nos finais de semana, ou numa noite de folga muito animada, os soldados pegam a via expressa para Brum.

Mr. Hilditch toca "Falling in love again" no gramofone, depois "Stella by starlight" e "Makin' whopee". Os discos são velhos 78; sendo uma antiguidade, o gramofone não toca nada além disso. Mr. Hilditch relaxa numa poltrona, o *Daily Telegraph* — todo lido — no tapete ao seu lado, as melodias um conforto em sua preocupação quanto ao bem-estar da garota à qual ajudou. "Ev'ry rolling stone gets to feel alone", canta Doris Day, "When home sweet home is far away".*

Mr. Hilditch chama este cômodo de sua grande sala da frente, expressão empregada em particular para ele mesmo, porque nunca houve necessidade de usá-la para mais ninguém. Os retratos a óleo dos antepassados de outras pessoas olham com benevolência para ele. Sua mesa de bilhar, raramente usada, está num canto; um armário contém a coleção de pesos de papel de um desconhecido. Dois relógios de carrilhão pedestal, acertados diariamente e com a corda dada toda quinta-feira à noite, funcionam agradavelmente, um entre as janelas cobertas por cortinas pesadas, outro ao lado da porta. No consolo de mármore preto, acima de uma enorme lareira elétrica com carvão incandescente, há canecas de cerâmica e enfeites: uma foca equilibrando uma bola, bailarinas, uma cômica orquestra de dálmatas, gado Highland. O papel de parede é predominantemente carmesim, rosas numa treliça. Livros de história militar, números antigos da *National Geographic*, volumes encadernados da *Punch* e o *Railway and Travel Montly* enchem uma estante.

"Never thought my heart could be so yearny", canta Doris Day, "Why did I decide to roam?"**

A música termina e a agulha geme suavemente enquanto o disco continua a rodar. O som é agradável, considera mr. Hilditch, que o ouve preguiçosamente, muito mais calmo agora do que quando entrou na sala uma hora antes. Amanhã ele novamente tentará um encontro.

---

* Trecho da letra de *Sentimental Journey*. "Toda pessoa errante sente-se sozinha/ quando o lar doce lar está distante." (N.T.)
** Trecho da mesma música da nota anterior. "Nunca pensei que meu coração pudesse ficar tão carente/ por que resolvi perambular?" (N.T.)

Durante vários dias, Felicia se hospeda na Casa do Recolhimento, deixando-a todas as manhãs para fazer suas sondagens, percorrer os rostos nas ruas e viajar para fábricas das quais ouviu falar, em outras cidades. Com frequência, é mandada por engano para uma fábrica que mudou de função e dessa maneira ficou familiarizada com pátios de aluguel de máquinas e veículos pesados, barracões onde se consertam escavadeiras e fábricas de maquinário, onde são construídos compressores e compactadores. Em sua contínua busca por qualquer lugar que tenha a ver com cortadores de grama, passa por ferros-velhos nos quais carros são depenados antes de serem empilhados uns sobre os outros, depósitos de madeira, depósitos de material de construção e depósitos de cervejeiros. Quando pergunta, às vezes lhe contam — se acontece de perguntar para alguém idoso — sobre os grandes cortadores do passado, os dias de apogeu da Dennis, da Ransome e da Atco. Nada é como era então, tais informantes concordam, balançando a cabeça perante sua tarefa infrutífera, como se isso também fosse um aspecto de nada ser como antes.

Toda noite, na Sala do Encontro, os outros moradores perguntam-lhe se já encontrou seu amigo, e ela responde que não. Ninguém comenta e, ainda assim, ninguém condena. Ela come com miss Calligary, como fez na primeira noite, e toda manhã miss Calligary prepara um chá para ambas, oferece cereal e torrada. Felicia imagina que miss Calligary vem intercedendo a Deus Pai em seu favor, bem como mr. Hikuku, e a mulher de hálito doce, os Priscatt, Agnes, e Bob e Ruhie, e os velhos etíopes, cujos rostos lembram uma noz. Uma expectativa entusiasmada a saúda todas as noites quando as pessoas se reúnem, a preocupação que sentem em relação a ela novamente à mostra por toda parte, o perdão que lhe oferecem, renovado. A ela pertence a alma que foi salva naquele local; ela é a pecadora cuja redenção se faz presente para que todos testemunhem. Na resplandecente luminosidade do amor dos Acolhedores, uma criança tomará consciência da Mensagem e do

Caminho, sua herança de criança, o futuro daquele que morre; uma menina que deverá se chamar Joana.

A atmosfera inebriante e irreal acaba por se tornar excessiva. Consciente de que sua presença muda induziu ao erro as pessoas da Casa do Recolhimento, Felicia faz o possível para dissipar a ilusão criada por sua chegada, mas ninguém ouve. E quanto mais eles persistem nisso, mais lhe vem à cabeça que está aceitando sua hospitalidade sob falsos pretextos. É uma menina grávida que está caçando desesperadamente o pai de seu filho; não existe nada além disso.

Portanto, numa manhã bem cedo, ela se vai, deixando um bilhete no colchonete agradecendo a todos. Assim como fez antes de ser acolhida na Casa do Recolhimento, passa então a ir de um *bed-and-breakfast* a outro, mudando de bairro na esperança de se encontrar, por acaso, na vizinhança do endereço inexistente, viajando, ainda, durante o dia para fábricas que lhe foram indicadas. "Todos vocês foram bons comigo", diz o bilhete deixado na Casa do Recolhimento, mas quando avista mr. Hikuku na rua, sente-se culpada por ter partido daquela maneira. Uma vez, ela tem um vislumbre do carrinho verde de traseira antiga e também se sente culpada então.

No último minuto, quando ela está repentinamente ali, numa tarde, pedindo informações para um casal com um cão-guia, a prudência dissuade mr. Hilditch do encontro que ele vem antecipando com tanto fervor. Tudo o que ele tem que fazer é atravessar a rua e dizer "oi" quando o casal tiver ido embora. Se ele for notado por alguma pessoa local que o conheça de vista, ou de alguma outra maneira, as chances são de que não será atribuída grande importância a este fato, deduzindo-se que estão sendo dadas mais explicações. Mas permanece o fato de que ainda é um terreno familiar, e nunca se sabe. Nem pensar que eles pudessem caminhar um centímetro juntos na rua. E se ela caísse na choradeira ou agisse de modo familiar?

Quanto de significativo poderia ser trocado no minuto ou dois que fosse seguro para ele estar ali, em plena luz do dia, gesticulando enquanto fornece as informações com as quais o casal com o cão-guia não conseguiu ajudá-la? Já é contato suficiente, mr. Hilditch decide durante sua hesitação, saber que ela deixou a organização religiosa, o que pode deduzir pelo fato de ela estar novamente nas ruas com suas sacolas. A paciência a trará de volta para ele. Mais cedo ou mais tarde ela o procurará pedindo ajuda, já que ele a ofereceu.

Num banheiro público, com a porta trancada, Felicia apalpa entre os pertences da sua sacola mais pesada, até chegar ao pulôver onde escondeu a maior parte do dinheiro. Restaram-lhe duas libras e setenta e três centavos na carteira da sua bolsa. Mas as mangas do pulôver estão vazias e, pensando ter se enganado, procura na outra sacola. Como ela também não resulta em nada, volta para a primeira. Em pânico, tira tudo das duas, forrando o chão do cubículo, desdobrando o pulôver azul-marinho e sacudindo todas as outras roupas. O dinheiro não está lá.

Tenta se acalmar. Será que as notas poderiam ter, de alguma forma, saído das mangas de lã, e ido parar em outro lugar quando ela tirou alguma coisa da sacola no quarto onde passou a primeira noite, na Casa do Recolhimento, ou nos outros alojamentos?

— Nada foi encontrado — diz a proprietária de rosto afilado nas dependências de Marshring Crescent, quando ela voltou lá. — O que foi que você perdeu?

Felicia diz que é dinheiro. Ela poderia tê-lo tirado de onde estava e posto em algum outro lugar, mas não se lembra de ter feito isso.

— Nenhum dinheiro foi encontrado.

— Posso dar uma olhada só para ter certeza?

— O quarto foi limpo no dia em que você saiu e todos os dias depois disso. Eu mesma faço a limpeza.

Felicia explica que por causa do que aconteceu restou-lhe muito pouco dinheiro. Tudo o que ela quer é ter certeza de que não deixou nada.

— Você não deixou nada. — A mulher é enfática. Felicia vai embora.

Ela vai a todos os outros *bed-and-breakfasts,* sem sucesso. Não se surpreende, porque, a esta altura ficou claro que o dinheiro não poderia sair do esconderijo sem ajuda, e em nenhum desses quartos ela deixou as sacolas durante o dia, já que em cada um deles não ficou mais do que uma única noite. Isto aconteceu apenas na Casa do Recolhimento, imaginando que o maço de notas estaria a salvo entre pessoas religiosas.

— Então, você voltou para nós, criança? — Miss Calligary a recebe com um pouco de rigidez quando a campainha toca, sem sorrir da sua maneira usual. — Então, você está novamente aqui.

— Eu tinha que ir procurar meu amigo.

— E agora o amigo disse: "Não posso fazer nada". Que amigo é esse que diz isso pra uma menina que carrega um filho?

— Ele não sabe.

— Menina, eles sempre sabem.

Sem ser convidada para entrar na Casa do Recolhimento, e não sentindo nenhuma simpatia da parte de miss Calligary, Felicia subitamente sentiu-se cansada. A perda do dinheiro é um desastre quase tão grande quanto sua impossibilidade de localizar a fábrica certa. O dinheiro nem mesmo pertence a ela; se quisesse dar meia volta agora e ir para casa, não poderia; não sobrou nem o suficiente para um único pernoite.

— Perdi algum dinheiro enquanto estava aqui.

— Dinheiro?

— Numa das minhas sacolas. Tinha dinheiro.

— O que você está querendo dizer, menina?

— Eu tinha um dinheiro junto com as minhas roupas. Estava escondido e alguém pegou.

— Nesta casa, não. Nunca, menina.
— Está faltando.
— Roubado? Você está dizendo que foi roubado?
— Não, de jeito nenhum. Só que deixei ela aqui durante o dia. Não sei o que me deu na cabeça. Se a gente pelo menos pudesse dar uma olhada...
— Você vai embora sem dizer nada, menina. Você volta aqui com essa conversa.
— Estou quase sem dinheiro agora.
— Você está me pedindo dinheiro, menina?
— Vai ver que eu tirei ele aqui por engano. Vai ver que ele escorregou. Se a gente pudesse dar uma olhada no quarto.

Não se dignando a responder, miss Calligary abre um pouco mais a porta, e segue na frente até a vazia Sala do Encontro. Mas não existe lugar ali onde o dinheiro pudesse estar, nenhuma gaveta para abrir, nenhum tapete no chão de tacos, e apenas os aquecedores detrás dos quais Felicia olhou sem esperança.

— Deixe a gente, menina. Você vira as costas para o nosso povo e para a nossa verdadeira crença, e agora vem esta acusação.

Lágrimas correm pelo rosto de Felicia, enquanto ela sacode a cabeça, negando que tivesse dado as costas. Todos foram bondosos com ela, ela diz; todos foram tão solidários; estava envergonhada de ter partido tão às pressas. Era tudo culpa dela. Deveria ter olhado todos os dias para ver se o dinheiro ainda estava lá. Deveria tê-lo distribuído de maneira mais igual, metade no pulôver, metade na bolsa. Esforçando-se para controlar os soluços, finca os dedos na palma das mãos até doer.

— Não sei o que fazer.

Miss Calligary espera Felicia se acalmar, depois lembra a ela que logo os moradores da casa vão chegar, com notícias do recolhimento do dia. Quando todos estiverem reunidos, irá informá-los sobre o ocorrido e perguntar sobre a possibilidade de o dinheiro ter sido encontrado em algum lugar e posto em segurança.

Há uma espera e silêncio entre elas. Depois, quando todos voltaram, quando Felicia foi cumprimentada — embora sem o calor experimentado anteriormente —, miss Calligary apresenta o fato para os Acolhedores. A resposta deles é encarar Felicia com um desapontamento indisfarçável. Toda demonstração de cordialidade esvaiu-se dos olhos congestionados do velho etíope e dos de mr. Hikuku, esquadrinhando de sua estreiteza. A mágoa distorce outros rostos; a repulsa estraga a beleza de Agnes. Ninguém fala. Miss Calligary está tão quieta que seus traços poderiam ter sido lavrados em ébano.

Sem mais nada para dizer, Felicia vai embora.

12

Mr. Hilditch rabisca os números das despesas de janeiro e dos ganhos do refeitório, distribuindo o subsídio mensal com parcimônia, na esperança de garantir um pequeno extra para fevereiro. Às quatro horas, um representante de máquinas de venda automática começa sua lenga-lenga de vendedor: instale um conjunto de máquinas de alimentos no refeitório e você abre mão de toda a equipe do refeitório. As máquinas estariam com as costas voltadas diretamente para as cozinhas, as porções preparadas seriam armazenadas diretamente dentro delas; os pratos surgiriam mediante a inserção de uma moeda, quando e na medida em que fossem requisitados, estalando de quentes ou gelados. Com as bebidas seria a mesma coisa: abastecer as máquinas com os ingredientes necessários: chá, café, chocolate, refrigerantes, não mais do que dez minutos de trabalho diário.

— Não há como ter prejuízo, mr. Hildith — o vendedor lhe assegura, mas mr. Hilditch não tem intenção de mudar. Gosta da maneira tradicional. Gosta de ver a equipe do seu refeitório, as mulheres com o cabelo preso debaixo da touca, a conversa e agitação das filas, o vapor saindo das panelas, o purê sendo servido, uma colher extra de couve-de-bruxelas conseguida com a atendente. No entanto, apesar desta preferência, está sempre disposto a ver um representante de alimentos no período de calmaria da tarde. Gosta da interrupção, de compartilhar uma xícara de chá e um prato de biscoitos. Sente que isso dá um formato ao dia. Amanhã deve vir o homem da mostarda Colman.

Esses últimos dias também estão configurados de outra maneira: com especulação, com uma volta de segurança após um período de dúvida, com a serenidade dos seus pensamentos. O fator desconhecido é quanto dinheiro ela guardou na bolsa, quanto tempo ela vai conseguir seguir em frente. O tormento é que, enquanto ela está perambulando pelas ruas, existe o perigo de dar de cara com o namorado; acrescido do fato de que, a qualquer momento, ela pode tomar consciência de que, afinal de contas, poderia haver algo nas suspeitas sagazes do seu pai; qualquer pessoa a quem ela pergunte a encaminharia ao quartel. Dirigindo para casa no final de tarde da visita do vendedor de máquinas automáticas, mr. Hilditch sacode a cabeça com um objetivo renovado; isso tudo é um risco que precisa ser tomado. O que mais importa é que ela ainda esteja por lá, e é provável que esteja.

Mas naquela noite, tendo trancado sua porta da frente, e acionado as travas da porta dos fundos, mr. Hilditch sobe a escada nervoso com a possibilidade de ter deixado que tudo lhe escapasse. Nos dias transcorridos desde que avistou a garota, ela poderia ter tropeçado na sua presa. Neste exato momento ele poderia estar confessando sua hipocrisia, adulando-a com desculpas desonestas. Neste exato momento ela poderia estar novamente enganada.

Mr. Hilditch escova os dentes com fúria, atacando dolorosamente sua gengiva inferior, enquanto pensa na maneira como o mundo anda esses dias: malucos insistentes em nome de Deus aliciando moças, desqualificados mentirosos tirando vantagem, é só escolher e ali está. *GP Arruinou Minha Vida Sexual!, Diz mãe de quatorze anos com gravidez indesejada. Padre Dougie fez sexo no sofá com meu companheiro por vingança! Crianças em sacrifícios de magia negra!* As manchetes correm na memória de mr. Hilditch, selecionadas dos jornais que ele às vezes leva do refeitório, porque gosta de vê-lo em ordem. Aparentemente, todos os dias da semana, cigarros são apagados no corpo de bebês. Todos os dias da semana, mulheres nos seus noventa anos sofrem estupro e violência. Gasolina incendiada é despejada em caixas de correio por diversão. Carros são roubados, televisões são roubadas. Diretores de empresa gastam a pensão de seus empregados em iates. Drogados recebem suas doses no balcão da Boot's. Adolescentes são incendiadas em terrenos baldios da cidade.

Mr. Hilditch refresca o rosto com água. Novamente calmo, na cama, relembra uma noite com Bobbi no Welcome Spoon, na Legge's Corner, perto da Junction 18. Ficaram sentados por horas, talvez umas três, enquanto ela despejava seus problemas, de maneira muito parecida à da irlandesa. "Você não acreditaria na metade", Bobbi tinha dito: o abuso que tinha sofrido nas mãos do homem que sua mãe pusera para dentro de casa depois que seu pai partiu; a casa onde passou seis meses, onde homens com casacos com cinto chegavam nos finais de semana com a mesma intenção. Com o rosto quase bonito de Bobbi como companhia, mr. Hilditch pega no sono.

Na noite seguinte, distanciando-se igualmente de seu local de trabalho e da Número 3 da Duke of Wellington Road, mr. Hilditch vai até um supermercado onde não é conhecido. Compra redes de cabelo, meias-calças e roupas íntimas femininas, talco e creme para pele. No sábado, em um bazar de caridade, já tinha escolhido peças de roupa e dois chapéus. Depois de comer, espalha esses artigos pela casa, enchendo um guarda-roupa com casacos, saias e vestidos, e gavetas com peças íntimas, as quais toma o cuidado de dobrar e até mesmo de rasgar um pouquinho. Esvazia metade dos vidros de loção e aperta creme dos tubos. Coloca o talco, o batom e a maquiagem de olhos no armário do banheiro. Pendura as meias-calças no varal do teto da cozinha. Guarda seu espeto de recibos e qualquer envelope ou papel que traga seu nome, velhos talões de cheques e formulários de banco.

Quando a mãe de mr. Hilditch morreu, ele vendeu seus pertences para um comerciante de roupas que lhe mandou um cartão, porém mais tarde descobriu que a caixa de papelão que tinha enchido com os sapatos dela havia sido esquecida. Planejando livrar-se deles algum dia, guardou-os em um quartinho externo. Tira o mofo deles na mesa da cozinha, e mais tarde os organiza em fileira ao lado do guarda-roupa.

— Preciso do número do seu seguro. — O funcionário fala através do vidro, dificultando o diálogo. Ele repete o que disse.

— Não tenho aqui.

O funcionário a dirige para onde estão os formulários, apontando atrás dela. Menciona um endereço permanente, afirmando que isso será necessário.

— Não tenho nenhum lugar permanente. Meu dinheiro foi roubado.

— É necessário um endereço numa requisição de benefício.

Entreouvindo esta conversa, um homem de meia-idade com cabelo na altura da cintura e roupas rasgadas diz que Felicia está perdendo tempo, opinião confirmada por uma garota puxando um cachorro por um cordão. A garota tem um alfinete de segurança pendurado em uma narina. Seu cabelo é rosa e azul, estilo moicano.

Felicia conta que tem se hospedado no albergue do Exército da Salvação, mas eles dizem que isso não serve como endereço. O homem diz que o benefício nunca fica em desvantagem; se ele tivesse que começar de novo, ficaria bem longe do Sistema e de seus computadores. Depois que você preenche um formulário, será atormentado para sempre. Você recebe o pagamento de um dia, e metade dele é levado de você para comprar dentes postiços para pensionistas velhos.

— Você toca música? Que pena! — a garota acrescenta, quando Felicia sacode a cabeça.

Naquela noite, quando ela chega, o albergue está cheio. Numa Spud-U-Like,* gasta um pouco do seu dinheiro em uma xícara de chá, e pergunta às pessoas em cuja mesa se sentou se a rodoviária permanece aberta a noite toda. Não é algo que elas saibam, respondem. Novamente na rua, é abordada por dois homens que estão à toa em frente a um bilhar. Querem saber seu nome, e, quando ela diz, querem saber de onde ela vem. Dizem que podem dar uma força pra ela, mas ela não entende. Sente medo e sai correndo.

— Cai fora desta rua — ordena uma mulher cujo rosto parece verde sob luz noturna, quando Felicia pousa as sacolas por um instante na entrada de uma loja. — Vá andando.

A mulher é grande, com pele artificial no casaco e brincos em forma de coração. Felicia diz que está apenas descansando.

— Então, vá descansar noutro lugar.

— A senhora sabe se a rodoviária fica aberta a noite toda?

— Pra que você quer o lugar dos ônibus?

— Preciso de um lugar pra passar a noite.

Um carro para ao lado delas.

— Trabalho, amor? — A mulher sorri com afetação, enquanto o motorista abaixa o vidro.

— Ela não faz parte da brincadeira —acrescenta, fazendo um sinal com a cabeça em direção a Felicia. O homem abre a porta do carro e a mulher entra ao lado dele.

— Como vai você? — outra voz pergunta, quando outro carro para.

— Não — diz Felicia.

Ela sai andando, buscando ruas que lhe são conhecidas, onde o tráfego noturno é agitado. As vitrines da moda exibem roupas, seus manequins carecas desfilando em movimentos afetados, fazendo

---

* Cadeia de *fast-food* britânica, cuja base é a batata (*baked potato*) com os mais variados recheios. (N.T.)

beicinho para o nada. Construtoras apresentam taxas de hipoteca. Um homem e uma mulher de papelão dando um passo à frente, segurando um telhado sobre suas cabeças: o atrativo é 8,25%. Equipamentos esportivos e vestuário para esquiar disputam atenção com móveis e sapatos. Máquinas de lavar roupa e fornos de micro-ondas estão em oferta. *Todas as câmeras em oferta!* diz outro anúncio. *Olympus! Minolta! Praktica!* Uma *Pizzaland* está feericamente iluminada, todas as mesas ocupadas ao longo das janelas, uma garota de boina vermelha conversando ansiosa com seu companheiro, um homem de rabo de cavalo que fica balançando a cabeça afirmativamente. Um grupo de oito compartilha uma única mesa. Um casal com uma criança gesticula para ela, bravos porque não quer comer. Um homem de boné está sozinho. "Escolho um Kentucky", diz alguém passando na calçada. "Sou mais um Kentucky."

Embalagens estão jogadas do lado de fora do Kentucky Fried Chicken, e o Coronel Sanders aparece entusiasmado na vitrine, seu olhar honesto, seu cavanhaque branco, Finger Lickin' Good.* A voz de Sheena Easton em um som portátil é engolida pela de Michael Jackson. Um neon luminoso brilha: *Coca-Cola é uma maneira de viver*, diz no céu.

Duas mulheres chacoalham caixas de caridade. Um índio conversa consigo mesmo, gesticulando com as mãos. Uma gangue de *hooligans* força caminho entre os pedestres, fingindo afastá-los com os cotovelos. Num local de jogos eletrônicos, homens e rapazes, concentrados, jogam nas máquinas.

Os olhos de Felicia movem-se inquietos enquanto ela continua andando, ainda à procura no meio da multidão. Ao chegar à estação rodoviária, acomoda-se em um banco, mas uma hora depois lhe dizem

---

* Slogan do Kentucky Fried Chicken. Literalmente refere-se ao fato de que pode ser comido com as mãos, mas ganhou a conotação de uma ótima comida, semelhante ao nosso antigo *De lamber os dedos* ou *De comer de joelhos*. (N.T.)

que já não restam ônibus chegando ou partindo, e lhe pedem que se vá. Ela encontra a estação ferroviária e deita em um banco de madeira na sala de espera, mas também acaba sendo mandada embora de lá.

Descansa na entrada de uma loja que é mais do que apenas uma entrada: uma ampla área isolada, escondida da rua por um pilar central, com vitrines expondo relógios. Senta-se ali, acocorada no chão de cerâmica. Um dos seus sapatos está com a sola furada. Procura nas sacolas e, depois de trocar os sapatos, fica onde está, porque é mais tranquilo.

Mais tarde, continua vagando, descansando às vezes num banco de calçada, voltando a se deslocar quando fica frio demais. Em um quiosque sob uma ponte, onde motoristas de táxi fazem hora, compra um enroladinho de salsicha que baixou para quatro centavos por estar velho. O ar está desagradavelmente úmido com o nevoeiro.

Horas atrás, os sem-teto desta cidade já descobriram o lugar onde passar a noite — em soleiras, passagens subterrâneas deixadas abertas por engano, veículos abandonados, jardins desertos ou casas demolidas. Assim como as larvas abrem caminho nas fendas da alvenaria, os moradores das ruas enfiaram-se em moradias de um pernoite em cemitérios, obras, vielas e pátios, criando paredes com latas de lixo aglomeradas e telhados com o que quer que esteja por perto. Alguns rastejaram sob andaimes até encontrar um canto sob a lona que protege uma extensão destelhada. Outros se acomodaram em embalagens de papelão, que algum dia contiveram lavadoras de pratos ou refrigeradores.

Escondidos, os moradores de rua vagam no sono induzido pelo álcool ou agitado pelo desespero, em sonhos que os levam para a vida que já foi deles. Deitam-se com seus pedidos de esmolas ainda ao lado, com o que resta numa garrafa, suficiente para acalmar os momentos de insônia, com bitucas de cigarro da calçada à mão. *Sem teto e faminto* é seu pedido no papelão, rabiscado sem pensar, um copiando o outro; apenas o dinheiro importa. Todas as idades se estendem nos lugares encontrados, homens, mulheres e crianças. As rejeições familiares deixaram de ser lamentadas nos travesseiros improvisados. Aqueles que decaíram por sua própria loucura ou por avidez inoportuna imploram em silêncio por sono. Um antigo clérigo já não pensa na sua desgraça; em vez disso, pensa que ela nunca aconteceu. Maridos rejeitados, esposas abandonadas, vítimas do acaso ultrapassaram a amargura e dedicam sua energia a manterem-se aquecidos. Os mentalmente perturbados são embalados por vozes que, com frequência, à noite, convencem-nos a se levantar e sair andando, o que eles acatam submissamente, sabendo que é seu dever. Homens que fracassaram deitam-se sozinhos e sonham com uma realidade que não ousam contemplar de dia: grandes hotéis e garçons respeitosos, o poder que antes detinham, os braços de secretárias. Mulheres que foram lindas no seu tempo são novamente lindas. Não há arrogância entre as pessoas de rua, nenhum orgulho insistente em suas feições adormecidas, nenhum dedo-duro persistente de uma corrupção do passado. Eles ultrapassaram a fase do desespero, e em sua caminhada descendente algumas mulheres se venderam. Rostos gretados, unhas incrustadas de sujeira, estão além disso agora. Homens, em grupos de três ou quatro, ofereceram o truque das três cartas nessas mesmas ruas. Barbas mal tratadas, cabelos emaranhados, peles escurecidas pela sujeira, agora eles não atrairiam as apostas de seus clientes casuais. Em seus sonhos, há ocasionalmente a fantasia de que possam ser curados, de que possam ser amados, de que todas as vozes e visões cessarão, que amanhã descobrirão a força de resistir ao esquecimento. Outros permanecem sem-teto por escolha, e por suas próprias razões particulares não voltariam a uma vida mais estabelecida. Sentem que as ruas são o lugar ao qual, agora, pertencem.

— Procurando um lugar pra dormir, meu bem?

Felicia é abordada por uma mulher manca, que empurra um carrinho de bebê cheio de trapos, sacolas plásticas amarradas em torno do cinto do casaco. O rosto da mulher está carmesim e curtido, seus olhos, congestionados. Mechas de cabelos brancos escapam de um cachecol de lã, amarrado sob o queixo. O contorno de sua boca está tomado pela sarna.

— Nenhum lugar pra ficar, meu bem?
— O albergue está cheio.
— É o que acontece.
— Roubaram meu dinheiro.
— Você é irlandesa, acertei?
— Sou.
— Sou de County Clare. Um pouquinho longe daqui.
— Estou procurando uma pessoa.

A mulher manca não está interessada nisso. Há quarenta e um anos anda pelas ruas, ela diz; quarenta e um anos, dois meses e um dia.

— Sei a conta de cabeça. Saber a conta de cabeça deixa você mais ligada.

Sentindo-se mais segura em companhia do que sozinha, Felicia caminha com a mulher pelo bairro, que se torna mais quieto e mais escuro conforme elas avançam. Seu progresso é lento, cada lata de lixo investigada, restos de comida resgatados e comidos, garrafas esvaziadas de seus resíduos.

— Quantos anos você me dá? — a mulher pergunta a Felicia durante essa pausa, e ela responde que não sabe. — Oitenta e dois anos, e ainda forte. Estive por toda parte: Liverpool, Plymouth, todas as cidades de marinheiros. Uma vez estive em Glasgow. Conheci todos os tipos em Glasgow. Conheci o primo da rainha. Um homem encantador e atencioso. Encantador no seu uniforme.

Ladeando uma área abandonada, elas deixam as ruas e se aproximam do caminho ao longo de um canal. A água está abaixo delas, no final de uma inclinação, aonde se chega por uma passagem em meio a arbustos e ervas daninhas. "Um bom abrigo lá no canal", promete a mulher, e remexe por entre os trapos do seu carrinho. Segura alguns deles para mostrar sua utilidade como cobertores, e Felicia estremece, afetada pelo odor fétido que essa remexida provocou.

— A Lena saiu! — grita uma voz em algum lugar perto delas, e então duas figuras emergem do nevoeiro, uma delas acenando e tornando a exclamar que Lena saiu. De tempos em tempos um luar sem brilho se infiltra pelas nuvens, e à medida que as figuras se aproximam, Felicia distingue um rapaz magrelo com cara de menino ainda e cabelo claro bem curto, e uma mulher de meia-idade esquelética e de pernas finas. O homem usa calça de flanela e um pulôver sob um casaco de *tweed* rasgado em um dos bolsos, uma gravata com o nó dado no colarinho de uma camisa suja. Uma tintura laranja está desaparecendo do cabelo grisalho da mulher; num rosto anguloso, seus lábios são sensuais, projetados em forma de tulipa, trazendo agora um brilho de batom. Pelos despontam no queixo e no lábio superior do seu companheiro, e numa penugem que cresce nas laterais do seu rosto. Na luz difusa do nevoeiro, as roupas da mulher parecem surradas.

— Como vai você, George? — pergunta a mulher manca depois de ter festejado a volta de Lena. Lena foi solta nessa manhã às oito, revelam conversas subsequentes, e pegou uma carona em um barco estreito até Flowers and Castle, onde George estava à sua espera. Eles andaram bebendo vinho de cevada.

— Se você não vier, estou fora — ameaça abruptamente a mulher manca, e, sem esperar uma resposta de Felicia, desaparece em meio aos arbustos do declive, as rodinhas do seu carrinho de bebê chacoalhando e vibrando pela superfície irregular.

— Você não tem um lugar pra passar a noite? — pergunta o rapaz magrelo a Felicia. — Está sem saber o que fazer?

— Esta noite não tenho lugar nenhum.

Ainda preferindo ter companhia a ficar sozinha, Felicia fica com os dois, voltando com eles pelo caminho por onde veio com a mulher manca. A princípio, eles ficam curiosos. Ela lhes conta que andou procurando uma fábrica de cortador de grama porque um amigo trabalha lá. Dá uma descrição: cabelo escuro mantido curto, altura média, olhos esverdeados — provavelmente poderiam ser chamados de cinza. Johnny Lysaght, ela diz, e conta sobre o dinheiro que desapareceu das mangas do seu pulôver.

— Isto é típico — é a resposta de Lena, a descrição de Felicia não despertando qualquer interesse. — Você vira o rosto e é roubada enquanto pisca.

Enquanto caminham, Lena fala bastante. Rançosa como um repolho velho é a descrição de uma assistente social da prisão. Uma outra é chamada de miss Lixo. Desta vez ela teve sorte com sua companheira de cela.

— Ela quer que eu vá morar com ela, quando ela sair, a Phyllsie quer. Ela tem algum tipo de esquema com o benefício. Eu não iria morar com ninguém, Felicia; disse isso pra ela. Agora que achei o menino, não estou procurando mais nada. Eu e o George estamos juntos, Felicia, está me entendendo? Não quero esquema nenhum por aí, não com o menino George. O garoto nem sabe o que isso quer dizer, não sabe.

— Você está com fome, Felicia? — interrompe George.

A voz dele é a voz mais linda que Felicia já ouviu. Cada palavra que pronuncia é perfeitamente proferida, sem distorção de sotaque ou enunciação indistinta. A fala de Lena é áspera.

— Estou, estou com fome.

Felicia acrescenta que não tem nenhum dinheiro para gastar em comida, mas George diz que isso não importa, e Lena concorda. À luz da rua, o casaco esgarçado de Lena adquiriu cor, um amarelo desbotado com botões dourados.

Eles compram porções de batatas chips em uma loja de *fish-and-chips* e comem na rua. Ela mesma é de Londres, Lena diz, nascida e criada. Ela e George se conheceram ali e optaram por uma mudança de cenário um tempo atrás, por causa de um problema que tiveram, uma mulher que prestou uma queixa. Eles estavam dormindo debaixo de papelão em Londres, depois de ela passar um tempo dando, atraindo carros. Nunca foi chegada nisso. Antes, um homem que ela conheceu em Westbourne Grove convenceu-a a tatuar montanhas cobertas de neve nas costas. Agora, elas estavam lá para sempre. Aja por impulso e você tem uma paisagem te cobrindo pelo resto da vida.

George está quieto, enquanto Lena fala, satisfeito em assentir com simpatia, quando o episódio da tatuagem é recontado. Seus olhos ficam mais intensos quando ele está complacente, espalhando cordialidade em seus traços ternos de menino.

— Lisos como quiabos, alguns juízes são assim — Lena comenta, mas acrescenta que, desta vez, o juiz que a mandou para a prisão era completamente diferente, amando cada minuto da sua sentença. Ela descreve o rosto vermelho e afogueado, excitadamente severo. — Coisa de exemplo pros outros. Entende o que eu digo, Felicia?

— Entendo.

— Então, você tá grávida, Felicia? Tá com um bolinho no forno?

— É por isto que estou procurando o Johnny.

— Johnny-estou-chegando-agora, é? Johnny-mal-te-conheço?

— Não é assim.

— Claro que não, claro. — Lena faz uma pausa, e acrescenta: — Não sou mãe do garoto, Felicia. Você pensou que eu fosse mãe dele? Ele tem dezesseis anos, sabe, a mãe dele mora pros lados de Londres.

— Ela dirige um Daimler — diz George.

— Não consegue ouvir uma palavra contra ela, o Georgie, não consegue. Já ouvi o menino ser chamado de santo, Felicia, muitas vezes. Leve ele num Pricerite, num Victor Value, ou num Lo-Cost,* ele não pega nada, nunca na vida, nem mesmo um tubo de pastilhas.

O tempo todo em que ela esteve presa, George ficou esmolando do lado de fora, dormindo mal, fazendo render xícaras de chá. Nunca tocou em nada.

— Ele manda um cartão pros bispos no aniversário deles, nunca esquece nenhum. A educação fez isso com ele, Felicia, tá me entendendo?

Eles chegam a uma casa com andaime à volta, e uma porta de entrada provisória, feita de compensado ao natural.

— Aqui não cobram pra dormir — George garante a Felicia, apertando uma campainha pendurada nos fios, não mais afixada no batente da porta. De algum lugar dentro da casa vem uma batida de música e um martelar ocasional.

— Sejam bem-vindos. — Um homem numa jaqueta de piloto, com uma caneca na mão, cumprimenta-os quando a porta se abre. — Vão entrando.

Ele mostra o caminho, atravessando um hall sem tapete, em direção a uma escada sem tapete. O papel de parede foi parcialmente removido das paredes, com algumas tiras ainda penduradas. Pedaços de gesso, tijolos, aparas de madeira e extensões de fio elétrico estão espalhados pelo hall e pela escada. Sacos de cimento, pás, baldes e uma pilha de blocos de concreto enchem o patamar do primeiro andar. Vinda de detrás de uma porta fechada, da qual a tinta foi tirada a fogo, a música está mais alta na parte de cima da casa. Em outro quarto, o martelar intermitente também está mais alto.

— Então, eles te soltaram de novo, Lena. — Abrindo a terceira porta do andar, o homem de jaqueta tem que gritar para que o ouçam: — Remissão, é?

— É isto aí, mr. Caunce.

---

* Referência a redes de supermercados. (N.T.)

Uma lâmpada sem cúpula mal ilumina um quarto pequeno, sem móveis. Vários colchões com manchas de mofo, dois deles ocupados, estão no chão, um junto ao outro.

— Aí está. — O homem da jaqueta dá mais um sorriso acolhedor para os três recém-chegados. — Tudo bem, então?

Lena diz que a acomodação está ótima. — Boa noite, mr. Caunce.

Os ocupantes dos colchões são um rapaz e uma garota, totalmente vestidos, sem nada de cobertas. Os dois estão deitados de costas, olhando para o teto. Nenhum se dirige aos recém-chegados, nem deixa de olhar para cima.

— O banheiro é do outro lado do corredor — Lena explica para Felicia, antes de ela mesma ir até lá.

Quando volta, George e Felicia vão em turnos. Felicia não gosta do banheiro. Não tem tranca na porta e não é limpo. As tábuas de madeira estão ensopadas, porque o vaso está trincado e vaza água. Um pedaço de corda substituiu a corrente. Uma única torneira sai da parede, mas a pia que já esteve sob ela foi removida. Não há papel higiênico.

Não gosta do quarto, quando volta para ele. Não gosta da casa. Lena tirou o casaco, revelando uma saia justa imitando couro, e um suéter preto, que agora ela também tira. George tirou o casaco e os sapatos.

— Tá bom pra você? — Lena pergunta, sem esperar por uma resposta. — Parece que nossos amigos estão no pico.

Lena e George compartilham um dos colchões, com o casaco de George aberto sobre eles. Felicia deita-se no que resta. Lena lhe pede para apagar a luz. Mr. Caunce não cobra, George volta a tranquilizá-la.

Felicia fica deitada ouvindo a respiração ruidosa do casal drogado, a música e o martelar. Esses sons e o cheiro forte no quarto passam para o sono de Felicia, até que outro som a acorda. Uma mulher está gritando. De algum lugar lá embaixo da casa, vêm gritos desesperados e histéricos de nervoso.

A respiração do casal não se altera. Nem Lena, nem George acordam. Então a música cessa, e com ela o martelar, permanecendo apenas os gritos agudos da mulher, palavras articuladas ocasionalmente: — Bestiais! Animais bestiais! — Quando a mulher fica exausta, começam os soluços, depois silêncio, até que a música e o martelar recomeçam.

Felicia não dorme depois disso, ainda que ambos os sons cessem quando a escuridão clareia. Ela mesma soluça, desejando que pudesse continuar dormindo, sem saber o que fazer quando o dia começa.

— Quer um chá? — a voz de Lena intervém. — Chá, Georgie?

Os dois com quem eles compartilharam o quarto não são perturbados pela partida deles, os olhos dilatados e vagos. Sem falar, injetam-se, um passando a seringa para o outro.

— O que foi aquela gritaria? — Felicia pergunta na rua. — Aquela mulher?

— É uma espanhola. — George parece triste, o ânimo da noite anterior desapareceu.

— Já foi cantora — Lena acrescenta. — Coisa de *nightclub*. Ela não gosta do barulho, entende? Depois tem aquela privada pingando pelo teto dela e tem uma história sobre o telefone dela que não funciona. Caunce tem a música e o martelar acontecendo, mais todo tipo de vagabundo pra cima e pra baixo, então ele pode pôr ela pra fora.

— Mr. Caunce não é um homem muito bom — George dá sua opinião com relutância. — Acho que temos que dizer isto.

— Muitas vezes eu penso nela cantando no *nightclub* — Lena diz — quando estava no apogeu. Ela tem uns sessenta, agora.

— Aquele grito foi terrível.

— Chocante — Lena concorda, e o assunto é posto de lado.

Eles fazem fila para um chá do lado de fora da entrada de uma igreja, as portas ainda fechadas.

— Não é muita coisa — Lena avisa —, chá, pão com alguma coisa, mais se você entra na fila uma segunda vez e eles não reparam.

— Bom dia! — cumprimenta uma mulher, escancarando as portas após vinte minutos. *Beryl*, está escrito no crachá que ela está usando.

Dentro, mesas de armar e bancos estão dispostos em fileiras. Em um canto há uma pia, ao lado de um refrigerador e de um fogão a gás. Três outras mulheres estão passando margarina em fatias de pão; uma quinta despeja chá de um grande bule de metal em fileiras de canecas que já contêm leite. Há um cheiro de gás e de pratos sendo lavados.

Os visitantes da manhã arrastam os pés, a maioria homens, todos maltratados. Há silêncio, exceto por dois que discutem baixinho. Lena retomou a conversa sobre sua colega de prisão e o esquema que ela arquitetou para extrair dinheiro extra do sistema de seguro social. — Aí já chega — exclama rispidamente a mulher que serve o chá, repreendendo os homens que estão discutindo. Aquilo não é uma cervejaria ao ar livre, ela acrescenta com bom humor, fazendo o possível para que os homens desistam da discussão. Mas eles continuam irritados.

— A Phyllsie nunca vai conseguir fazer isso, está me entendendo, Felicia? A pobre Phyllsie não tem jeito pra coisas desse tipo.

Duas outras mulheres, claramente sem intenção de se alimentar, e mais jovens do que as mulheres que estão servindo, entram no salão. Rapidamente, elas dão uma olhada nos que estão ali e escolhem se aproximar primeiramente de Felicia e seus companheiros. "A brigada da AIDS", observa Lena.

— Sempre que vocês se furarem com uma agulha qualquer — uma das mulheres começa de uma maneira intimidante —, tirem o sangue daquele furo com toda força que conseguirem. Bastante força, saindo muito sangue. Estão me entendendo?

— A gente não se pica — diz Lena.
— Ninguém está dizendo que sim. — A segunda mulher acompanha o tom petulante da companheira. — Só estamos dizendo pra vocês é que podem pegar alguma coisa por acaso.
— Coloquem o dedo debaixo de uma torneira de água quente por uns bons dez minutos. Depois, mergulhem ele em água sanitária caseira.

Quando as mulheres da Aids vão embora, e num tom que sugere que ele andou pensando nisso durante a lenga-lenga delas, George diz:
— A gente não sabe nada sobre cortadores de grama.

Ele balança a cabeça afirmativamente várias vezes, para enfatizar essa conclusão, e Lena diz que concorda. — Nada do tipo — ela acrescenta —, mas sabe-se lá.

Eles terminam o café da manhã que lhes foi servido e Lena diz:
— Você vem até o parque, Felicia?

Não fica longe. Eles se sentam, contemplando as pessoas que vão trabalhar. Numa terra preta como carvão, as roseiras ainda não começaram a soltar as folhas da nova estação. A grama, aparada bem curta, meses atrás, ainda não mostra sinais de crescimento. Os canteiros estão livres de pragas. O banco de madeira que eles ocupam está dedicado a Jacob e Mir Abrahams. *Mortos com outros, 1938. Lembrados aqui.*

— O que eu teria é um daqueles cachorros grandes e marrons, que ficam de boca aberta — observa Lena. — Se eu tivesse um dinheiro, a primeira coisa que ia fazer era arrumar um desses cachorros. Um bom companheiro que dá pra levar pela rua. Está me entendendo, Felicia?

Um casal tranquilo passa de braços dados. Aposentados, especula Lena; levando tudo numa boa, agora. Curioso terem saído tão cedo, curioso não terem um cachorro.

— Alguém hoje, George? — ela pergunta, e George responde que sim, que hoje é o aniversário do bispo de Bath e Wells.

— Sinto muito que a gente não saiba sobre o negócio do cortador de grama — ele diz.

Ele se levanta, seguido por Lena. Felicia percebe que seu encontro com eles chegou ao fim. Ele não se esqueceu, diz George; ontem mandou um cartão com um esquilo ao bispo de Bath e Wells. Ele sorri, voltando a acenar com a cabeça, quando acrescenta que o bispo de Bath e Wells provavelmente está abrindo o cartão neste exato momento. Uma vez, quando estava na escola, ele conta, houve um sermão, em que se dizia que os bispos eram solitários.

— Boa sorte, Felicia — diz Lena. — Boa sorte com o seu cara.

— Pus nele uma rimazinha que conheço — diz George, e faz uma pausa para recitar com sua articulação perfeita:

Of all the trees that grow so fair
Old England to adorn,
Greater are none beath the Sun
than Oak, and Ash, and Thorn.*

Eles vão embora e Felicia observa-os passeando através dos canteiros, enquanto a voz de George continua, antes de se esvair no nada.

---

* Trecho de "A Tree Song", de Rudyard Kipling. Literalmente: "De todas as árvores que crescem formosas/ para enfeitar a Velha Inglaterra/ nenhuma é mais linda na face da Terra/ do que o carvalho, o freixo e a acácia". (N.T.)

13

Mr. Hilditch está em sua sala grande da frente. Está tocando "Blue Hawaii". O *Daily Telegraph* está jogado sobre seus joelhos.

Quando a campainha toca, ele não se mexe. Sabe que ela não vai embora, vai tocar de novo. Quando ela o faz, ele se levanta lentamente e atravessa o hall no mesmo passo vagaroso, todas suas dúvidas persistentes dissipando-se com tanta rapidez que desaparecem completamente quando ele chega à porta. "Blue Hawaii" chegou ao fim, mas ele continua a entoar a música com a respiração, passando-a suavemente sobre os dentes inferiores. Leva a mão até a gravata de luto que está usando, arrumando-a antes de abrir a porta.

— Cá estamos nós de novo — ele diz com um sorriso agradável.

Mr. Hilditch não pressiona sua visitante a entrar em sua casa. Fica na soleira com ela, tendo que forçar a vista porque está escuro. Ele lembra uma criança tentando atrair um camundongo para uma armadilha preparada como uma gaiola. Você coloca o queijo no chão e vai embora. Todos os dias você coloca o queijo no chão, cada vez um pouquinho mais perto da estrutura de arame, até que o camundongo entra por sua própria vontade, seguro de que sabe das coisas.

— Não teve sorte na sua procura?

Mr. Hilditch fala de maneira fria, não querendo passar a impressão de qualquer prazer da sua parte. Ouve a garota irlandesa contar que esteve em tudo quanto é canto. Deixa-a livre para contar sua história.

— Roubaram meu dinheiro.
— Roubaram?
— Bom, ele desapareceu. Estava escondido em uma das sacolas e, quando olhei, ele não estava lá.
— Você esteve junto de gente de moral duvidosa, não esteve?

Ouve sobre a casa religiosa e depois comenta que nenhum tipo de fanático merece confiança.

A garota irlandesa diz que não sabe o que fazer. Diz que esteve em outros *bed-and-breakfasts*.

— Quantos meses faltam? — Mr. Hilditch dá um tapinha em seu próprio estômago. — Você sabe.
— Estou de quatro meses.
— Mal aparece. Só um pouquinho. Só está começando.
— O senhor disse que podia... O senhor disse naquele dia que podia me ajudar... — Ela começa a gaguejar, depois se controla. — Eu estava pensando... — Novamente perde a coragem, e ele acena com a cabeça para incentivá-la. — Eu estava pensando se o senhor poderia me emprestar o dinheiro da passagem pra eu ir pra casa. — A gagueira volta a aparecer quando ela tenta dizer que é um atrevimento pedir a um estranho. Diz que não sabe a quem recorrer.
— Você quer voltar?
— Foi um erro ter vindo aqui. Eu jamais deveria ter vindo.
— Mas e o seu amigo?
— Nunca vou achá-lo.

Quando a garota diz isso, mr. Hilditch percebe que ela perdeu a confiança. Apesar de suas reservas, ele deveria ter se reaproximado dela quando a viu na rua. Talvez não seja tarde demais. Pela sua experiência, sabe que uma vez que elas metem uma coisa na cabeça, não é fácil fazê-las mudar de ideia. Se ela sente que não deixou pedra sobre pedra, pode ser simplesmente isso. Mr. Hilditch tem consciência do frio em seu estômago, da sensação de que algo que ele considerava seu pode lhe ser arrancado. Alerta ao perigo, fala calculada e pausadamente, simulando uma calma que não reflete o tumulto interior.

— A ironia é que se o seu amigo soubesse disso, estaria enlouquecido de preocupação. Já passei por isso. Se ele soubesse o que você tem passado, toda a confusão em casa e depois a procura por ele em um país que você não conhece, o pobre rapaz perderia o controle.

Surgiram lágrimas, então, como ele suspeitava que poderiam surgir. É tudo culpa da mãe do namorado, ele ouve novamente, e sente um bocado de alívio, sem saber por quê. Ouve mais uma vez que a mãe escreveu mentiras em uma carta, que disse para ele não vir no Natal, inventando um motivo qualquer.

— Você tem certeza disso, Felicia? Alguém te disse que a culpa é da mãe?

— Foi ela. Agora eu poderia jurar.

— Então, você não teve notícias de casa desde que chegou aqui?

— Ninguém sabe onde estou.

— Mas eles sabem que você veio atrás do Johnny?

— Só ela sabe a cidade onde ele está.

— E é claro que ela não contaria pra ele que você deu no pé. Óbvio.

— Não, não contaria.

Ela volta a mencionar um empréstimo, constrangida como antes. Menciona a soma necessária. Ele não responde diretamente, mas diz:

— Não é uma pena desistir com tanta facilidade? Já que você foi tão longe, com tanta coisa em risco? Pra começo de conversa, eles vão te receber de volta?

Ela está com as suas sacolas, e não as pousou no chão. — Eu preferiria encontrar o Johnny — murmura, os soluços entremeando as palavras —, só que agora isso nunca vai acontecer.

— O que eu estou pensando é que, depois de tudo que você passou, talvez a gente devesse fazer um último esforço. Está me entendendo, Felicia? Eu poderia pedir pra garota do escritório dar uns telefonemas, como sugeri pra você. Você lembra que eu sugeri isso? Se o Johnny disse uma fábrica de cortador de grama, ela deve estar em algum lugar.

Ela sacode a cabeça, limpando o nariz com um lenço de papel.
— Devo ter entendido errado.

Lentamente, ele também sacode a cabeça:
— Só levaria uma ou duas horas, nada demais. Aquela garota é esperta, ela sabe das coisas. Outra coisa é: ouvi falar de uns lugares onde os rapazes irlandeses se encontram à noite. Por exemplo, o Blue Light. Você já deu uma olhada no Blue Light?

Ela responde que não, e ele comenta que valeria a pena dar uma olhada ali e em alguns outros lugares. Só para ter certeza antes de jogar a toalha.

— Deu pra entender você ter saído correndo daquele jeito na outra semana, meu bem. Eu contei esse incidente pra Ada, quando ela teve um momento de lucidez, e ela disse que era compreensível. Só estou mencionando isso porque não gostaria que você pensasse que me senti ofendido.

— Sua esposa está melhorando?

— Ada morreu, meu bem.

A mão dela vai até a boca, num gesto rápido e constrangido.

— Ah, sinto muito. — As palavras saem atropeladas, novamente com um toque de gagueira.— Minha nossa! Sinto muito.

— Há três noites. — Ele deixa que um silêncio cresça, uma vez que isso se faz necessário. — Por falar nisso — ele continua, por fim —, temos que dizer que foi uma despedida abençoada. Temos que usar esta expressão, Felicia.

Ele pode senti-la tentando formular uma resposta, mas ela não encontra as palavras. Ele percebe o que ela está pensando. Está pensando que você recebe cuidado e gentileza de uma pessoa que tem suas próprias preocupações, e vira as costas para ela em seu momento de necessidade. Tudo o que ele pediu naquele dia foram umas duas horas de companhia, foi o único pedido que ele fez.

— Bom, vou te dar boa-noite. — Ele hesita, sentindo um impulso de relembrar "Blue Hawaii", de entoá-la inaudível sobre os dentes inferiores. — A não ser que você aceite algum tipo de bebida? — oferece, resistindo à vontade de exaltar a melodia. — Você seria bem-vinda, é claro. Estou preparando um chá.

Depois de uma breve hesitação também da parte dela, ela sobe os degraus até a porta de entrada.

A cozinha é enorme, a maior que Felicia já viu. O teto de madeira está manchado com os vapores de gerações, restando apenas um gancho para pendurar presunto, da fileira que já deve ter havido. Dois armários estão lotados de cerâmica; uma longa mesa de pinho ocupa o centro da área; pares de meia-calça pendem de um varal suspenso. Há quatro cadeiras de encosto reto, uma escada apoiada numa parede, uma velha máquina de costura num canto, uma calandra. O refrigerador e um fogão elétrico parecem deslocados.

— Eles ficam aqui perto — diz o homem que ainda não disse seu nome para ela, enchendo uma chaleira elétrica de água. — Os lugares onde os rapazes irlandeses se encontram. Eu poderia te levar até lá.

— O senhor quer dizer agora?

— Ainda é cedo. O Blue Light é um bar de pescados. Tenho grandes esperanças no Blue Light, uma sensação na pele. Pra falar a verdade, ia me fazer bem dar uma saída. Se você não se incomodar em dar uma volta de carro.

Sem grande entusiasmo, Felicia sacode a cabeça: — Não, não me incomodo. — Seu tom é sombrio. Não vai adiantar nada. Tudo o que resta é a chance de um dinheiro emprestado.

— Vamos comer alguma coisa antes.

Ela fica imaginando se o corpo de sua mulher foi trazido de volta para casa, e, como se algo desse pensamento tivesse se imiscuído em sua expressão, ele diz que o funeral foi nesta manhã. Ela o vê notando as meias-calças no varal. Ele desvia o olhar dela, enquanto baixa o varal em silêncio e o esvazia. Depois de dobrá-las e guardá-las em uma gaveta, coloca fígado e legumes na mesa e começa a prepará-los. Abre uma lata contendo diversas variedades de biscoitos e a convida a se servir enquanto espera, convidando-a também a se sentar.

— Péssima a história do seu dinheiro — ele diz.

— É.

— Não sobrou nada?

Ela conta para ele quanto tem agora, como passou a noite em uma casa que estava sendo reformada, porque o albergue do Exército da Salvação estava cheio.

— Você vai tentar ali de novo, hoje à noite?

— Não sei.

Ela não quer dizer que vai ficar tarde demais se eles forem até os lugares dos quais ele ouviu falar, mas, pela maneira como acena pensativo enquanto retira o talo das cenouras, ela percebe que isso passou pela sua cabeça. E ele diz:

— Talvez a gente deva desistir por esta noite. Já te atrasei bastante com a minha conversa. Sinto muito.

— Eu gostaria de ir hoje à noite.

Ele assente novamente, da mesma maneira, como se suspeitasse que essa seria a sua resposta.

— Sinto muito por sua esposa — ela diz.

Virado de costas, ele lava as cenouras.

— Ada era muito religiosa — ele diz. — Ela veio de uma família devota. Isso foi de grande ajuda pra ela perto do final. Ela ficaria contente em te ver de volta com a gente, meu bem. Ficaria contente de ver a gente sair pra procurar o Johnny. — Fatiando o fígado, ele conta sobre o funeral: o reverendo Arthur Chase e um grande comparecimento, uma grande quantidade de coroas.

— Eu me desculpei por não poder convidá-los para vir à minha casa, não estando disposto pra nada social. Mas o reverendo Chase disse "entrem pra tomar um lanche", e alguns de nós aceitamos. Alguns amigos meus do regimento estavam lá, eles sempre gostaram dela. E, é claro, os amigos dela do trabalho voluntário, aos montes. Tenho que reconhecer que o que eles comentaram sobre ela foi comovente.

Eles comem na sala de jantar. O olhar apático de Felicia percorre a extensão de mogno da mesa de jantar e do aparador, a cômoda alta na janela arredondada, os retratos em lugar de honra em três paredes, o conjunto de cadeiras recobertas de *courvin* marrom. Sobre a lareira há uma fotografia emoldurada de uma mulher de rosto rechonchudo, com uma fita preta contornando-o.

— Obra do crematório — ele diz, e ela imagina uma igreja, não sabendo o que é um crematório. Depois de ele ter servido o chá e oferecido novamente a lata de biscoitos, eles recolhem os pratos onde comeram. Parando junto à fotografia, antes de deixarem a sala de jantar, os ombros maciços e a nuca de mr. Hilditch se sacodem. Quando ele se vira para se dirigir a ela, para observar que sua esposa era uma mulher maravilhosa, seus olhos miúdos se perdem por trás de seus óculos embaçados. Felicia se sente mais uma vez tomada pela vergonha, por ter sentido medo depois de ele ter sido tão bom com ela, dedicando-lhe tempo, quando havia a preocupação com a cirurgia de sua mulher. Ninguém havia sido tão solícito. Ela se lembra dos rostos hostis na Casa do Recolhimento, e a desconfiança no rosto de mrs. Lysaght, seu pai chamando-a de puta. Lena e George tinham ido embora, querendo ficar a sós. Ela se lembra de miss Furey, alertando-a para tomar cuidado com o que dizia.

— Bondade sua dizer isto — responde seu benfeitor quando ela gagueja um pedido de desculpas por ter ido embora. — Como eu te disse, meu bem, não me senti ofendido.

Há uma generosidade em sua voz, um calor que a deixa animada.

Mr. Hilditch é cuidadoso. Ele aborda o assunto de abaixar-se atrás do carro com a explicação de ser necessário porque poderia ser inferido algo errado da presença de uma jovem em sua companhia logo depois da morte. "Sinto muito por isso", ele se desculpa quando eles estão a salvo da vizinhança imediata, acrescentando que não gostaria que a memória de Ada fosse insultada com falatórios. Para em um acostamento, para que ela possa se juntar a ele na frente.

— Então, esteve por aqui? — ele incita, e ouve mais coisas sobre a casa religiosa, enquanto seguem de carro, e depois sobre dois indigentes, um dos quais, aparentemente, manda cartões de aniversário para bispos. Há um homem que está tentando se ver livre do aborrecimento de uma locatária permanente, e uma mulher com sacolas que empurra seus pertences em um carrinho de bebê. Miolo mole é o que parece o dos cartões de aniversário.

— A gente conhece uma turma difícil, quando está à solta por aí — é o único comentário que ele se permite. — Se eu fosse você, tomava muito cuidado. Bom, você sabe por conta própria.

Eles dão uma entradinha em um Happy Eater, a caminho do bar de peixes que fica a uns bons cinquenta quilômetros à frente. Depois, no Dog and Grape, onde levou Beth algumas vezes. Escolhe o bar do salão, porque se lembra que o bar mais simples tem uma juke-box. Um casal de meia-idade olha em sua direção uma ou duas vezes, mas dois casais com um poodle estão envolvidos demais com as piadas que um dos homens está contando para prestar atenção. "Seven Up", ela pede — e ele pede a mesma coisa, com um pacote de salgadinhos. Quando ocorre uma pausa na conversa, ele diz:

— Ada era uma Malaway. Ada Daphne Malaway. Daphne igual à mãe. Uma família de industriais. Rolamentos para a indústria de veículos pesados.

Ela fica ali, olhando em volta em busca do rosto que procura, sem beber sua Seven Up.

— Tempos depois, muitas vezes a gente relembrava o dia do nosso casamento, eu e a Ada. Caminhando debaixo das espadas erguidas, e depois, é claro, cortando o bolo com uma espada. Num casamento militar há todos os tipos de tradição de camaradagem... champanhe bebida em um capacete, colegas de farda abraçando a noiva. Nada impróprio, é claro.

Com um aceno de cabeça amigável, mr. Hilditch cumprimenta o casal de meia-idade quando vai até o bar buscar mais um pacote de salgadinhos. A mulher desvia o olhar, o homem mantém simplesmente o olhar fixo. Não tem sentido continuar aqui, considera mr. Hilditch, e enfia os salgadinhos em um bolso, para saborear no carro.

— O Blue Light é nosso melhor palpite — prevê confiante, quando eles saem com o carro. Ele levou todas até o Blue Light, em alguma ocasião ou outra, sendo o tipo de lugar que combinava com elas, principalmente com Gaye. Ele mesmo não gosta especialmente de lá, embora tenha ótimas fritas. Em sua opinião é um lugar grosseiro, o que se confirma assim que eles entram, quando um grupo de baderneiros começa a rir dissimuladamente.

— Não? — ele murmura quando ela olha em torno de uma maneira que já foi ansiosa nos lugares em que estiveram antes, mas que agora é cansada. — Nenhuma chance, meu bem?

Ela sacode a cabeça. Ouve as vozes ao seu redor, e diz, numa voz desanimada, que não são irlandesas.

— Acontece que os rapazes irlandeses chegam mais tarde. Mais vinte minutos, podemos? — Abre caminho até o balcão, para pedir linguado e fritas. Quando volta, ela diz que não quer comer nada, e ele diz que ela deveria se alimentar um pouco por causa do seu estado. É claro que é uma decepção para ela, ele diz que compreende isso.

— Tenha um pouco de paciência, Felicia, enquanto dou uma rápida ligada pra checar como estão as coisas. É que me passou pela cabeça que tem um sujeito que eu conheço que emprega mão de obra irlandesa, gerente de uma fundição a menos de dois quilômetros daqui. Não vou levar nem um minuto pra conseguir a informação sobre onde os rapazes vão à noite, quando resolvem não vir aqui.

Ele fica no banheiro por um ou dois minutos, tempo o bastante para que sua comida não esfrie. Ao voltar para seu reservado, dois dos baderneiros estão tentando abordá-la.

— Posso ajudar? — ele sorri com simpatia para eles, mas logo eles se tornam abusivos e vão embora. Ele imaginou que se a deixasse sozinha, eles se aproximariam dela, dando a ele a oportunidade de mostrar como são as coisas. — Sem chance. Parece que meu amigo saiu esta noite.

Os baderneiros estão indo embora agora, e apenas alguns casais ocupam os reservados. Uma garota desleixada varre o chão.

— Me conte mais sobre você, Felicia.

Ele a encoraja, fazendo perguntas para animá-la: sobre sua vida em casa, se tem animais domésticos, sobre seus amigos e se algum deles sabe onde ela está. Ela sacode a cabeça; não contou a ninguém, volta a afirmar, e repete que se seu pai for à polícia e eles questionarem a mãe do rapaz, provavelmente ela vai dar uma informação errada sobre o paradeiro dele. Uma imagem dessa mulher começou a se formar nitidamente na imaginação de mr. Hilditch, mas ele não quer pensar nela agora. No momento adequado, diz:

— Espero que não seja indelicado da minha parte, Felicia, mas você parou pra pensar no seu estado?

Ele elevou um pouco a voz. A garota desleixada está bem perto deles agora, obviamente interessada.

— É uma novidade linda, é claro — ele diz, e então volta a baixar a voz: — Só estou pensando, Felicia, que independentemente do resultado da busca por Johnny, você não vai querer se perder nisso. Não deixe a coisa ir longe demais, era sempre o conselho dado por Ada, e o meu também. Basta dizer que você não conseguiu, um jeito de falar, serve para uma infinidade de coisas. Está me entendendo, Felicia?

— Estou.

— É uma questão sem escolha, Felicia. Sei o que você quer dizer, quando diz que primeiro quer conversar com o Johnny. Tanto você quanto eu preferiríamos isso, e é claro que vamos tentar, mas no momento não está parecendo uma opção.

Ela não parece estar ouvindo. Sua expressão é distante, como se as perguntas que ele fez sobre sua vida em casa a tivessem levado de volta para lá. Ele a desperta com uma coisa prática.

— Quer alguma coisa, meu bem?

Ela pede chá. Ele lambuza sua última batata com ketchup, antes de se levantar para ir buscá-lo. Eles se lembram dele atrás do balcão, tem certeza disso. Conhecem-no de vista, mesmo que faça bastante tempo desde a última vez em que esteve lá, mesmo que não o tivessem cumprimentado, nem agora, nem nunca. Lembram-se dele por causa das garotas, uma, depois outra, e agora uma nova, a caminho de ter uma família. Um bocadinho de prazer começa a se esboçar em algum lugar dentro dele, enquanto leva as embalagens de plástico até o reservado.

Ela está com a cabeça virada, e ele sabe que há lágrimas. Outra coisa, ele coloca para ela, é que se eles não localizarem Johnny e ela voltar para casa da maneira como está agora, com certeza será tarde demais quando ele próprio aparecer por lá. E não resta dúvida de que ele irá, tendo o hábito de visitar regularmente sua mãe desagradável.

— O que eu estou dizendo é que você estaria numa situação melhor com relação a Johnny, se não estivesse insistindo numa criança sobre a qual ele nada sabe. Eu posso estar enganado, meu bem, mas é isso aí.

— Não quero fazer uma coisa dessas. — Um som como o de um soluço escapa dela, e ele dá a volta na mesa e se senta ao seu lado. Coloca um braço ao redor do seu ombro, e ela começa uma longa conversa fiada sobre a visita a uma mulher em uma fazenda, que aparentemente mantinha relações íntimas com o irmão.

— Enxugue os olhos, meu bem.

Antes de ele conhecer Sharon, ela tinha se livrado de três pequenos erros nesse departamento. Ela mencionou o lugar onde foi na terceira vez, pago pelo gerente de uma tinturaria. Morto de medo, Sharon disse. A Clínica Gishford, na direção de Sheffield. Chique, Sharon disse.

— Me desculpe. — A garota atual assoa o nariz em um lenço de papel que andou torcendo entre os dedos. As pessoas com certeza estão reparando agora, um homem e uma mulher esperando as fritas no balcão, uma garota e um rapaz em um reservado em frente.

— Não diga nada, Felicia. Não tente falar até ter se recuperado. — As mãozinhas de mr. Hilditch pegam em sua mão, e pelo canto do olho ele pode ver que o casal do reservado e o casal no balcão ainda estão reparando. Aconteceu uma briguinha de namorados, é o que deduzem pelas suas expressões, um pequeno mal-entendido que agora está sendo acertado.

— Beba o chá enquanto está quente. Dizem que o bom está na quentura. Não, só mencionei isso porque na noite em que eu cheguei e contei a Ada que tinha te encontrado vagando, ela disse: "Eu me pergunto se ela estaria grávida." Uma mulher percebe, você sabe, mesmo à distância. Embora eu mesmo não soubesse, mesmo tendo estado realmente ao seu lado. O fato é que, por aqui, um médico é obrigado a dar um jeito em você, se você pedir logo no começo. Por outro lado, se for tarde demais, ele te manda embora.

— Muita gente vem pra cá pra isso.

— É claro que sim.

Mr. Hilditch é tomado por nova excitação. Ele se lembra de Sharon dizer que ela estava além do limite, com vinte e nove ou trinta semanas, quando o tintureiro a levou para Gishford. Sempre tem que ser particular, ele se lembra dela dizendo, quando a situação é arriscada. Sheffield é com certeza bem longe.

— Só que — ele diz — acho que tenho razão em dizer que se houver alguma irregularidade você pode passar muito tempo indo e vindo de um consultório local. Qualquer um que não tenha pagado seguro saúde, qualquer estrangeiro. Você poderia esperar semanas.

— O quê?

Ela não está ouvindo. Ele semicerra os olhos, vendo-se com ela na Gishford, da maneira como Sharon a descreveu. Ele os vê em uma sala de espera, uma clara implicação estabelecida por sua presença ao lado dela. Deixando-se levar por um momento, mr. Hilditch respira pesadamente, depois se acalma.

— Você encurta caminho quando o atendimento é particular, é isto que estou te dizendo.

— Não sei o que fazer sem uma chance de conversar com Johnny. O bebê também é do Johnny — ela repete duas vezes, com a voz alterada. Ela repete que não sabe o que fazer.

As imagens na imaginação de mr. Hilditch vão se distanciando. A emoção despertada por sua rápida referência à condição em que ela se encontra o assusta. Agora as pessoas estão notando, sem dúvida, mas o prazer disso vem mesclado com o medo de que tenha sido inepto, de que novamente ela esteja se afastando. Quando ela se cala, ele diz:

— É só porque Ada mencionou isso antes de partir, mas você tem razão, é melhor esquecer isso por enquanto. Não vamos mais tocar no assunto. Sinto muito que os rapazes irlandeses não estejam aqui hoje à noite. O problema é que eles não se fixam. Uma encrenquinha uma noite e eles acham outro lugar. Sinto muito, meu bem.

— Não é sua culpa.

Ele espera que ela continue, mas isso não acontece.

— Você está deprimida, meu bem?

— Um pouco.

— Você está com uma aparência ótima, por falar nisso. Se serve de consolo...

Ela não responde.

— Vou pegar a garota no escritório pra que ela faça uma sondagem logo de manhã cedo, e então a gente vai ver em que pé está. O que você acha?

— Ela não vai achá-lo.

— Se existe alguém que possa achar o seu amigo, esse alguém é ela. Juro pra você, Felicia.

Quando o bar de peixes fecha, eles prosseguem, e só param mais uma vez no Little Chef, que surpreendentemente ainda está aberto. Mais tarde, eles param no acostamento onde haviam parado antes.

— Espero que não esteja desconfortável. — Ele não sabe se sua solicitude chega até ela através do tapete que ele sugeriu que ela colocasse sobre o rosto, quando novamente se agachou na parte de trás do carro. Recomendou o tapete por causa da iluminação da rua. — É incrível a forma como você compreende isso — ele acrescenta, novamente tentando animá-la.

Quando o carro estaciona no cascalho em frente a Número 3, ele repete que a garota no escritório começará a trabalhar logo cedo. Telefonará para todas as possibilidades em que conseguir pôr as mãos; chegará até o departamento de pessoal nas diversas fábricas, da maneira que um detetive particular jamais conseguiria; dará o nome John Lysaght com uma descrição detalhada. Como ele disse na primeira vez em que tocou no assunto, ela verificará o registro eleitoral e qualquer outra listagem que encontrar.

— No final da tarde saberemos o resultado. Teremos mestre Johnny na nossa mira.

— Devo voltar pra que o senhor me diga? — Pela maneira como ela diz isso, o cansaço em sua voz, já está claramente convencida, apesar de tudo que ele acabou de dizer, que ele não terá novidades para ela. O que ela tem em mente é o dinheiro que veio pegar emprestado.

— A qualquer hora depois de escurecer. Talvez lá pelas seis? — Ele leva uma mão à boca para reprimir um bocejo que não vai adiante. Depois, da maneira mais casual possível: — Você vai encontrar algum lugar para hoje à noite, não vai?

— Vou tentar aquela casa de novo. Do mr. Caunce.

— Tome cuidado com um lugar como esse, Felicia.

— Vou tomar.

Suas sacolas estão no hall, onde ela as deixou junto ao cabideiro. Ele a observa se esforçando para encontrar as palavras que levantem a questão do dinheiro, mas ela é tímida demais para retomar o assunto. Isso é bastante natural, já que abordar um completo estranho para algo acima de cinquenta libras é uma tarefa delicada. Ele pensa em ele mesmo abordar o dinheiro, só para mantê-la interessada, mas desiste da ideia.

— Tudo bem no departamento de toalete antes de partir? — ele pergunta em vez disso, também casualmente.

— É, tudo bem, obrigada.

Ela ainda hesita. Começa a dizer algo, mas só consegue soltar uma ou duas palavras antes de se refrear e dizer boa-noite. Menos casualmente, então, sua entonação revestida de cuidado, ele se pergunta se é prudente ela sair vagando por aí a essa hora da noite.

— Você é bem-vinda, é claro — oferece a seguir — para descansar aqui.

14

— Bom dia, mr. Hilditch! — um homem com problema na perna exclama no pátio da frente, um dos faxineiros do refeitório.
— Bom dia, Jimmy. O tempinho melhorou, não é?
— Dá uma animada, mr. Hilditch.

O tempo úmido dos últimos um ou dois dias passou; agora está gelado, céu claro. Rissoles empanados é o prato de hoje, ou porco assado, ou peixe; torta de uva-passa com creme, ou rocambole; o menu das quintas-feiras. Provavelmente ele optará pelo rissole com batatas fritas e purê de ervilhas, a não ser que o assado tenha um sabor especial, o que de vez em quando acontece.

— Bom dia, mr. Hilditch — alguém exclama de longe, e ele sorri e acena.

Parece extraordinário que seja cumprimentado da maneira usual. Parece extraordinário que ninguém o olhe de uma maneira diferente no pátio, ou nas cozinhas, quando entra ali com dez minutos de atraso, ou pelo vidro dos escritórios adjacentes ao dele. Mr. Hilditch acha difícil acreditar que nenhuma dessas pessoas esteja ciente de que oito horas atrás, à uma e vinte da manhã, parado em seu próprio hall de entrada, ele tenha feito o convite que fez, e, como consequência, tenha uma garota irlandesa desconhecida sob seu teto. A vida toda de adulto você vive segundo uma regra. A cada minuto em que está acordado, toma precauções para evitar fofocas. Então, de um minuto para outro, põe tudo a perder. Nem uma vez ele sentiu urgência de levar Beth ou Elsie Convigton, ou qualquer uma das outras para casa. Nunca havia se referido a uma esposa, ou comentado um casamento com tradição militar ou espadas. Nunca tinha sentido necessidade por algo além dos encontros, as horas passadas juntos, e a atenção das pessoas, em que era seguro elas prestarem atenção.

Na noite anterior no Little Chef, uma mulher que recolhia pratos sujos sem dúvida comentara algo com outra mulher, e as duas olharam a garota irlandesa sacudindo a cabeça, depois de ele ter chamado sua atenção para um rapaz que acabara de entrar. Era óbvio que as duas mulheres tinham percebido que ela estava grávida. Ainda era difícil notar, mas as mulheres percebem de uma maneira que os homens não conseguem, como ele sabe por coisas que às vezes lhe são ditas no refeitório. Ele até disse isso para ela, algo sobre a percepção feminina, puxando assunto.

Percorrendo-o como um calafrio, semelhante à febre que acompanha um período de gripe, a excitação que começou como um ligeiro prazer no bar de pescados Blue Light intensificou-se quando mais tarde ficou com a garota irlandesa no hall de entrada, suas sacolas esperando que ela as pegasse, a cruzinha de metal visível em seu pescoço. Ele a convidou para ficar sob seu teto porque foi impelido a fazê-lo, assim como fora impelido a pegar no braço de Gaye quando eles deixavam Pam's Pantry no posto Creech Wood — gesto prematuro, porque era a primeira vez que saíam juntos. No entanto, não conseguiria se refrear se tivesse tentado, mesmo que Creech Wood não fosse suficientemente longe, não mais de uns trinta quilômetros. Dois minutos depois, no estacionamento, notou um homem que parecia Bellis, do galpão de pintura, e seu estômago deu um nó, um ardor se transformando em gelo. — Sua filha, mr. Hilditch? — ele imaginou o homem dizendo na próxima vez em que se encontrassem no refeitório, e tendo que sacudir a cabeça, dizendo que nunca na vida havia estado no posto Creech Wood.

Agora, ser visto pelos olhos errados quando se está de braço dado com uma amiga parece algo menor, ínfimo, comparado com o conhecimento de que uma garota foi acolhida sob seu teto. Pela primeira vez em sua vida adulta, a sensação de risco parece atraente, e instintivamente toma consciência de que isto é porque o risco que assumiu é muito grande. Também parece a mr. Hilditch que há muito tempo ele vem nesta jornada em busca do ponto que chegou, que em todas suas ações anteriores faltava o estilo daquela que o trouxe aqui. A garota irlandesa passou a noite em sua grande sala da frente, dizendo que ficaria bem ali, embora ele lhe oferecesse um quarto com cama no andar de cima. Ela se deitou no sofá, onde ele a viu quando desceu de mansinho, antes de ele mesmo se retirar. Conforme relembra agora sua forma indistinta e adormecida, sabe que o sofá nunca mais será o mesmo para ele. A garota já usou os garfos e as colheres que ele mesmo usa, usou o banheiro e talvez tenha tomado um banho de gato. — Prepare um ovo ou dois pra você — ele disse antes de sair — se tiver fome mais tarde, Felicia. — Ela é bem-vinda em tudo que é dele.

A manhã passa lentamente para mr. Hilditch, um tempo difícil para se concentrar. Ele sabe que pode confiar nesta garota. Sabe que ela vai ficar na casa, sem se aventurar pelos arbustos dos fundos, porque ele disse que seria melhor que não fizesse isso. Será cuidadosa com as janelas, ficando bem para trás, embora elas só sejam parcialmente visíveis da rua. Ela se manterá particularmente afastada das janelas de baixo, para o caso de algum entregador de folhetos de propaganda resolver dar uma olhada lá dentro.

Mas mesmo assim, naturalmente, ele está nervoso. Seria agradável prolongar as coisas, sair dirigindo à noite em outra direção, sentar novamente com ela na cozinha para um lanche tarde da noite, depois de terem visitado alguns outros cafés. Mas ele percebe que ela já não está no clima de prolongar as coisas; ela desistiu e está começando a ficar tensa. Mais uma vez mr. Hilditch se vê na sala de espera da Clínica Gishford, sussurrando para ela que não deve se preocupar. Nunca houve nada desse tipo, também, nada nem mesmo perto disso.

— Dando um trato, mr. Hilditch? — é uma pergunta da hora do almoço na cantina.

— Tudo bem, obrigado. E você?

É dada alguma resposta; mr. Hilditch esconde sua falta de interesse sob um sorriso. Com certeza a asiática servindo purê de ervilhas percebe que ele está diferente de ontem. Como pode deixar de haver algo em sua expressão que reflita o *frisson* de ansiedade que fez com que permanecesse acordado a noite toda, só porque ela estava sob seu teto, um único lance de escada separando os dois? "Ah, como você é tímido!", sua mãe costumava dizer quando ele tinha seis anos. Ele volta a sorrir, satisfeito por ter se lembrado do comentário. Agradece à asiática e pega sua bandeja, não se sentindo nada tímido.

Agora, ela poderá estar folheando uma *Geographic*. Ela é diferente das outras, não tem nada de duro nela. Simples como um passarinho, o que era de se esperar, é claro, vindo de onde vem. E, no entanto, é claro, elas são todas iguais. A verdade está ali, encarando-as, e elas evitam seus olhos. Beth, com seus um ou dois copos extras, não podia tolerá-la nem por um instante; Elsie tinha se tornado imune a ela, quando foi para as ruas. Quanto mais mentiras lhes contam, mais elas contam para si mesmas: Jakki sobre seu pretenso diretor de empresa, Sharon enganada pelo tintureiro, pai de cinco. A primeira vez em que ele se encontrou com Bobbi, ela tinha um olho roxo — por ter batido na beirada da porta, ela disse.

— O que eu escolho, mr. Hilditch? — um empregado cujo nome ele não consegue se lembrar quer saber, e ele recomenda o porco, por causa do tostado. — Acho que é isso, mr. Hilditch. Esse porco parece um sucesso, né?

Talvez agora ela esteja comendo ovos cozidos. Talvez tenha posto "Lazy river" na grande sala da frente, e a melodia chegue suave até a cozinha. A curiosidade atraiu-a para o andar de cima, para os vestidos pendurados no guarda-roupa, e os sapatos no linóleo ao lado dele.

— A terceira centrífuga está emperrada, mr. Hilditch — alguém avisa mais para o meio da tarde, e ele mal pode dizer se é um homem ou uma mulher, de qualquer modo não importa, alguma sombra de avental, do jeito que todos usam, alguma coisa cobrindo a cabeça, exigência legal europeia.

— Ai, meu Deus! — ele responde, como sempre faz em uma calamidade. Observa enquanto um grupo rodeia a centrífuga com problema, Len, do setor de acabamento, que é sempre chamado para este tipo de conserto, e a maioria da equipe da cozinha.

— Acho que o senhor vai nos achar competitivos — afirma mais tarde ainda o representante da Crosse and Blackwell's no escritório. — Em valor bruto, eu diria que esses termos não têm concorrência.

Não é do interesse, não importa. Uma centrífuga emperrada, ou preços vantajosos, como é que qualquer uma dessas coisas pode se comparar com uma fugitiva dos pântanos irlandeses passando pelos cômodos da sua casa, uma garota com uma cruz em uma corrente de metal barato?

— Me dê licença um minuto — ele se desculpa com o homem da Crosse and Blackwell's, e telefona para a Clínica Gishford da cabine telefônica de empregados em frente à cantina.

— Sim, podemos arranjar um imediato — uma voz calma lhe garante. O lugar parece muito civilizado, como Sharon disse.

— Entre em contato com a gente — o homem da Crosse and Blackwell's propõe, quando ele volta para a sala. — Assim que o senhor tiver pensado a respeito.

— Farei isto.

Ele aperta a mão do homem da Crosse and Blackwell's, tentando lembrar seu nome.

— Sempre um prazer, mr. Hilditch.
— Igualmente.

Grávida em sua casa, examinando o retrato de sua mãe revestido de luto na lareira da sala de jantar, indo de cômodo em cômodo no andar de cima, por fim em seu banho de gato. Mr. Hilditch baixa as pálpebras, na esperança de que a imagem se intensifique. Vira a cabeça, tirando os óculos por um instante, para disfarçar sua concentração em um assunto particular, enquanto o homem da Crosse and Blackwell's fecha sua maleta.

— Vou deixar outro cartão — diz o homem, colocando-o na beirada da sua mesa. — Só como um lembrete.

As roupas delas penduradas na cadeira e no suporte da toalha no banheiro. Desde que sua mãe era viva, nunca houve nada parecido na Número 3.

Na vasta cozinha, a sobra do chá que Felicia fez há uma hora está fria. Sua cabeça dói levemente, confusa com as preocupações que a ocuparam o dia todo. De uma maneira ou de outra, devolverá o dinheiro que tomou da velha e já não possui. Aceitará uma faxina em tempo parcial, uma hora por dia, o que houver. E o que ela conseguir emprestado para sua viagem para casa, pagará de volta emprestando de Carmel, ou de Aidan e Connie Jo, até da irmã Benedito. Algum jeito ela vai dar. Quando Johnny vier — talvez para o dia de St. Patrick ou para a Páscoa — ele a ajudará quando ela explicar. Quando Johnny vier, eles esclarecerão as distorções de sua mãe, e ela contará tudo para ele, o que tinha em mente quando foi ver miss Furey; como, num ataque final de desespero, buscou o conselho de duas mulheres que tinham distribuído folhetos na fábrica de enlatados, quando teve início o rumor de que ela iria fechar. Havia ajuda disponível para qualquer mulher em dificuldade, os folhetos prometiam, e alguém tinha colado um na porta do banheiro externo que ainda estava lá quando ela foi dar uma olhada, o número do telefone grifado. "Apareça aqui", uma voz convidou quando ela ligou para lá, e deu um endereço em uma cidade a trinta quilômetros.

Depois de ter lavado a xícara, o pires e o bule, Felicia senta-se na grande sala da frente, lembrando-se daquela tarde fria. Suas sacolas estão ao lado do sofá, onde as deixou ao se deitar na noite passada. Sans Souci chamava-se o chalé onde a mulher morava, chapiscado num tom rosa, em uma pequena propriedade. As mulheres vestiam lã grossa e usavam óculos, chamando-a de "amor" e dizendo que não se preocupasse. Elas lhe deram café em uma caneca, e ela não quis dizer que no momento aquilo não lhe caía bem. Uma criança entrou na sala quando ela estava contando seus problemas, e lhe disseram para ir embora. As mulheres sentaram-se no chão, bebendo elas mesmas canecas de café.

— Ele é responsável — observou a que usava óculos com aros mais escuros do que sua amiga. — Ele não pode fugir disso.

Mas ela disse que não era isso, e começou do começo: como ela e Johnny tinham se apaixonado, como ele tinha feito o possível para proteger a ambos contra o que tinha acontecido, mas algo tinha dado errado. Ela se sentiu envergonhada ao dizer isso. Sentiu-se envergonhada por ter que contar para estranhos, e ficou nervosa no meio da narrativa.

— Você está dizendo que o homem não sabe? — perguntou a outra mulher. Ela então explicou que Johnny tinha partido às pressas, como eles tinham deixado de tomar providências para manterem contato.

— Antes de fazer qualquer coisa — a mesma mulher explicou —, você tem que entrar em contato com o pai. Seus direitos são claros neste aspecto. Você tem um pai partindo às pressas como se fosse um príncipe ou coisa parecida. Esse homem é responsável a partir do momento em que abusou de você.

Ela protestou novamente, dizendo que não era assim, mas a mulher insistiu que era dessa maneira que a coisa tinha que ser vista.

Era abuso se um homem estava pouco ligando, se estava se satisfazendo com garotas para tudo quanto era lado. Onde quer que ele estivesse agora, poderia ser obtido um mandato judicial; assim que a criança nascesse, uma pensão poderia ser deduzida do salário do pai. Foram citados números: a quantidade de mulheres, nacionalmente, que foram registradas tendo sido deixadas dessa maneira. Aludiu-se à insensibilidade disso, ao monstruoso egoísmo.

— Passe o nome do delinquente pra gente — pressionou a mulher com aros mais escuros, se esticando no chão para pegar um pedaço de papel, onde uma criança estivera desenhando com lápis de cera. — Nome completo e endereço na Irlanda, se você não puder dar a localização atual.

Na grande sala da frente, Felicia se lembra de ter sacudido a cabeça, e logo depois disso, partir. Na porta de entrada do chalé, as mulheres lhe disseram que elas mesmas eram mães solteiras, cada uma com um filho. Famílias com um progenitor eram aceitas nestes dias, ambas lhe asseguraram, havia algumas pessoas que escolhiam isso. Elas se ofereceram para ajudá-la na parte legal; cinquenta por cento das vezes elas ganhavam nos casos onde havia mandado judicial.

A luz do dia começou a cair na sala; a penumbra se transformou em escuridão, e então os pneus do carro esmagaram o cascalho. A porta do carro bateu, e lá estava a chave dele na fechadura. "Sem chance", ele diz, as primeiras palavras que pronuncia, sacudindo a cabeça com tristeza. O dia todo a menina estivera fazendo telefonemas. Nada de nada. Nem sinal de um Johnny ou um Johnny Lysaght em lugar nenhum.

Não é uma decepção. Ela sabia; ela disse que isso aconteceria, não é uma surpresa. Pelo menos eles têm o resultado; pelo menos tudo isso é página virada. — Você está bem? — ele pergunta.

— Estou.

— Vamos comer alguma coisa, e depois traçar um plano de ação. — Ele sorri. — De algum jeito você vai pra casa.

Ele faz comida para eles, que mais uma vez comem formalmente na sala de jantar. Ele conta sobre seus dias no regimento, ações que ele presenciou. Pergunta se ela sentiu interesse pelas revistas geográficas das prateleiras, ou pelos volumes encadernados da *Railway and Travel Monthly*. Pede que ela lhe conte mais sobre si mesma, e ela diz que, na verdade, não há muita coisa, mas, quando ele insiste, ela lhe conta sobre a morte da mãe, a ida para o colégio de freiras na subida íngreme da Colina St. Joseph, toda manhã, com Carmel, Rose e Connie Jo, o mesmo percurso que seu pai fazia todos os dias, e ainda faz. Descreve a praça porque ele lhe pede: Doheny's, onde os ônibus encostam, a estátua do soldado que celebra aqueles que perderam a vida na luta nacional, o Two-Screen Ritz. Ela lhe conta como mr. Hickey não queria que fosse jogado confete no saguão do hotel no dia do casamento, por causa da sujeira que aquilo fazia; e como Aidan tinha desistido do seu ofício sob pressão da família onde tinha se casado, como agora atendia na McGrattan Street Bicicletas e Carrinhos de Bebês. Conta a ele sobre Shay Mulroone entrando no Diamond Café; e como seu pai gostaria que ela só trabalhasse meio-período, para poder continuar cuidando da casa e cozinhando, assim mrs. Quigly não precisaria ser chamada para atender a velha todo meio-dia. Conta que, quando era criança, as pessoas lhe traziam conchas quando iam até o litoral, de todas as formas e tamanhos, que ela costumava dispor na cômoda em seu quarto, mas que agora estão guardadas numa gaveta, a mesma em que estão as cartas que escreveu.

Ele ouve o tempo todo, enchendo as xícaras de chá dos dois depois de terem terminado a refeição principal, só a interrompendo para lhe oferecer biscoitos para acompanhar a geleia que fez naquela manhã. Depois, quando ainda estão na sala de jantar:

— Sei que você não se incomoda com o assunto, Felicia, mas acho que tenho obrigação de trazê-lo à tona de novo. Tive experiência, como já te contei, com alguns dos rapazes sob meu comando nos velhos dias. Não houve um deles, nem um único em toda minha lembrança, Felicia, que não quisesse que o assunto fosse resolvido quando surgiu. Cada um deles, nenhum que pensasse diferente.

Ela concorda em silêncio, sabendo ao que ele se refere.

— Você veio até aqui perguntar isso pro Johnny, mas não conseguiu uma resposta, Felicia. Temos que encarar a coisa desta forma. Se a garota no escritório tivesse tido sorte hoje, a coisa seria diferente, não estou dizendo que não seria. Mas ela não teve, e agora penso indiscutivelmente como você: não vamos encontrar o Johnny.

— Johnny vai aparecer por lá no dia de St. Patrick, ou na Páscoa. Passei o dia todo pensando nisso. Tudo vai dar certo quando eu voltar pra lá e a gente estiver juntos de novo.

— Mas, meu bem, você não foi de bicicleta ver aquela mulher da qual você me contou? Você não queria fazer isso então?

— Eu não devia pensar nisso sem que Johnny soubesse. Foi só porque não conseguia pensar no que seria melhor fazer.

— Eu sei disso, meu bem. Eu entendi cada palavra; entendi que você está pensando diferente. Mas o que estamos tentando resolver agora é o que Johnny gostaria, sem termos acesso a ele. Você está me entendendo, meu bem?

— Estou. Só que...

— Se o Johnny voltar, e te encontrar em certo estado, vai sentir que caiu numa arapuca. Qualquer rapaz sentiria.

— Não estou tentando enganá-lo.

— É isso que estou te dizendo. Eu e você sabemos disso. O que Johnny vai deduzir disso pode ser completamente diferente.

— A gente se ama. Ele jamais acharia que caiu numa arapuca.

— Não há dúvida que o Johnny te ama, meu bem. Não há nada no que você me disse que contradiga isso. O que estou tentando te dizer é que uma situação como a que você e Johnny estão pode acabar dando errado com muita facilidade. — Ele para, desviando o olhar dela por um momento, depois continua: — Ada costumava dizer isso, Felicia. Ada tinha bastante discernimento em assuntos do coração.

— Eu queria ter encontrado ele.

— Eu gostaria que isso tivesse sido possível. Vou ser honesto com você, Felicia, não há nada no mundo que me agradaria mais do que se Johnny tocasse a campainha neste exato minuto.

— O Johnny não sabe...

— Eu sei, meu bem, eu sei. Só estou falando de maneira hipotética. O fato, Felicia, é que você está aqui, onde há certa facilidade. O que eu estou dizendo é o que eu diria pra qualquer filha que eu e Ada poderíamos ter tido. Estou te dando o benefício de longa experiência. Não tenho a menor dúvida, Felicia.

Ela está calada na grande mesa de jantar, a dor de cabeça pior agora. Tenta chegar a uma conclusão, pensar em como seria: Johnny chegando em casa e o encontro com ele; Johnny olhando para ela e sabendo antes que ela pudesse lhe contar. Ela tenta ver seu rosto. Tenta fazê-lo falar.

— Estou pensando nisso desde as duas e meia da tarde, Felicia, quando a garota veio até mim e abanou a cabeça. Fiquei sentado ali e disse comigo mesmo: "não se trata só do Johnny. Tem o pai dela também", eu disse comigo mesmo, "um homem que sofre por causa do que aconteceu. Tem o irmão dela que se casou naquele dia, e depois ainda os dois rapazes nas pedreiras e a velha senhora que é sua bisavó. Tem a vida toda daquela garota", disse comigo mesmo.

— Tem gente que diz que isso é assassinato. — Ela explica que as freiras achariam isso. Explica que há pessoas que jamais perdoariam isso. Sua mãe não perdoaria.

— Mas sua mãe não está mais...

— Eu sei.

— Eu entendo como você se sente, Felicia. Ninguém entende melhor do que eu. Mas sou um homem mais velho, que o acaso colocou no seu caminho. Tenho uma pequena reserva que eu daria com prazer para que se fizesse o que é decente pro seu pai, pros seus irmãos e a velha senhora. "Não fomos colocados neste mundo para causar dor". Eu costumava dizer isso pros rapazes sob meu comando, costumava enfatizar isso. "Você tem que pensar em você mesmo de vez em quando", eu costumava dizer. Às vezes é preciso, não estou dizendo que não. Mas tem outras pessoas também, coisa que você fica cada dia mais consciente à medida que envelhece. Ninguém está negando que é você quem está passando por isso, Felicia, mas seu infeliz pai também, e a velha senhora, e seus irmãos, tentando manter a cabeça erguida. É só isto que estou te dizendo. Todos nós temos que fazer coisas terríveis, Felicia. Às vezes temos que arrumar coragem.

O olhar dela é atraído por um rosto em uma pintura sobre a lareira, de faces rosadas e solene. Novamente a lata de biscoitos lhe é oferecida. É por saber tanto sobre ela a essa altura que ele pode aconselhá-la, ele diz. Tudo o que pretende é ajudá-la.

— Eu sei.
— Depois disso você vai pra casa, não se preocupe.
— Qualquer coisa que o senhor me emprestar, eu devolvo. Cada centavo.
— Não tenho dúvida, Felicia.

Depois, eles se sentam e ele toca para ela velhas músicas no gramofone. Quando uma delas termina, ele repete que sua esposa gostaria que ele cuidasse dela, subestimando sua própria bondade e sua paciência. Mas ela sabe que estão lá; sabe que ele está fazendo o possível para ajudá-la. Hoje à noite ela vai dormir lá em cima, no quarto que ele queria que ela dormisse ontem à noite.

— Sinto muito não termos encontrado Johnny — ele diz. Ele coloca outro disco. "Do nothin' till you hear from me", pede uma cantora lúgubre.

Mais tarde, na cozinha, ele prepara Ovomaltine. Diz a ela para não se preocupar, para não ficar acordada. A noite pode ser um inimigo, ele diz, e ela entende o que ele quer dizer. Quando ela pergunta se ele tem alguma coisa para dor de cabeça, ele se mostra excessivamente solícito, olhando enquanto ela toma aspirinas, trazendo-lhe um copo d'água.

— Eles podem fazer um de urgência na Gishford. — Ele está de costas para ela, agora. Despeja o leite que esquentou em duas canecas totalmente brancas.

— Um o quê?

— Eles podem fazer já, Felicia. Pedi para a garota ligar pra eles. Na segunda-feira você poderia fazer a travessia de volta, poderia voltar um espírito livre, Felicia, livre da coisa toda. É o que é certo, Felicia.

Ela pega a caneca que ele lhe oferece. Beberica o Ovomaltine, recostando-se na cômoda. Ele pergunta se ela gostaria de um biscoito e ela responde que não.

— É certo apagar um erro — ele diz. — É o que tem que ser, Felicia.

15

Uma mesa de centro quadrada expõe revistas. O carpete é salpicado de cinza e marrom. As paredes são claras e vazias.

Duas enfermeiras diferentes ficam passando por ali, e uma das vezes um especialista, jaleco e calça brancos, mangas curtas. Atrás de uma divisória de vidro que corre num trilho, uma recepcionista compenetrada está entretida a uma mesa. Toca música clássica.

Duas garotas também esperam, uma com um rapaz, a outra, sozinha. A que está sozinha folheia *Woman* e *Hello!*, uma criatura de aspecto duro, na opinião de mr. Hilditch, com cabelo metálico. O casal cochicha.

Mr. Hilditch está certo que já se chegaram a conclusões na sala de espera. Aproximou-se duas vezes da recepcionista compenetrada, pedindo desculpas por fazê-lo, querendo ter certeza de que não há complicações. Em ambas as vezes ela sugeriu que ele fosse dar uma caminhada, ou simplesmente fosse para casa e voltasse mais tarde, o que seria o mais normal.

— Se a senhora não se incomodar, enfermeira — ele respondeu, com as mesmas palavras a cada vez —, eu gostaria de ficar perto da minha namorada.

Ele podia sentir a jovem pensando neles dois, antes de a chamarem lá dentro; um homem de cinquenta e quatro ou cinquenta e cinco anos — a enfermeira estava especulando — a garota não mais que dezessete. Quando ele a chamou de querida, dizendo que não se preocupasse, o rapaz ouviu cada palavra.

— Agora — uma enfermeira com uma verruga diz — Miss Dikes?

— Na verdade é mrs. — o rapaz a corrige rispidamente. A garota que está com ele não se mexe. — Vamos lá, Nella — ele a incita no mesmo tom ríspido. — Você vai ficar bem.

— São só os preparativos, mrs. Dikes — diz a enfermeira. — Nada para se preocupar.

— Volto logo. — O jovem também se levanta, a meio caminho da porta.

— Eu agradeceria se o senhor permanecesse até que os preparativos tivessem terminado, mr. Dikes — pede a enfermeira.

A garota de cabelo colorido pega outra revista, *Out and Away*. O rapaz bate no vidro da divisória da recepcionista e, quando ela a abre, pergunta se dá para conseguir um café. Ela fecha os olhos brevemente, de maneira brusca. Não há café disponível.

— Fantástico! — O jovem se dirige a mr. Hilditch. — Você paga os olhos da cara, dá pra pensar que eles teriam café.

— Acho que eles servem alguma coisa pras moças. Imagino que elas são bem cuidadas, sendo particular.

— A gente estava com a grana separada pra Torremolinos, mas veja você. Nella nem queria pensar na outra. Se você vai no serviço público, ela diz, a coisa acaba se espalhando, e ela não quer isso. A esposa está adiantada? Pra mim não parece.

— Não, ela não está adiantada. — Mr. Hilditch faz uma pausa. — Na verdade, ela não é minha esposa.

A garota com o cabelo colorido levanta os olhos da revista, agora interessada.

— Namorada — diz mr. Hilditch, e quando um segundo especialista, menor e careca, entra na sala de espera e bate no vidro da recepcionista, mr. Hilditch torce para que o rapaz faça outra pergunta para que o especialista e a recepcionista se sintam interessados. Mas o rapaz não diz mais nada, e o especialista careca pede que lhe informem imediatamente quando a consulta das onze e quinze chegar. — Coisa de última hora, essa das onze e quinze — ele comenta, saindo novamente apressado, e mr. Hilditch sorri e capta seu olhar.

É então que a excitação começa, formigando dentro dele como algo no seu sangue. Ele é o pai de uma criança não nascida, sem dúvida, em qualquer uma daquelas cabeças. A garota que todos eles viram, lívida e ansiosa, está neste exato momento sendo separada da imprudência deles. Houve um relacionamento, não há como negar isso.

Que ele seja um homem mais velho é apenas um fato. As garotas podem se ligar a um homem mais velho, podem se ligar a um homem robusto, é uma coisa natural, não é estranho, não é errado. "Não é possível que você seja mãe daquele meninão!", as pessoas costumavam dizer, em ordem reversa, então; estranhos diziam isso quando eles iam a algum lugar na cidade, ou no balneário a que iam. Seria engraçado se ela estivesse aqui agora, pensa mr. Hilditch; engraçado se ela voltasse dos mortos.

Mr. Hilditch fecha os olhos e a imprudência que ocorreu está ali, um episódio no seu carro. Está escuro; eles não podem se ver; nada poderia ser mais agradável, a garota irlandesa está sussurrando para ele; quer ficar com ele para sempre.

Na sala de espera um estremecimento o aflige, algo ligeiro, nada sério. Já passou por isso antes. É nas suas pernas, e depois nos seus braços. Acalma o tremor que ele causa em suas mãos, pressionando as pontas dos dedos nos joelhos. Gostaria de descansar um pouco, fechar os olhos novamente, mas não faz isso. Sorri para controlar o tremor quando chega aos lábios, esperando não ser considerado impróprio que sorria numa hora dessas.

16

O relógio pertence ao seu pai. Ela se senta em meio às margaridas, esperando por ele enquanto ele o procura. Ela arruma as flores rosa em uma folha de bardana, e elas são morangos numa travessa, é uma festa, só que ninguém comparece a não ser ela mesma. Os dentes de leão são outra fruta, talvez peras, ela não sabe. "Os grilos conversam com as pernas", diz seu pai ao voltar.

O relógio sempre pende do seu bolso de cima, só que não estava lá quando ele olhou. Ele o tirou para deixá-lo ao seu lado, para poder saber as horas quando estava sem paletó. Pendurou a corrente do relógio em um galho caído, e depois foi embora sem ele. "Vamos procurar", ele disse na cozinha. A mãe dela também estava lá. Era um domingo, porque todos eles tinham ido à missa.

Está quente demais onde ela está, então ele diz "vá para debaixo da árvore". Era do avô dele o relógio, trazido de volta de Dublin, quando seu avô foi morto pelos soldados. "Não vai demorar muito", disse alguém. "Tente relaxar agora." Foi quando ele trabalhou para os Mandevilles, antes de trabalhar para as freiras. "Ali está ele", ele diz. "Sem tirar nem pôr."

Há uma música ao longe, um homem cantando e a música. — Esta é Felicia, minha senhora, e uma mulher alta se curva e pega sua mão estendida. — Aperte a mão de mrs. Mandeville, Felicia. — Mas ela não quer fazer isso, e a mulher ri. Seu cabelo é macio, está afastado do rosto, e ela usa calça. — Felicia é um nome bonito.

Um cachorro branco cheira seu pé e ela grita. A mulher alta coloca um dedo dentro da boca do cachorro para mostrar que ele não morde.

A música ainda está tocando e a voz canta. — Olhe, Felicia — diz seu pai, e ela vê pessoas sentadas em cadeiras em frente a uma casa, um homem, uma mulher e um menino. A música vem de lá. — John Count — diz seu pai.

A casa é verde, uma grande casa quadrada. A beirada de uma cortina foi soprada para fora de uma janela aberta e se arrasta em seu parapeito, renda branca sobre o verde. A porta de entrada está escancarada, lá dentro está escuro. A alta mrs. Mandeville caminha com o cachorro atrás dela, indo lentamente em direção às cadeiras, seus passos soando no cascalho, silenciosos na grama. Há um barulho de pratos e xícaras quando a música para.

Num barracão no jardim, seu pai lhe mostra as ferramentas de jardinagem que ele usa. Diz o nome de cada uma: rastelo, ancinho, alicate de poda, pá, enxada. Ali é onde ele passa os dias. Mostra para ela um ninho de passarinho no forro do barracão e a levanta para ver os ovos pintalgados de verde. — Não é curioso? — ele comenta.

Eles colhem campânulas para trazer de volta. Ela pode ouvir a música novamente, mas agora é diferente. — Jazz — diz seu pai, a música do sulista negro americano. — Um homem preto, Felicia. Completamente preto.

Quando saem do bosque que tem as campânulas, está quente, ela pode sentir o calor em sua cabeça. Seu pai pega sua mão e ela segura as campânulas na outra. A dobradiça do relógio está com defeito, ele precisa mandar arrumá-lo na MacSweeney's. "Viu como você, agora, é uma menina grande, capaz de ser uma companhia num domingo?"

Eles param na rua, enquanto ele abre um pacote de cigarros. Sweet Afton são o que ele gosta, mas às vezes experimenta outra marca. Não fuma muito, só agora e durante o dia. "Mantém os mosquitos longe da gente", diz, acendendo um fósforo.

Conta para ela sobre quando era pequeno, tão pequeno quanto ela é, e como seu próprio pai ia para a escola descalço. Seu próprio pai e sua mãe já morreram, mas ele ainda tem sua avó. Entram na Lafferty's, e ele toma um pouco da limonada dela, porque também está com sede. Ele a carrega nos ombros, e ela pode sentir o cheiro de tabaco nele. "Está feito", alguém diz, e não é ele, e há luzes e um cheiro que não é de cigarros, de limpeza como Jeyes' Fluid, ou daquela coisa de quando a pia está entupida. Os lençóis estão frios, há um comecinho de dor. "Está feito", alguém repete; os dedos no seu pulso têm pelos pretos. "Ela agora pode ir embora", diz outra voz.

17

Ela está ali, na sala de espera, em pé na frente dele, branca como um papel. O rapaz que economizou para ir para Torremolinos não presta atenção. Não tem mais ninguém na sala de espera agora, a não ser a recepcionista atrás da sua divisória de vidro.

— Sente-se um pouco, meu bem — ele diz, e conforme se aproxima da divisória da recepcionista, o vidro é aberto. Ele paga em dinheiro. — Obrigado — ele diz para a mulher. — Estamos muito agradecidos.

— Mantenha-a aquecida.

— Temos uma pequena viagem, e então vou pô-la na cama.

A mulher concorda com a cabeça, olhando para ele uma vez. Ele pode senti-la querendo perguntar se é o pai, ainda que deva ter ouvido claramente quando ele disse "namorada". Diz a palavra novamente, resmungando o resto da frase, porque na hora não consegue pensar em nada coerente para dizer. Sorri para a recepcionista. "Poderia acontecer com um bispo", tem vontade de dizer, uma expressão de seu tio Wilf. Mas o vidro já foi puxado de volta.

Faz sol, ao atravessar a rua para o carrinho verde.

— Agora descanse — ele diz, acomodando-a na parte de trás, e ela fecha os olhos, tentando não pensar no que houve. O pecado mais terrível de todos, sua mãe teria dito, a dádiva de Deus atirada de volta para ele.

— Tudo bem? — ele pergunta, e ela diz que sim, mas não se sente bem sob nenhum aspecto. Quer pedir a ele que lhe empreste o dinheiro agora. Quer pedir a ele para deixá-la na estação de trem, mesmo que suas coisas ainda estejam em sua casa. Suas coisas não importam; tudo o que importa é ir para casa.

Mas quando tenta encontrar as palavras para lhe dizer, não consegue.

Hambúrguer com ovo, ele pede, e uma porção de fritas. Sente-se cansado; a experiência deixou-o esgotado. "Obrigado", diz, ao receber o troco no caixa, pegando novamente sua bandeja e procurando ao redor uma mesa desocupada.

Enquanto isso, repara no homem e na mulher sentados na janela do canto. Há algo familiar em relação ao homem, alguma coisa na angulosidade do seu rosto e na franja grisalha do seu bigode. "Aquele bigode costumava ser preto retinto", mr. Hilditch comenta consigo mesmo, ainda sem reconhecer o homem.

Ele está sentado duro como um pedaço de pau, e a mulher está curvada, sugerindo artrite. Novamente há algo familiar na maneira empertigada com que o homem mantém a cabeça, e então ocorre a mr. Hilditch que é quase certo que este seja o sargento do recrutamento, aquele que o impediu, há trinta e seis anos, de seguir o caminho escolhido para sua vida. A comida à sua frente esfria, intocada enquanto continua observando o casal.

Quando eles se levantam, ele também se levanta e os segue até o estacionamento. Mas eles vão na direção oposta à que a garota irlandesa está aguardando, e sua esperança em conseguir tirá-la do carro — para que o casal a visse apoiada no seu braço — desmorona.

Volta para a mesa onde estava sentado, mas o conteúdo de sua bandeja foi retirado, ainda que qualquer um pudesse imaginar que ele iria voltar. Pede outro hambúrguer e fritas para viagem.

Há uma ilustração de alguma coisa, uma espécie de pássaro. *Welcome Break* está escrito na embalagem da qual sobe uma fumaça, um cheiro de carne.

— Você gostaria de um Bakewell para viagem? — ele diz depois de terminar.

Os ombros dela são muito largos para o assento; seus pés têm que ficar no chão, porque não há espaço para eles em nenhum outro lugar. Quando ela volta a fechar os olhos, Effie Holahan está balançando as pernas no muro do parquinho. O muro é arredondado em cima, recentemente cimentado porque as pedras ficavam sempre caindo, agradável de se sentar, agradável para Effie Holahan, Carmel, Rose, Connie Jo e outra menina.

— Estamos de saída — ele diz, quando volta de jogar a embalagem vazia numa lata de lixo.

O motor entra em funcionamento. Há sol no tapete, uma mancha luminosa no xadrez.

— Você está se sentindo bem, não é? — ele diz. — Todas as velhas preocupações acabaram-se.

Ela cochila, e então sua própria voz a desperta, gritando que não deveria ter feito isso.

Ele dá uma olhada nela pelo espelho retrovisor: abatida, cabelo descuidado, rosto redondo e lívido.

— Deus me perdoe — ela murmura, mais baixo agora, depois da explosão em altos brados que o fez dar um pulo.

— Quer gelatina de frutas? — ele oferece, pendurando a bolsa no ombro, perguntando-se se aquele homem era mesmo o sargento do recrutamento, ou se tinha sofrido uma alucinação, coisa comum a qualquer um que tivesse passado por uma experiência emocional.

Ela não aceita a gelatina de frutas, mas repete que não devia ter feito isso.

— Quando chegarmos em casa, vou te fazer um Bovril,* meu bem.

Ela está aquecida debaixo das cobertas, a salvo na cama, com a ampla estrutura de mogno e cabeceira entalhada, que quase ocupa o quarto todo, um dos lados encostado contra o papel de parede estampado com flores rosa. A única janela fica a um metro dos pés da cama, e há um tapetinho para pisar, sem nada mais cobrindo as pranchas manchadas de madeira. As cortinas são inteiramente azuis, as quais ela nunca abriu, por onde a luz transpassa durante o dia. Três pinturas com molduras pesadas estão obscuras nas outras paredes, cenas de ação militar. O quarto não tem cômoda nem guarda-roupa.

Ela tem consciência da dor que persiste, pior do que antes, e do sangramento que também prossegue, do cansaço. Novamente suas pálpebras pesam, e ela divaga, seu corpo parecendo estranhamente alongado enquanto está ali deitada, seus pés tão distantes que poderiam nem estar lá, um entorpecimento em algum lugar.

Na rua Creagh, um carro que passa toca a buzina. Johnny acena porque é alguém que ele conhece, e depois ele se vira e entra no parque Mandeville. "As pessoas são feitas umas para as outras", ele sussurra, seus lábios beijando o cabelo dela, seu pescoço. Seus olhos verdes acinzentados estão brilhando porque mais uma vez eles estão juntos, porque toda a busca por ele terminou. "Ponho a pilha

---

* Pasta de carne manufaturada, que pode ser diluída em água, leite, usada para dar sabor a caldos, ou espalhada sobre pão, torrada etc. (N.T.)

de batatas por cima?" O irmão de miss Furey pergunta e aponta o buraco que cavou na ponta do campo, depois do quintal. "Vamos fazer isso à noite?", ele pergunta. "Só que alguém poderia entrar no quintal. Se for de dia, vamos ter que pensar nisso." O corpo está sob o feno, no estábulo. Ela o leva até o campo, seguindo-o no escuro, e depositando-o no buraco, a pequena quantidade de pele e sangue que restam já se desintegrando. "É a única maneira", diz alguém, e é jogada terra em cima, o mato é colocado de volta.

Ela implora perdão, agarrando o manto da Virgem. Mas os olhos da Virgem estão cegos, sem os brancos ou as pupilas, e então a imagem cai da cômoda e também se vai para sempre. "Ah, como você é terrível, Felicia!", a Reverenda Madre está brava, varrendo os pedaços para uma pá de lixo. E sua própria mãe está debulhando ervilhas na soleira, a porta para o quintal aberta, lágrimas caindo nas ervilhas no escorredor. "Supondo que eu tivesse feito isso com você, Felicia", é o que sua mãe tenta dizer, com a fala dificultada pelos soluços. Mas de qualquer modo, Felicia sabe. Sabe quais são as palavras, mesmo que não sejam ditas.

18

No entanto, não foram dadas ordens às frotas para atacar o inimigo, e, assim sendo, elas seguiram passivamente seu curso, sem instruções ou informações. O sinal de Jellicoe para suas flotilhas foi captado pelo alemão que ouvia rádio em Neumünster, relatando a Scheer às 22h50. "Destroieres assumiram uma posição a cinco milhas marítimas atrás da frota principal."

Demorando-se abstratamente sobre esses fatos, com o volume que os contém aberto à sua frente, mr. Hilditch come sozinho na sala de jantar: uma torta Fray Bentos de carne e rim com todos os acompanhamentos, duas fatias de Mother's Pride, nacos de abacaxi, leite condensado aquecido, chá. Sua atenção diverge das frases que lê atentamente; o rosto do rapaz na sala de espera e os rostos da recepcionista compenetrada, dos especialistas, da menina de cabelo metálico expulsam as palavras. Com a mesma clareza, vê as pessoas em vários Happy Eaters, em Little Chefs e Restful Trays, no Dog and Grape, e nas outras lanchonetes de estrada, no bar de pescados Blue Light, no Budd's Café. Acontece como sempre acontece quando chega um fim; de certa maneira, lembrar é a melhor parte. Enche seu garfo com rim, batata e couve-flor ao molho branco. Um casal que passava reparou neles na rua, caminhando pela calçada até o carro, pessoas que naturalmente saberiam qual era o tipo de negócio realizado na Gishford.

Assim, o almirante alemão, caso a mensagem de Neumünster chegasse até ele, teria a partir de então uma ideia clara do posicionamento relativo das duas frotas...

Novamente a concentração de mr. Hilditch vacila. Quando a segunda explosão aconteceu, havia uma violência nos olhos refletidos no retrovisor, e os dedos dela agitados apalpavam sua testa. A essa altura, ele estava novamente tentando decidir se era de fato o sargento do recrutamento, refletindo na ironia do homem estar em companhia de uma mulher idosa encurvada, enquanto a apenas alguns metros sua própria acompanhante era uma garota irlandesa ágil, fato que ele queria enfatizar para eles no estacionamento.

Por volta de 22h30 o Quarto Grupo de Escoteiros Alemão abordou o Segundo Esquadrão Britânico de Cruzadores Leves, que estava seguindo nossa frota de guerra. Houve uma violenta explosão de tiros...

Mais uma vez as palavras são obscurecidas pela lembrança da imagem do retrovisor. Ela não tomou conhecimento quando ele observou que seria melhor para ela ficar sentada. Começou a falar sobre a destruição de uma alma viva, depois algo a ver com um balde de dejetos. Ele teve que entrar no posto Rywell, pensando que seria mais fácil argumentar com ela com o carro parado. Quando estacionou e conseguiu olhar para ela, as lágrimas escorriam como uma cachoeira, daria para dizer, histéricas. Ele saiu e a deixou por alguns instantes, refletindo que seria melhor deixá-la descarregar sozinha, mas assim que voltou para o carro com algo para comer, ela recomeçou.

Mr. Hilditch estende o braço e fecha o volume, depois o empurra para o lado. A camisola dela é azul-claro, com um estampado desbotado de flores laranja, o tecido tão fino que mal daria para chamar aquilo de decente, a carne aparecendo em alguns lugares, branca como seu rosto. Sacudiu a cabeça recusando as linguiças e o pão que ele lhe trouxe há uma hora, mas pelo menos agora está mais calma, o sono a serviço da cura.

A camisola é de nylon, supõe mr. Hilditch. Quando ela se ergueu na cama, uma alça escorregou do ombro. O contorno de dois seios pequenos, como pequenos castelos de areia, apareceram sob a cobertura fina. Mr. Hilditch não quer se deter sobre o que está vindo à sua cabeça agora, mas a lembrança da camisola inadequada persiste. Num esforço para se distrair, derruba leite condensado sobre os cubos de abacaxi, mas a estratégia não funciona.

— Vai sair, querido? — disse sua mãe, voltando-se do espelho em sua penteadeira, o cabelo já preso sob o turbante que usava à noite.

— Só uma saidinha — ele disse, e ela achou surpreendente àquela hora. Ele sabia que ela sabia, havia algo em seus olhos. Sabia que ela estava fingindo, a maneira casual com que fazia a pergunta.

Na sala de jantar, mr. Hilditch despeja chá em uma xícara que comprou em uma loja de quinquilharias em Leighton Buzzard. É creme, com uma faixa verde na borda, combinando com outras duas no armário da cozinha, e com a que está lá em cima, agora, na bandeja. Mistura o açúcar e acrescenta leite, depois vai até a porta e escuta. Sai da sala e fica parado por um instante na ponta da escada, também à escuta. Na sala de jantar, beberica seu chá.

— Uma rapidinha, amor? — a profissional ofereceu, e ele respondeu que sim. Ela enfiou o braço no dele, enquanto iam até o lugar onde ele deixara o carro. Chamava-se Cathy, e ele disse que seu nome era Colin.

— Saia um pouco com o carro — ela aconselhou, mencionando o dinheiro antes que ele ligasse a ignição, dizendo o valor. Seu rosto tinha um tom doentio à luz noturna, uma boca cheia de dentes ruins, hálito cheirando a álcool. Ela se remexeu no assento do carro, fazendo alguma coisa com as roupas, e foi então que ele quis estar novamente na rua com ela, com os passantes reparando, como haviam estado pouco tempo antes.

— Só uma conversa, dá pra ser? — ele murmurou. — Aceita um chá?

— Mais uma libra — ela disse, e o levou para um lugar de caminhoneiros aberto vinte quatro horas, onde os motoristas a tratavam pelo nome. Disse que estava com fome. Ele foi buscar alguma coisa para ela, e quando voltou um caminhoneiro levantou-se da cadeira que tinha sido dele.

— A gente se vê, boneca — resmungou o homem para ela.

Mr. Hilditch junta os pratos onde comeu e os leva até a cozinha.

— Qual é a sua? — a profissional pergunta, e ele não responde. — É só isto? — ela pergunta. — É só isto, Colin?

Ele não disse que ao se aproximar dela não sabia que seria só isso; não disse nada, não sentindo vontade de tecer um comentário.

— Quando quiser, bonitão — ela disse.

Ele joga a lata de Fray Bentos na lata de lixo e lava os pratos na pia. Enxágua o bule de chá e o põe para escorrer. Lava a caçarola de batata e remove a leve marca circular deixada pela couve-flor. Coloca os pedaços que sobraram do abacaxi e o leite condensado na geladeira. A profissional tinha algum problema no queixo, certa deformação.

Na grande sala da frente ele coloca "Besame mucho", e deixa a porta aberta para que a melodia possa se espalhar pela casa. Na cozinha, guarda as panelas e esfrega a bancada da pia e o fogão. Pendura a xícara no armário e nota que não há uma lasca em nenhuma das três, nem na que está lá em cima, ao lado da cama. Em todas elas o verde está gasto em alguns lugares, algo natural com o uso.

No barracão de recrutamento, o sargento correu um dedo pelo bigode fino, escondendo um sorriso sarcástico. Não tinha tentado disfarçar o fato de achar curioso que um aspirante a recruta sugerisse um serviço de intendente, quando duas pequenas incapacidades, afetando a vista e os pés, descartassem a carreira que durante toda sua infância fora tida como certa.

— Você nunca vai se lembrar de mim — ele poderia ter dito no estacionamento, ao se emparelhar com o casal.

Mr. Hilditch despeja leite para o Ovomaltine em uma panela, o bastante para duas xícaras, que eles podem beber juntos no quartinho, agora que ela se acalmou. Atravessa o hall para mudar o disco para "Five foot two, eyes of blue".

— Vou embora de manhã.

Pela segunda vez naquele dia ela o faz dar um pulo. Está ali, na beira da escada, quando ele sai da grande sala da frente, o casaco vermelho sobre a camisola, pés nus. Carrega a bandeja, as linguiças ainda intocadas.

— Estou esquentando leite pra um Ovomaltine. — Ele não consegue pensar em nada melhor para dizer, e ela o segue até a cozinha, claramente mais tranquila agora. Com a bebida pronta, ele sugere que eles poderiam gostar de tomá-la na grande sala da frente. — Pra você mudar um pouco de cenário, hein?

Sentam-se um de cada lado da lareira elétrica. Quando "Five foot two, eyes of blue" termina, ele coloca "Charmaine".

— Quarenta e duas libras — ela diz. — Se der pra eu pegar emprestado.

— Duvido que isto baste, meu bem. Qualquer contratempo, é horrível estar com dinheiro contado. Bom, você mesma já teve experiência disso, é claro.

— Devolvo cada centavo. E cada centavo do que custou hoje.

— Hoje foi por minha conta, meu bem. Isso me deixa feliz. Ada teria querido o de hoje.

A música está suficientemente baixa para permitir essa conversa; eles não têm que levantar a voz. Ela não está em estado de viajar para lugar nenhum, ele diz isso com delicadeza.

— Você disse que não conseguiria encará-los, meu bem. Você me disse isso várias vezes no carro. Fico nervoso por você, meu bem.

— Tenho que ir.

— Você não estava nada bem no carro, durante todo o caminho de volta. E no hall. Pensei que teria que pedir ajuda da maneira como estava no hall. Não dá pra você fazer uma viagem nessas condições, meu bem.

— Eu não deveria ter feito isso.

— O que está feito está feito, meu bem. O arrependimento não leva a lugar nenhum. Que tal olhar para o lado bom, hein? Você é bem-vinda na Número 3 pelo tempo que quiser, Felicia. Agora você tem seu próprio quartinho. O sensato seria se a gente fosse levando a coisa dia por dia.

— Andei sonhando. Durante todo o tempo que aquilo estava acontecendo, eu andei sonhando. E depois de novo, lá em cima. Que eu estava carregando a criança nos braços, que a gente enterrou ela debaixo de uma pilha de batatas.

— Beba seu Ovomaltine, meu bem.

Ela repete que devolverá cada centavo e ele reafirma que isso não importa. Ele pagou dívidas para Jakki e Beth, algumas bem consideráveis; comprou um conjunto de móveis para Elsie Covington. Tudo isso lhe deu prazer, mantendo-as perto dele. Na época, não soube que a mobília foi revendida imediatamente.

— Tenho que ir pra casa agora. Não importa como estou me sentindo, tenho que enfrentá-los.

O casaco dela caiu para trás, expondo mais a camisola azul e laranja. Ela ainda está usando a cruz ao redor do pescoço.

— Gostaria que você ficasse. Só um ou dois dias. Você está mais calma, Felicia. É bom ver isso. Você começou a aceitar o que era necessário.

Mas ela sacode a cabeça com tanta veemência que ele teme novo ataque. Ela segura as lágrimas, torcendo os dedos, as juntas embranquecendo com o esforço. Mais uma vez ela não se atreve a falar, o que para ele é um alívio. Ele deixa o disco chegar ao fim antes que ele mesmo fale, calmamente, sem insistir no ponto.

— Só preferiria te ver um pouco alimentada, antes de partir para onde quer que seja.

Vai até onde ela está sentada e tira a película da superfície do seu Ovomaltine, devolvendo a colher para o pires. Muda o disco para "Chattanooga choo choo".

— Sinto ser paternalista, Felicia. Não posso deixar de sê-lo porque acabei me apegando a você. No primeiro dia em que te vi, lá estava você, com suas sacolas, aflita e desarrumada. Eu gostaria de ter certeza de que você está se recuperando, é só isso.

— Estou bem.

— Tenho que dizer que falta muito pra isso. Vou ser honesto com você; o seu Johnny não te reconheceria, do jeito que seus olhos estão fundos, com grandes olheiras, e sem um pingo de carne sobrando. Eu não poderia deixar você ir desse jeito, não poderia deixar você ir pra rua. Deus sabe o que poderia acontecer, Felicia. Você está me entendendo, meu bem?

Ela ainda não tocou no Ovomaltine. Seus pés nus são miúdos no tapete desenhado — o que ela tem de melhor, agora que ele reparou neles.

— Quero ir — ela diz, e ele explica que muitas vezes as pessoas querem uma coisa que não é o melhor para elas, que muitas vezes é preciso mais alguém para ver as coisas com clareza.

— É isto que estou te dizendo, meu bem. Eu não me perdoaria se não dissesse isto.

"Dinner in the diner, nothing could be finer" o viajante do "Chattanooga choo choo" promete, "than to have your ham 'n' eggs in Carolina..."*

Ele deixa crescer um silêncio. Nos olhos dela, agora, falta vida; todo o fervor presente mais cedo se foi. Ela vai se afundar em um canto daquela casa de onde veio, vai se ressecar em uma mulher à

---

* "Jantar na lanchonete, não tem coisa melhor, do que comer seus ovos com presunto na Carolina..." (N.T.)

eterna espera de um imprestável. Os Black and Tans* deveriam ter dado um jeito naquela ilha, dizia seu tio Wilf, só que, infelizmente, eles se contiveram por razões humanitárias. Escolhendo as palavras, ele expôs tudo isso para ela, mas sem mencionar os Black and Tans, evitando deixá-la nervosa. Ao terminar, como se não tivesse ouvido uma única palavra, ela diz novamente que precisava ir agora, que não há mais nada, que ela não tem escolha. Depois, levanta-se e, como um zumbi, vai saindo da sala.

Não era o sargento do recrutamento com aquela mulher. "Pensamento mágico, querido", sua mãe costumava dizer. É fácil tomar uma coisa por outra quando se quer, ela mesma fez isso uma vez. "Bom, você sabe disso, querido", ela o faz lembrar, num humor cintilante, muito arrumada, a cabeça de raposa da sua pele voltada para baixo, o perfume de sua água-de-colônia.

Eles eram apenas um mero casal; tinha havido uma vaga semelhança, e num estado emocional ele tinha deixado sua imaginação correr solta. "Cabeça de bagre sonhador", ela costumava dizer, e ria para mostrar que só estava provocando.

O rangido da agulha no final do disco começou. Mr. Hilditch ouve aquilo sem se mover da cadeira, a lareira elétrica decorada lançando sombras rosadas em sua calça. De todos os cômodos, este é seu favorito, o papel de parede carmesim e, contra ele, a baeta verde e macia da mesa de bilhar que necessitava quatro homens para ser carregada. O sofá e as poltronas bem estofadas, o armário de pesos de papel, os enfeites da lareira e os retratos dos antepassados de outras pessoas, os dois relógios de carrilhão pedestal; tudo combina entre si e tem um sentido para ele.

---

* Força britânica de elite, composta por veteranos da primeira guerra em busca de trabalho, para ajudar a combater as revoltas irlandesas. Os Black and Tans ficaram conhecidos por sua violência e arbitrariedade. (N.T.)

Mas desta vez a tranquilidade da sala não consegue afetar a turbulência em que se transformaram as emoções de mr. Hilditch, e depois de alguns minutos ele vai até o gramofone e levanta a agulha do disco. Ir é perigoso para a garota irlandesa. Ele disse isso e ela não escutou; disse claramente, até repetiu. Ela está voltando para menos do que nada. Ele não compreende por que ela não consegue ver isso.

Beth também não conseguiu ver, quando ele mostrou para ela que era bobagem se mudar para o sul. Nem Sharon conseguiu, quando ela disse que precisava ir; nem Bobbi, Gaye, Elsie Covington ou Jakki. Mr. Hilditch fecha os olhos. A confusão o oprime, obscurecendo o que ele tenta dizer para si mesmo. A atual veio até ele em seu local de trabalho, não foi uma abordagem sua. Deixou que ele a levasse para todo canto em seu carro, quilômetro após quilômetro; permitiu que atendesse a todas a suas necessidades, como um criado. Não arcou com nenhuma parcela de gasolina ou óleo, nem com a comida consumida fora de casa, na própria casa, nem com o custo do aquecimento e da luz, sabonete e papel higiênico. Por que ela tinha sentado daquele jeito? Por que tinha se inclinado para frente e depois se recostado novamente? Acima de tudo, por que tinha descido, indecente naquela camisola? Ele sabe a resposta. Não quer ouvi-la, mas está ali de qualquer modo: ela não se importa com a maneira que aparece para ele, porque o vê sob certo aspecto. Ela descobriu, como Beth descobriu, a primeira das outras a chegar a isso. Quando Beth avisou do nada que estava indo para o sul, tudo o que ela tinha descoberto estava ali, nos seus olhos. Estava ali, nos olhos de todas, no final. Elas eram suas amigas e ele era bom para elas. Então, havia o outro.

Lágrimas jorraram de mr. Hilditch, formando riachos na carne de suas bochechas e de seu queixo, pingando em seu pescoço, molhando sua camisa e seu colete. Seus soluços tornaram-se um gemido na sala, como se fosse o som de um animal sofrendo além do suportável, desesperado e patético.

19

— Não, escreva — insiste irmã Francisco Xavier. — Cinquenta vezes até aprender.

No minuto que o sino toca, todas as vozes começam ao mesmo tempo, há o barulho do arrastar de cadeiras, passos correndo, e irmã Francisco dizendo que não é permitido correr. As vozes vão decrescendo, flutuando de volta à colina St. Joseph, até que só resta silêncio, exceto pelo tique-taque do relógio de parede e o som de uma porta se fechando. Os mapas continuam pendurados no quadro-negro. Deveriam ter sido guardados. São chamados de físico e político: montanhas e rios, todos os condados com cores diferentes. Através da janela, seu pai está no jardim, arranjando margaridas Michaelmas. Ele não vê que ela está olhando para ele; não sabe que ficou retida. "Is maith liom", ela escreve, e então o caixão está ao lado da cova. Sua mãe está entrando naquele buraco, mas o padre Kilgallen diz para o paraíso. Paz, diz padre Kilgallen, e a terra ressoa na madeira amarela. Padre Kilgallen levanta a mão para a bênção, e Carmel é a dama de honra, então. "Quem é ela?", Johnny pergunta, e alguém diz que é uma cantora de *nightclub*. A cantora tem cabelo comprido preto, braceletes e brincos, saltos altos que brilham, pretos como seu cabelo. Sorri quando canta, um brilho branco em seu rosto, o sol da Espanha, é como ela o chama. "Onde está Johnny?", Carmel pergunta, e Aidan diz que ele veio na McGrattan Street

Cycles and Prams pra comprar um carrinho para o bebê, mas quando ela vai até lá, não consegue encontrá-lo. Ela procura por ele no gasoduto, mas ele também não está lá. Grita o nome dele porque está escuro. Ele não vem ao restaurante de pescados, não está na casa de mr. Caunce. "Johnny", ela grita, subindo no elevador do hotel com as crianças, e as crianças fazem uma cantilena com seu nome: "Johnny, estão te chamando! Johnny, estão te chamando!", Connie Jo está rindo, tomando vinho com mr. Logan. Rose diz que é esquisito Johnny partir na frente na lua de mel. "Take my hand" — a mulher espanhola canta — "take my whole life too..."*

Ele não está no Spud-U-Like, quando ela entra pela janela. Não está na cozinha da mãe. Ela abre todas as portas na casa de mr. Caunce, onde pessoas dormem nos quartos, mas ele também não está lá. A água do banheiro pinga do teto, e a espanhola está agachada, tremendo em uma cama, seu vestido escarlate jogado no chão. "Era de se esperar", diz miss Furey, "qualquer um que se chamasse Johnny te traria tristeza; qualquer um que se chamasse Johnny poderia estar pronto pra dar um trabalho terrível." "Meu Deus, este é um som horroroso para emergir de qualquer ser humano!", exclama irmã Benedito ao ouvir a espanhola chorando.

Ele não está no Sheehy's, nem no parque Mandeville. Não está na fábrica de enlatados. Ela pergunta no Chawke's, no empório Centra, no Scaddan's. Pergunta no convento, mas o choro da espanhola está tão alto que não consegue ouvir nada do que lhe dizem. O choro da espanhola é um fardo que a esmaga, pressionando-a. "Está aí, nos seus olhos", diz alguém mais, sentado na sua cama, um peso puxando as roupas da cama, fazendo com que fique frio. Há o som de respiração, um som de respiração presa, como se houvesse dificuldade a cada emissão.

---

* Da música *I can't help falling in love with you*. "Pegue minha mão, pegue toda a minha vida, também..." (N.T.)

— O que você está pensando está aí, Felicia.
Ela tenta acordar, livrar-se do sonho, mas não consegue.
— Não acenda a luz. — A voz se torna mais grave, uma urgência gutural a poucos centímetros do seu rosto. A voz é um sussurro.
— Isso estraga tudo, Felicia. Tudo está destruído.
Ela abre os olhos. Não há luz vinda da janela, nenhum amanhecer enevoado se infiltra pelas cortinas. A presença dele em sua cama provoca uma depressão que leva seu próprio corpo para junto dele.

Ele fala de outras garotas, nomeando cada uma delas, descrevendo-as. Ninguém nunca soube, exceto aquelas garotas, ele diz; elas souberam por causa da proximidade da associação. Tudo o que ele sempre quis foi se sentar com elas; gastou uma fortuna com elas, presentes, refeições, levando-as de carro para onde quisessem ir. Beth, Elsie Covington, Sharon, Gaye, Bobbi e Jakki. O fato de terem sido suas amigas é algo particular.

— Estou dizendo isso pra que você entenda, Felicia. Nunca contei pra viva alma. Podíamos ter continuado a relação, você poderia ter ficado na minha casa. Nenhuma outra garota veio na minha casa, isso nunca aconteceu.

Agora isto não é de maneira nenhuma como um sonho. Ela diz sentir muito se fez algo errado. Como ele menciona a estadia em sua casa, ela diz que não pretendia ser invasiva.

— Você desceu de camisola.

— Só desci para pedir que o senhor me emprestasse o dinheiro. Não passou disso.

— Eu me arrisquei cada minuto em que você esteve aqui, meu bem. Todos os dias eu achava que alguém ia descobrir. Você ocupou uma cama, usou a pia e o banheiro. Sabem-se lá as sombras que passaram pelo vidro.

— Ninguém me viu. Fiz tudo o que o senhor pediu.

— O que a gente tinha bastava, Felicia. Só ficarmos sentados conversando nos lugares onde fomos, você me contando todas aquelas coisas. Mas quando olhei no retrovisor, aquilo também estava nos seus olhos.

— O que estava? Posso acender a luz? Não estou entendendo o que o senhor quer dizer.

— Quando se sabe uma coisa como essa, não é fácil pra nenhuma garota fingir.

O nervosismo que ela sentiu na rodoviária, na primeira vez em que ele lhe ofereceu carona, está de volta. Ficou nervosa quando olhou na manhã seguinte, e reparou que sua esposa não estava no banco de trás do carro. Não pensara duas vezes sobre isso, quando ele explicou que inesperadamente sua esposa tinha tido que ir ao hospital, mas agora, de súbito, sem precisar pensar, ela sabe que ele nunca teve uma esposa.

— Deixei pra lá quando vi seus olhos no retrovisor. Não quis aceitar. Mas aí você desceu a escada.

— Lamento se perturbei o senhor. Não foi minha intenção perturbar o senhor. Não entendo o que está me dizendo.

— Ninguém está te culpando, meu bem. As coisas acontecem. As coisas mudam.

Uma mão é colocada sobre a dela.

— Só que é uma pena que tudo esteja destruído — ele diz. — Não, não acenda a luz. — Ele não quer luz.

— Me deixe em paz, por favor.

— Elas disseram que estavam indo embora, e eu perguntei o motivo, mas não precisava ter feito isso, Felicia. Está entendendo, meu bem? Percebe o que estou te dizendo?

— Vou-me embora. Não vou incomodar o senhor. O dinheiro não tem importância.

— Eu era o mundo pra elas. Quando elas precisaram, puderam contar comigo.

Ela sabe que as garotas estão mortas. Há algo que afirma isso no quarto, na respiração rascante, no suor que por um instante toca a lateral do seu rosto, na forma como ele fala. O escuro fica opressivo com a morte delas, nauseante, odorífero.

— Vou te levar de carro para fora da minha casa. — Seu sussurro torna a vir, e ela sente a boca gorda próxima a ela. — Vista-se e vamos embora. Tenho dinheiro pra te dar pra viagem. Só saia da casa e entre no carro.

Ela sabe que não deve fazer isso. Com tanta certeza como sabe sobre as garotas, tem consciência que não deve ser levada para dentro do carro de traseira achatada. Ele esperou que fosse noite avançada; escolheu a escuridão e o carro.

— Está bem — ela concorda. — Está bem. Vou me vestir.

As tábuas do chão rangem, enquanto ele vai às cegas até a porta. Ela ouve o barulho do trinco, mas quando a porta se abre não há luz, não se vê nenhuma silhueta. Ela o ouve na escada, ainda no escuro, seus passos descendo pesadamente.

Incapaz de se mexer, petrificada de medo do que pode acontecer a seguir, mais apavorada do que estivera em sua presença, ela fica deitada onde ele a deixou, duvidando que vá encontrar força para deixar a cama. Mas finalmente ela consegue se levantar e, tremendo, vai tateando pelo quarto. Abre a porta suavemente, à procura de uma chave do lado de fora. Não há. Sente uma descarga de sangue pelas pernas, acende a luz, e usa parte de um lençol para se limpar. Suas mãos e seus braços tremem, o que dificulta todos os movimentos.

Senta-se na beirada da cama, olhando ao redor do quarto. Seus olhos finalmente param em um pedaço de um queimador de lareira quebrado. Fuligem e pedaços de alvenaria caíram no papel crepom vermelho jogado no suporte; a barra quebrada saiu do lugar e está no chão da lareira. A barra suja sua mão e é curta demais para funcionar como proteção, mas pelo menos é alguma coisa. Ela se veste e joga o casaco por cima. Ouve os passos dele lá fora, sobre o cascalho. Puxa uma beirada da cortina, mas ainda está muito escuro para vê-lo. A porta do carro bate de mansinho, e ela sabe que agora ele está esperando dentro dele.

Sai com cuidado para o patamar da escada, ainda segurando a barra do queimador, suas duas sacolas penduradas na curva do braço livre, a bolsa ao redor do corpo. Desce a escada apagada, parando a cada dois ou três degraus para ouvir se ele voltou para a casa. A barra de metal ressoa nos ladrilhos do hall, quando escapa dos seus dedos. Em pânico por não achar o trinco da porta de entrada, ela tateia a procura de um interruptor.

20

Como acontece com frequência aos domingos, mr. Hilditch visita uma mansão palaciana aberta ao público. Chegando cedo, mais de uma hora antes de poder obter uma entrada, para seu carro no estacionamento vazio, estende sua mackintosh na grama, debaixo de um carvalho, e come os sanduíches que preparou: atum e ovo com alface, tomate e cebolinha.

O estacionamento é uma extensão plana, aberta em uma encosta. Do seu lugar debaixo da árvore, ele pode ver a maior parte da longa entrada asfaltada que serpenteia pelo parque, e a própria casa, uma expansão de tijolos vermelhos e pedras, com torrezinhas, chaminés e jardins murados. Extensões de açafrão florescem próximo a onde ele faz seu piquenique. A casca da árvore é irregular nas suas costas.

Ele observa um ônibus azul virando nos distantes portões da entrada e se aproximando pelo caminho. Desaparece por um instante abaixo da base da colina. O som do seu motor chega até ele, antes que reapareça. Entrando devagar no estacionamento, dá ré, vai para frente, repete essas manobras até que, finalmente, estaciona. Um matraquear de vozes começa enquanto os passageiros saem. Uma garota de uniforme azul avisa que todos devem estar em frente à loja de suvenires às quatro e meia. Os passageiros se dispersam, descendo por diferentes caminhos até a casa. Sozinho, o motorista acende um cigarro e abre um jornal numa mesa rústica.

Carros surgem na alameda e também acabam entrando no estacionamento. Chega um segundo ônibus, amarelo e cinza, despejando mais visitantes para a casa. Mr. Hilditch observa-os se esticando e partindo em pares ou grupos. Então, terminados os sanduíches, desembrulha um KitKat antes de seguir na mesma direção.

Ele sente o mesmo de sempre quando uma amizade termina: vazio, alguma parte dele esvaziada. A garota irlandesa já se juntou às outras na sua Alameda da Lembrança; seu rosto redondo, de olhos grandes, o encara de volta quando ele pensa nela, a imagem tão luminosamente viva quanto as de Beth ou Elsie Covington. Após uma separação, ele sempre planeja um passeio tão logo quanto possível, num esforço para combater o desânimo. Um dia depois que Gaye se foi, ele veio para esta mesmíssima mansão.

Mr. Hilditch se demora nos jardins espalhados ao redor da casa, enquanto os outros visitantes de domingo examinam arbustos e canteiros, identificando os botões de inverno. Ele acompanha a multidão, não está com pressa. "Esta época do ano é agradável", observa a duas mulheres, irmãs ao que parece. "A natureza sendo discreta, não é?" As mulheres acham isso divertido e sorriem. Em uma catraca que leva a um estábulo pavimentado de pedras, a entrada de adultos custa uma libra. Mr. Hilditch paga e passa com os outros para dentro das dependências da cozinha da casa, onde utensílios antigos estão expostos para oferecer um sabor do passado. Despensas e copas foram esfregadas até ficarem limpas, e estão vazias, exceto por várias formas de cobre para gelatina, e cobre-bolos contra moscas.

— Fascinante, hein? — Mr. Hilditch comenta com um casal que está admirando um aparelho que transforma manteiga de volta em creme. Seu entusiasmo é genuíno, já que, profissionalmente, vê muita coisa que lhe interessa.

No andar de cima, em um saguão alto e quadrado com pilares, em uma sala de jantar e outras salas de visitas, modelos de lacaios em tamanho natural posam em cerimoniosa ociosidade. Arrumadeiras petrificadas espanam volumes em uma biblioteca, ou lustram as superfícies de mesas trabalhadas. Uma família que ocupava a casa também é invocada de uma outra época, em conversa, tocando instrumentos musicais, ou dançando; uma menina escovando o cabelo de outra; uma figura solitária lendo em um assento da janela. Cordas vermelhas com borlas separam cada cena dos observadores ao vivo, que agora saem em fila aos murmúrios. Nos dormitórios perfumados há cenas de um despir discreto, banheiras prontas para o banho.

Conforme as horas passam, a tranquilidade da casa e de sua paisagem continua a agradar mr. Hilditch. No café ao lado da loja de suvenires, é servido por garotas de vestidos floridos que vão até os pés, mas ainda é muito cedo até mesmo para imaginar se alguma delas apreciaria o calor de uma amizade. Hoje, não há necessidade disso.

— É um passeio que vale a pena — observa de maneira descontraída para as pessoas com quem compartilha a mesa. — Preenche um domingo, não é?

As pessoas concordam educadamente, depois continuam a conversa que seu comentário interrompeu. Quando se levantam para ir embora, mr. Hilditch sorri e se despede.

Último a deixar o café, ele compra, ao pagar, alguns dos bolos e *scones** que restaram. Quando chega ao estacionamento, os dois ônibus e a maioria dos carros já foram embora.

Ao acomodar-se atrás da direção, revê a última garota de quem foi amigo, e com essa imagem dirige lentamente pelo evanescente crepúsculo. Ao chegar na Duke of Wellington Road, a escuridão há muito o precedeu, e por alguns minutos fica sentado em seu carro, depois de tê-lo parado no cascalho, sem querer abrir a porta da entrada e entrar no hall, até reunir um pouco de força para ajudá-lo no silêncio da casa. Acaba encontrando-a e sobe os quatro degraus até a porta do hall.

---

* Uma variante do nosso pão de minuto. (N.T.)

*

Mais tarde, naquela mesma noite, ao tirar o lixo, mr. Hilditch percebe um leve aroma de roupa queimada quando levanta a tampa da lata. Não tece qualquer comentário particular a respeito, nem tem sua curiosidade atiçada. Sua queima de várias roupas e acessórios femininos na noite anterior não permanece nem mesmo como um borrão em sua lembrança, tendo começado o fogo em sua lata de lixo com o jornal do dia e meia xícara de parafina. Também, de nenhuma maneira ele se lembra de ter devolvido os sapatos de sua mãe ao galpão de fora, onde tinham juntado mofo, antes que encontrasse recentemente um uso para eles. Nem de ter pegado uma barra de queimador de lareira nos ladrilhos do seu hall, e de tê-la jogado nos arbustos.

É normal, quando uma amizade termina, que mr. Hilditch sofra desta maneira. Está vagamente ciente de que algo possa estar faltando, e atribui o lapso em sua memória à intensidade de sua perda — o momento de cada partida tendo sido tão doloroso que uma parte inconsciente sua apagou os detalhes circundantes. No início, quando Beth partiu, isso o incomodou, e ele tentou recuperar o momento e tudo que o envolvia. Não logrou seu intento, e desde então aceitou os lapsos que experimentou como dádivas piedosas, inacessíveis até para ele, algo que não devia ser questionado.

Nesta noite, depois de comer, ele se senta em sua grande sala da frente, comprazendo-se com o dia que havia passado: os açafrões em botão, os viajantes descendo do ônibus azul, as formas de cobre para gelatina, a garota escovando o cabelo da amiga. Extrai consolo dessas lembranças fluidas, uma em seguida da outra, depois se esvaindo antes de retornar, as imagens cruas e silenciosas. Nesta noite de domingo, ele não toca música em seu gramofone; não está no clima para músicas, como nunca está quando uma amizade termina. Levará um ou dois dias até que se ouça música novamente na Número 3 da Duke of Wellington Road, provavelmente terça ou quarta-feira.

Às nove e meia, mr. Hilditch verifica se sua porta da frente está trancada e a porta de trás com a trava. Às cinco para as dez, está na cama, dormindo.

Nas semanas seguintes, mr. Hilditch prossegue com seus deveres profissionais com o cuidado e a atenção pela qual é bem conhecido em seu local de trabalho. Nos finais de semana, limpa a casa — o hall, as escadas, a sala de jantar e a grande sala da frente. Varre o quintal dos fundos, e rastela o cascalho na frente. Compra mantimentos na Tesco's. Relaxa com seus discos e o *Daily Telegraph*.

Nos momentos ociosos, ou na cama, à noite, é atraído para o ambiente sobre o qual ouviu com tanta frequência durante a amizade que terminou: o quarto de dormir compartilhado com a mulher em seu centésimo ano, a praça com a estátua de um soldado, os tampos com desenhos de losangos nas mesas do café. O pai e os irmãos gêmeos solteiros estão lá, as amigas do colégio de freiras, a mãe do sedutor. Na vida particular de mr. Hilditch, não há nada de novo nesta excursão no cenário de outra pessoa. Quando Beth se foi, ele achou difícil tirar da cabeça os cafetões sobre os quais ela lhe contara, que uma vez haviam-na perseguido; quando Gaye partiu, havia os assaltantes, a quem ela tinha ajudado. O nome da garota irlandesa tinha sido descoberto por seu pai, homenageando alguma mulher que tomou parte em uma revolução. Ele ouviu isso no carro, ou no Buddy's Café, difícil saber exatamente.

— Muito saborosas as almôndegas — observa um empregado, o que não era de se estranhar, já que as almôndegas haviam sido habilmente preparadas segundo suas instruções precisas.

— Que bom que você gostou. — Ele sorri em agradecimento. Os cumprimentos são bem-vindos quando o final de uma relação ainda não foi processado na sua mente.

Outro empregado comenta sobre o pudim de laranja, e ele deixa escapar um segredo: que a banha tem que ser cortada bem fininha, que a compota e os ovos batidos têm que ser acrescentados aos ingredientes secos, e não o contrário. Observa que o processo e as medidas variam de acordo com o pudim ser feito no vapor ou assado. Desde criança ele mesmo preferia que fosse no vapor.

As funcionárias frequentemente pedem uma receita, e invariavelmente preferem se chegar a ele do que a um membro da equipe da cozinha. Ele gosta de atendê-las neste sentido. Agrada-o pensar nos pratos do refeitório sendo servidos às famílias dos funcionários. "O pudim de mr. Hilditch" ou "mr. Hilditch faz desse jeito" poderiam ser as frases usadas. Embora ele nunca mencione isso, acredita que isso aconteça.

— Veja, vivemos num milagre. Olhe aqui este jardim. Veja as frutas das árvores e as pessoas de todos os países.

Uma mulher negra, cheia de joias e pintada, oferece uma ilustração carregada na capa de um folheto. Uma jovem branca, muito bem arrumada, está ao seu lado com um maço de ilustrações parecidas.

Mr. Hilditch, interrompido quando engraxava seus sapatos na mesa da cozinha, cumprimenta a dupla com simpatia, mas demonstra sua falta de entusiasmo pela ameaça da conversa, sacudindo a cabeça.

— Hoje, trazemos ao senhor a palavra de Deus Pai — prossegue a mulher negra, ignorando sua reação. — Sou da Jamaica. Esta é miss Marcia Tibbits. Se eu e minha amiga pudéssemos só dar uma entradinha, não tomaríamos mais de dez minutos do seu dia. Posso lhe perguntar, senhor, se está a par do que está escrito na Bíblia?

Mr. Hilditch não é particularmente um conhecedor dos escritos da Bíblia. Quando criança, sua mãe o mandava todos os domingos à escola dominical. Ele tem uma vaga lembrança de histórias estranhas sobre carneiros sacrificados e caminhadas sobre a água. Tudo foi há muito tempo, e ele nunca sentiu necessidade de pensar em nada disso. "O que Jesus faria?", especulava uma inscrição em lãs coloridas, exibida à classe da escola dominical pela professora. Ela a havia transformado numa decoração para suas paredes, emoldurando o vidro que a protegia com *passe-partout*.

— Acho que não estou interessado.

— Se pudéssemos entrar na sua casa, minha amiga lhe contaria sua própria experiência, como ela foi recolhida.

Mr. Hilditch sacode novamente a cabeça, mas não consegue impedir uma história sobre ter sido salva de uma loja de vídeos, e a promessa da terra paradisíaca, onde serpentes ficam inofensivamente enroladas e a naja é um brinquedo para crianças.

— Escute aqui — interrompe mr. Hilditch, finalmente —, estou ocupado.

— Nós poderíamos... — sugere a mulher negra. — Poderíamos voltar a qualquer hora.

— Não, não.

— Dez minutos de um dia qualquer não é tanto sacrifício. O Deus Pai nos dá a eternidade. — A mulher negra exibe uma boca de dentes saudáveis, e empurra para mr. Hilditch os panfletos que tem consigo. — Há um futuro pra quem morre, senhor — acrescenta, seu tom sugerindo que a literatura oferecida revela maiores detalhes desta afirmação.

É então, enquanto ela ainda está falando sobre quem morre, que mr. Hilditch nota, confuso, uma súbita curiosidade assomando em suas feições escuras. Estando profissionalmente familiarizado com as práticas de venda, e deduzindo que difundir regularmente a religião pode muito bem ser inserido nessa categoria, ele se pergunta se aquilo seria uma espécie de venda de ilusão. Mas para sua surpresa e alarme, a explicação não é de cunho comercial.

— Uma garota irlandesa mencionou o senhor. Eu me lembro disso agora, enquanto estamos aqui paradas. Um homem bom, disse a garota, de grande ajuda para ela. Duke of Wellington Road, ela disse. Talvez a descrição fosse: grande e de bom coração.

— Não conheço nenhum irlandês.

— O senhor ajudou aquela garota no que ela precisava, não virando pro outro lado. O senhor combina com a nossa Igreja.

— Não, não, sinto muito. Tenho que continuar o que estava fazendo. Isso não tem nada a ver comigo.

— Aquela garota estava falando a esmo, de repente tocou nesse assunto. — Miss Calligary faz uma pausa. — Dessas que tentam passar a perna, foi o que se revelou depois.

— Preciso pedir a vocês que saiam agora.

— Aquela garota tentou pegar dinheiro da gente. Aconteceu a mesma coisa com o senhor?

Mr. Hilditch bate a porta da entrada e se recosta nela, os olhos fechados, lembrando-se de como a garota tinha dito que passara alguns dias na casa desse pessoal. Repassa o encontro que acabou de acontecer, desde o momento em que a negra, de súbito, percebera que estava conversando com alguém de quem já ouvira falar. Mencionou? "Uma garota irlandesa mencionou o senhor", o que isso sugeria exatamente? "Falando a esmo", a mulher havia dito, e depois alguma coisa sobre "passar a perna", seja lá o que isso significava.

Por um instante, mr. Hilditch cisma se a coisa toda não seria uma espécie de engano ou mal-entendido. Nem forçando a imaginação a garota irlandesa poderia ser chamada de alguém que passa a perna. Ele havia conhecido outras que poderiam ser descritas assim, mas seria a última coisa que se diria a respeito dessa garota recente. E, no entanto, sem dúvida é a mesma garota; alguém a quem ele ajudou, esforçando-se especialmente para fazer isso. Ela mesma havia dito isso; pelo visto, havia repetido para outras pessoas.

    Lentamente, ele vai deixando o apoio na porta de entrada e atravessa o hall até a cozinha. Não é nada demais, assegura a si mesmo, não passa de uma desorganização, uma pista no vazio. Se parece extraordinário é só porque nunca aconteceu antes. Uma garota para quem ele foi bom nunca lhe foi mencionada depois, por ninguém.

— No início, aquele homem estava normal — miss Calligary comenta, enquanto ela e sua acompanhante seguem pela Duke of Wellington Road. — Estava normal, depois ficou esquisito.

    Miss Calligary fica preocupada que isso tivesse acontecido. Esse homem grande, robusto, estava lá para o recolhimento, ela poderia jurar. Um homem solitário, sozinho, qualquer um percebia isso. Ele podia ter entendido errado, pensando que a própria garota irlandesa era uma Acolhedora, e agora havia recuado exatamente por isso — gato escaldado tem medo de água fria. Miss Calligary assinala um dia para voltarem, pedindo a Marcia Tibbitts que anote o número da casa.

21

Durante vários dias, sempre que seus pensamentos ficam perturbados pelo fato de sua amizade com a garota irlandesa ser conhecida de terceiros, mr. Hilditch continua a assegurar a si mesmo que isso não tem o menor significado. A esta altura, a mulher das Antilhas provavelmente esqueceu o assunto, estando mais preocupada com o seu paraíso. Uma mulher como aquela, com seus folhetos e sua falação, já tem o bastante para preencher o dia sem precisar se meter na vida dos outros.

Mas mesmo assim, quando transcorre um pouco mais de tempo, o desconforto começa a deixar mr. Hilditch agitado. Relembra como se sentiu quando a garota irlandesa abordou-o pela primeira vez, a promessa de uma relação sendo diferente da que fora com as outras. No final, não havia sido, porque a garota irlandesa também havia se separado dele. No entanto, agora, era como se sua intuição pudesse estar certa de alguma outra maneira, embora ainda não revelada.

Durante uma noite insone, ele ouve a voz da negra informando às pessoas que ele não virou o rosto para o outro lado, que a garota procurou ajuda e ele a deu. Não é impossível que a mulher falasse dessa maneira, ele pondera, seus olhos dispersos no escuro; é até mesmo provável, já que ela tocou no assunto com ele. Conforme a noite avança, conforme a fala antilhana e tudo que ela transmite se tornam mais insistentes, mr. Hilditch faz um esforço para distrair seus pensamentos, encaminhando-os para outro foco: para o departamento de *catering*, para sua cozinha, para a balbúrdia da hora do almoço no refeitório. Força sua concentração de volta para os dias em que ainda era um faturista, para a surpresa de ter sido chamado e terem dito que se sentasse, enquanto era confidenciado que seu nome tinha se destacado para a função de gerente de *catering*. Mas embora a recordação lhe traga prazer — os detalhes do treinamento e da remuneração tendo lhe sido expostos antes mesmo que ele pudesse se mostrar adequadamente interessado —, ele se vê levado por esse mesmo fluxo de pensamento a um período anterior em sua vida, quando ainda tinha esperança em uma carreira militar.

— Ah, o cáqui cai bem em você! — sua mãe falava num tom brincalhão, no balneário onde bebia água e se banhava, enquanto ele ficava esperando, ou vagava pela cidade. No balneário havia um friso entalhado: soldados feridos, sem camisa, oficiais oferecendo conforto. "A irmandade que detém a Morte" eram as palavras que formavam a inscrição que vinha junto, entalhada na pedra. Nos banhos, sua mãe engatou numa conversa com uma mulher que sofria do mal de Garrad e perguntou: "O que é isso?". Tinha a ver com a Contratura de Dupuytren, afirmou a mulher, embora alguns negassem isso. O rosto da mulher estava pintado, lábios magenta, borrões de rímel, pó em uma pele com acne. "Ouça isto, querido", sua mãe instou. "Esta mulher é muito interessante!" Mas ele não ouviu enquanto a mulher discorria sobre sua doença, e sua mãe dizia "imagine só" e "quem diria". "O cáqui não cairia bem nele?", sua mãe perguntou no bar do Clarence. "Este jovem vai ser soldado!" No trem, na volta do balneário, um homem de barba deu a ele uma moeda de três centavos. "Nossa, que surpresa", sua mãe disse, com o pescoço e o rosto afogueados, quando eles passaram pelo túnel Longridge. "Nossa, quem diria!"

Apesar da lembrança desse passado particular, quando os olhos de mr. Hilditch se cansam, ele está novamente tomado por suas especulações sobre a conversa da negra na soleira. Depois, quando tenta mentalizar a garota irlandesa entre os lindos retratos que formam sua memória das outras, pela primeira vez, não consegue. No dia em que ele visitou a mansão palaciana, ela estava docilmente ali; agora, não havia nada, como se a conversa da negra o tivesse roubado dela.

Ao amanhecer, mr. Hilditch levanta-se, muito antes do seu costume. Prepara chá na cozinha e caminha lentamente pela casa, entrando num cômodo, depois em outro. Quando chega a hora de preparar seu café da manhã, percebe que não está com fome. Sai mais tarde com o estômago vazio.

Conforme o tempo passa, as pessoas reparam; mr. Hilditch as vê notando. No refeitório belisca um fricassé de cordeiro e uma "Surpresa de Abacaxi"; mal toca o lagarto, e é visto se servindo de uma modesta porção do seu prato preferido das quartas-feiras. Ao entrevistar candidatos para serviços de lavagem de pratos, várias vezes tem que ser lembrado de nomes que já lhe foram dados. Sua lata de biscoitos não precisa ser reabastecida em mais de uma quinzena.

Uma noite, ao dirigir para casa, fica sem gasolina, um azar que mais tarde relaciona com seu estado de espírito. Tem que andar pouco mais de um quilômetro, pegar uma lata emprestada com um frentista mal-humorado e fingir que está se divertindo com sua própria confusão. Quando volta, duas viaturas policiais haviam cercado seu carrinho, e mantendo esse clima simpático de se autorridicularizar, ele pede desculpas por qualquer incômodo que possa ter causado. Os policiais são petulantes e severos. Quando sorri para eles, não respondem. Homens imprestáveis, rugindo por aí arrogantes, em seus Fords e Vauxhalls, grossos como paredes. Ele sorri para eles e os observa indo embora.

Desde o momento em que ela apareceu no pátio da frente com seu casaco vermelho e sua echarpe, ele foi generoso com ela. Escutou, sem nem uma vez demonstrar cansaço. Ajudou-a com conselhos; orientou-a e a protegeu, prevenindo-a contra criminosos de rua e os perigos de se pegar carona. Ele lhe deu tanto quanto sempre deu para as outras, sem relutar em nada. Será que ela transmitiu tudo isso para a negra? Tudo isso estará sendo dito? E o que, além disso? Que elaborações foram acrescentadas, que curiosidade despertada? Quais serão as fofocas que correm por lá agora?

Inquieto, enquanto prossegue em seu percurso interrompido, refaz, mais uma vez, tudo o que foi dito em sua soleira. Mais tarde, em sua grande sala da frente, reflete em quão trivial, quão insignificante pareceu quando a garota irlandesa disse que tinha sido acolhida pelas pessoas que a chamam agora de alguém que passa a perna. Aumenta o volume da música, num esforço para reprimir suas preocupações, a voz da negra e o murmúrio de curiosidade que isso alimenta. Nessa noite, ele volta a dormir com sobressaltos, e tem pesadelos dos quais não consegue se lembrar quando acorda.

— Ah, sim, houve mudanças — concorda a mulher que está usando o caixa eletrônico, arrumando quatro notas de cinco libras na carteira que tira da bolsa. — Não dá para dizer que não houve.

— Não mais do que oito anos de idade — Mr. Hilditch puxa assunto. — Costumava vir de trem.

— Nesse caso, não dá para reconhecer. Não tem nem o que discutir.

Trata-se de uma mulher de óculos, mais velha do que mr. Hilditch, com uma cestinha de rodas, meias cinza em fio escócia e um casaco cinza felpudo. Seu cabelo também é cinza felpudo.

— Pensei que devia voltar — Mr. Hilditch continua, sem ainda inserir seu cartão no caixa eletrônico. — Levantar os ânimos, disse para mim mesmo, visitar o balneário.

— Não tem muito de balneário, agora. Isso se foi há anos.

— As fontes secaram, foi?

— Nunca teve fontes, algum velho maluco fez aquilo. As pessoas acreditavam em qualquer coisa naqueles tempos.
— Minha mãe acreditou.
— Bom, aí está você pra provar. Não passava de um truque.
— A mãe dizia que lhe fazia bem.
— Quando se trata de doença, muita coisa está na cabeça.
— Provavelmente.
— Len punha a maior fé nisso. Tudo está na cabeça, era a expressão que ele usava.
— Seria o seu marido?
— Sim, morreu em 1970.

Mr. Hilditch insere seu cartão na ranhura e digita sua senha, 9165. A mulher veste as luvas cinza e pega a alça de sua cesta de compras móvel. Notas no valor de quarenta libras saem da parede.

— Muito prático — observa mr. Hilditch, satisfeito em prolongar o encontro. — Nosso amigo flexível.
— O único problema é que se gasta muito. Se não estivesse ali, a gente estaria em melhores condições.
— Aceita um café?

A mulher hesita. Não responde, mas não faz objeção quando mr. Hilditch a acompanha. Concordava plenamente com ela, declara; os caixas eletrônicos induzem a pessoa a gastarem demais, ao tornar seu dinheiro tão imediatamente disponível. Os bancos sabem o que estão fazendo, ele sugere e, em frente a uma loja onde imagina haver uma seção de lanches, repete seu convite.

— Não me faço de rogada — diz a mulher, precedendo-o nas portas giratórias.

Ocorreu-lhe de manhã cedo ir guiando até o balneário, já que era um sábado. O que ele precisava era de uma mudança, uma saída para algum lugar que pertencesse a algum outro período de sua vida. A viagem de carro levou duas horas; costumava ser mais comprida de trem, com uma baldeação e uma espera.

— Bom, isto é agradável — ele observa com verdadeiro entusiasmo, depois de estarem sentados. — Gosto de uma xícara no meio da manhã.

— Aquece a gente, este tempo.

Esta mulher é vaidosa; ele percebe isso pela maneira como ela olha em torno para ver se eles foram notados por alguém que ela conheça. Aconteceu a mesma coisa na rua. Ela adoraria que as pessoas especulassem sobre quem seria o estranho; ele poderia lhe dar uns bons dez anos. Ele diz:

— Eu deveria ter lhe dado os meus pêsames pelo seu marido. Me desculpe.

— Faz vinte e dois anos. A gente supera.

— Mesmo assim, eu deveria ter dito alguma coisa.

— Não há necessidade, juro.

— Mesmo assim, me desculpe. — E já que o assunto veio à tona, ele declara que ele mesmo nunca se casou.

— Nem a Vera. Não queria saber disso, segundo ela dizia.

— Você está falando de uma filha?

— De uma irmã. A gente nunca se deu bem, nunca concordamos em nada.

O café chega. Mr. Hilditch sente os primeiros sinais de apetite em várias semanas, e pergunta se eles têm *scones* de queijo.

— Fiquei acordado até tarde — ele explica para sua companheira, se desculpando.

— Para mim, ela queria o Len, e quando não conseguiu ficar com ele, deu no que deu. Não queria saber disso, já que não conseguiu pegar o Len.

No decorrer da conversa, mr. Hilditch espontaneamente diz seu nome, e conta que é gerente de *catering*. Diz o nome da cidade onde mora e trabalha, acrescentando que nasceu lá, uma população bem acima de duzentos e cinquenta mil, crescendo o tempo todo. Passa manteiga em três *scones*, enquanto transmite essas informações, deleitando-se em observar a manteiga se derretendo na superfície morna. Desde que entabulou conversa com a mulher vestida de cinza, nem uma vez se viu perseguido pela perturbação que o mantém acordado à noite e o atrapalha durante o dia.

— Ele tinha vontade — ela está dizendo agora — de ver os Jardins Suspensos da Babilônia.

— Você está falando do seu marido?

— Era seu grande desejo, e é claro que ela se aproveitava disso. Atrevida nesse aspecto. Lia tudo sobre o assunto: os nomes das plantas pendentes, ou o que quer que eles tenham.

Ele assente, compreensivo.

— Tenho que empregar muita gente nas cozinhas. As mulheres do tipo atrevidas não têm a menor chance. Esta é uma das regrinhas que eu tenho.

— Suas últimas palavras foram: "Agora eu vou ficar com ele" — ela disse. — Ousada até o final.

Logo depois disso, a mulher comunica que precisa ir andando, e já que o encontro não pode mais ser prolongado, mr. Hilditch sorri com simpatia e diz que o encontro que tiveram foi um prazer. Permanece à mesa, passando manteiga no último *scone*, quando a mulher já não está à vista. Quase que imediatamente, a perturbação, que sua companhia manteve à distância, volta.

Ela acompanha mr. Hilditch conforme o dia avança, e o apetite que tinha voltado tão brevemente já não comparece. Ele se distrai da melhor maneira possível; não é difícil acreditar que algum empresário com iniciativa tenha em certa época criado um mito sobre uma fonte de água local, iludindo os doentes por gerações. Pensa nisso por um tempo, depois desliza para dentro do seu passado particular. "Aquele é um banheiro público", sua mãe comenta na primeira vez em que estiveram aqui, mostrando um prédio de tijolos perto das grades de um parque. "Lembre-se de onde fica, querido." Trazia um broche de camafeu preso na lapela, e um colar de pérolas de duas voltas. Levava sua roupa de banho em uma maleta azul, com os sanduíches de costume, e uma garrafa térmica de chá. No balcão da estação, ela tomou um gim com menta, enquanto eles esperavam o trem, e outro quando eles fizeram baldeação e tiveram que esperar novamente.

Mr. Hilditch espera a sessão das duas de *Instinto fatal*, e o filme não lhe agrada, mas fica até o fim para fazer valer seu dinheiro. Depois, caminha pelas ruas, admirando os terraços de casas belas e claras, com ventiladores de teto, os pilares distinguindo *crescents** de passeios, a estátua pomposa da rainha Vitória em frente à sede da prefeitura. Mas nem tudo isso, nem o que permanece com ele de *Instinto* é tão eficiente para combater a intromissão que o perturba, quanto sua companhia da manhã. Quando as lojas começam a fechar, considera seu dia um fracasso.

Dirigindo mais uma vez de volta para casa, relembra Beth se despedindo, o último momento antes que a lembrança se tornasse dolorosa demais. Ela lhe deu a notícia de uma hora para outra: que no dia seguinte planejava ir para o sul. Jakki disse isso de imediato quando ele a encontrou numa noite, em frente a uma loja de decoração, onde eles sempre se encontravam. Sharon não contou para ele, e pretendia não fazê-lo, mas ele descobriu. Bobbi foi a mais casual. Elsie Covington disse que sentiria falta dele. Gaye chorou, fingindo, porque queria dinheiro antes de partir.

Elas estão ali, paradas em frente à porta de entrada, de início de costas para ele, depois se virando para ficar de frente, ao ouvir o carro no cascalho. Os dois rostos são pegos pela luz do farol: um negro e reluzente, lábios grossos retraídos; o outro, timidamente tentando

---

* Ruas em curva de quarto crescente, onde as construções acompanham seu traçado. (N.T.)

enxergar naquele clarão. Ele pensou algumas vezes na ameaça que haviam feito de voltar, decidindo não atender à campainha sem antes se certificar de quem era. Lentamente, com cansaço, desliga o motor do carro e apaga os faróis.

— Senhor, estamos contentes em vê-lo — a negra fala, assim que ele pisa no cascalho.

Ele tranca a porta do carro, depois se vira para sacudir a cabeça para o rosto sorridente da negra. Ele próprio não sorri. Não está com humor para isso; deixa que isso transpareça.

— Dez minutos do seu dia, senhor...

— Meu dia foi longo. Tenho que lhes desejar boa-noite. E preciso pedir a vocês que não voltem a me importunar.

— O senhor teve a oportunidade de meditar sobre a história de miss Marcia Tibbits, como combinamos?

— Não combinei nada.

— Há um tempinho viemos vê-lo, senhor...

— É, eu sei, eu sei.

— Ficamos ansiosas em saber como a história de minha jovem amiga afetou seu coração perturbado, senhor.

Mr. Hilditch fica chocado com isso. Seus olhinhos encaram miss Calligary até piscarem, num esforço para livrá-las da consternação que é incapaz de disfarçar.

— Perturbado? — A palavra lhe escapa sem que ele queira, seus lábios inconscientemente dando voz a sua apreensão.

— Senhor, a garota a quem o senhor foi solidário não pertencia a nossa Igreja. Só pernoitou em nossa casa, senhor. Só de passagem.

— A senhora entendeu tudo errado...

— Aquela garota fez um carnaval dizendo que tinha sido roubada, esperando uma coleta na Casa do Recolhimento.

— Estou dizendo que a senhora está com informações cruzadas.

— Se ela disse alguma coisa diferente de estar apenas de passagem, não é verdade. É melhor levar em conta minha jovem amiga aqui, hoje à noite, senhor. Melhor refletir sobre a alegria dela, enquanto está aqui à sua frente.

A garota não é grande coisa. Seu cabelo desinteressante cresce em bico de viúva, e está bem puxado para trás, preso com fivelas. É uma garota pequena, lembra um coelhinho.

— Considere seu comércio diário, senhor, antes que ela viesse a conhecer a promessa de Deus Pai. Considere os atos abomináveis que ela vendeu no balcão, senhor. Decapitação e selvageria, haréns de animais. Práticas perversas, senhor, a excitação da dor.

Mr. Hilditch, mal ouvindo o que está sendo dito, continua a observar a garotinha. Ele se pergunta se ela vai se livrar do pessoal com o qual ela se ligou e terminar vagando a esmo. Ela tem esse jeito, um olhar vazio que lhe é familiar.

— Logo, virão pessoas de todos os cantos para o nosso Jubileu da Prece. Posso lhe perguntar se o senhor tem quartos vagos em sua casa?

— Quartos? Sobre o que você está falando?

— Senhor, as pessoas vêm para confraternizar.

Mr. Hilditch quer passar por elas, abrir a porta de entrada e fechá-la na cara delas. Quer dizer que irá chamar a polícia, caso elas não forem embora, que elas não têm o direito de atormentar uma pessoa em sua porta, que estão invadindo uma propriedade privada. Mas não sai uma palavra, e ele não segue em frente.

— Porque o futuro está escrito, senhor, na escrita da certeza. Há frutos para todos pesando nas árvores. E as colinas verdes se estendem até o horizonte; o milho é tirado da terra. Veja as raposas, senhor, domesticadas em suas covas, e os gansos, felizes no celeiro da fazenda. Ouça os gritos das crianças brincando e as vozes que se elevam em canções para o Deus Pai. Essa é a promessa, senhor. Esse é o futuro para quem morre.

— Por que a senhora está falando comigo desse jeito? — Com a voz rouca, e de novo involuntariamente, a pergunta lhe escapa, tendo sido feita antes que ele se dê conta. Sua voz soa como se fosse de outra pessoa, alguém irritado, gritando. Ele não pretende gritar. — Por que a senhora fica vindo aqui? O que quer de mim?

Ele então passa entre elas à força, abrindo caminho rudemente com os cotovelos. Deixa cair as chaves do carro, a garota as apanha e entrega para ele, seus dedos tocando os dele, mas ele não nota.

— Não voltem aqui — ele ordena bruscamente. — Não quero ver vocês novamente.

Imperturbável e despreocupada, miss Calligary aconselha-o a considerar o que foi dito.

— Nenhum de nós pode fugir daquele que morre — ela afirma —, porque quem morre espera por nós quando também tivermos sido purificados e estivermos prontos para a terra paradisíaca. — E então, como se não tivesse havido nenhuma objeção à visita, nenhuma turbulência ou irritação, miss Calligary acrescenta: — Existe consolo para os aflitos, senhor.

Uma mão negra pousa no braço de mr. Hilditch. Os dentes uniformes de miss Calligary estão novamente à vista. Marcia Tibbitts escreve em um bloquinho.

— O que ela estava fazendo? O que está anotando? Esta é uma casa particular, a senhora sabe.

— Ela está escrevendo o endereço, senhor: Duke of Wellington nº 3, e o número de pessoas para quem o senhor tem quartos disponíveis, quando o Jubileu estiver próximo. Com as pessoas à sua volta, o senhor logo vai conhecer uma paz de espírito. Até que essa época chegue, não vamos abandoná-lo.

As mãos de mr. Hilditch tremem tanto que ele não consegue enfiar as chaves nas fechaduras da porta. É obrigado a virar de costas para esconder sua agitação e a firmar uma mão com a outra. Não responde ao apelo para que aloje pessoas em sua casa.

*

Na Casa do Recolhimento, miss Calligary reflete sobre o comportamento irracional do homem que ocupa a Número 3 da Duke of Wellington Road. Seus esforços para retificar qualquer mal-entendido que poderia ter havido motivaram uma resposta que agora a leva a acreditar que, antes de tudo, tal mal-entendido nunca houve. Trata-se de algo mais. Na primeira vez que elas visitaram o homem, ele se absteve de interromper a saga pessoal de Marcia Tibbitts e, embora seja verdade que tenha feito alguns débeis protestos quando aquilo chegou ao fim, a natureza disso não tinha nada de extraordinário. Na verdade, pela experiência de miss Calligary, quanto maior a oposição inicial, maior a convicção mais tarde. A indicação que ela sentiu depois do primeiro encontro — de que o homem cedo ou tarde entraria no que os Priscatts chamam de um relacionamento com a Igreja que é o trabalho da sua vida — é algo que agora ela se vê questionando: é claro que é preciso ser feito um trabalho maior. Porque não apenas a irmandade que ela ofereceu foi peremptoriamente rejeitada, ela pareceu ter se tornado uma espécie de alarme. Miss Calligary explicou mais de uma vez para as jovens que levam a Mensagem com ela que não se pode esperar chegar a lugar nenhum a não ser pela perseverança, que não se pode permitir que uma falta de interesse, até mesmo maus tratos, cause perturbação ou desânimo. Mas alarme é um assunto bem diferente; como reação, ela nunca havia experimentado antes.

— Irracional, com certeza — concorda mr. Priscatt, quando ela lhe conta, e mrs. Priscatt relembra um casal que se comportou de maneira estranha nos primeiros dias do seu recolhimento, convidando-a e a seu marido para dentro de sua casa, e depois fazendo brincadeiras com eles: aranhas mecânicas subiram pelas pernas de mrs. Priscatt; todas as vezes em que ela e mr. Priscatt se mexiam na cadeira, saía um som desagradável; e o fundo das xícaras em que lhes foi servido chá caiu, molhando suas roupas com líquido morno.

— Não, não é algo do tipo — explica miss Calligary.

O nervosismo do morador da Duke of Wellington Road nº 3 é repetido entre os outros Acolhedores, miss Calligary ainda em busca de conselho. O velho etíope ouve a história, bem como Bob, Ruthie, mr. Hikuku, e todos os outros. Quando ela chega em Agnes, esta se lembra que foi para ela que a garota irlandesa falou sobre esse homem pela primeira vez, e mencionou a Duke of Wellington Road.

Responsável pela presença da garota irlandesa na Casa do Recolhimento, miss Calligary não deixa de se culpar, e há uma certeza em sua voz quando apresenta sua conclusão:

— Aquela garota trouxe dor para a Casa do Recolhimento, e o que estou pensando agora é que ela também trouxe dor para esse homem, porque ao mencioná-la ele se virou de costas.

— Pode ser que seja isso — concorda mr. Priscatt, e o velho etíope, que já viu uma ou duas coisas pelas ruas e nas soleiras, sabiamente acena com a cabeça. Bob e Ruthie murmuram juntos, dizendo entre si que tudo isso os deixa tristes.

— Ele foi enganado e está desconfiado — afirma miss Calligary. — Até certo ponto, está tenso.

Os outros não discutem isso. Como eles mesmos foram ofendidos pela garota grávida a quem abrigaram, parece provável que um homem de bom coração também sofra.

— Temos um dever em relação a isso.

Confiante de que lhe fora indicado um caminho, miss Calligary fica mais alegre.

22

Ele o reconhece de imediato: o cabelo escuro bem penteado, os olhos verdes, as maçãs do rosto salientes. Não foram incluídas outras características na descrição. Mr. Hilditch ouviu com muita frequência: um olhar evasivo, um enigmático sorriso oblíquo, um bigode recém-cultivado.

Mr. Hilditch espera até ter certeza, até ouvir dizerem o nome do rapaz, antes de se retirar para as sombras do canto que escolheu ocupar no Goose and Gander. Este é o primeiro bar que ele tentou, perto do quartel de Old Hinley, a vinte minutos da Duke of Wellington Road. Estava no seu canto tempo suficiente apenas para bebericar metade do copo de água mineral, pedido antes que os cinco soldados chegassem fazendo barulho. Embora eles não estejam de uniforme, dá para perceber que são soldados por causa do corte de cabelo e do andar.

Fragmentos de sua conversa flutuam pelo bar até onde ele está sentado. Parece ser sobre corrida de automóveis, uma roda solta girando para o meio da multidão. "A maldita matou um cara", diz um dos soldados.

Mr. Hilditch não sabe por que veio aqui. Alguma compulsão atraiu-o até o lugar e, além disso, o pressionou a entreouvir a conversa. Enquanto escuta as trocas subsequentes sobre pistas de corrida de carro, não se lembra quais eram seus pensamentos antes de sair de casa e sente que não havia pensamentos; simplesmente saiu dirigindo, sabendo aonde estava indo.

— Agora é a porra da sua rodada — um dos soldados lembra grosseiramente a outro, e há um barulho generalizado de concordância. Copos são esvaziados. Como um encorajamento ao soldado a quem cabe a rodada, a superfície da mesa recebe uma saraivada de golpes.

Extraordinário pensar no que ela passou, enganada por esse idiota que se mandou sem lhe deixar nenhum meio de contatá-lo, esperto o bastante para saber que seria protegido por sua mãe amarga. Mr. Hilditch lembra-se das lágrimas que com tanta frequência jorravam quando eles se sentavam juntos, olhando a porta de algum café, o desassossego que havia quando saía sem resposta de uma fábrica, a culpa induzida pelo aborto da criança. Era uma quarta-feira quando ela apareceu no pátio da frente. Sem fazer esforço, ele sempre conseguiu estabelecer o dia da semana em que ocorreram os acontecimentos: uma sexta-feira quando o sargento do recrutamento disse que seria melhor ele tentar alguma outra coisa; uma segunda quando recebeu o conjunto de *transfers* e *stencil* pelo seu aniversário — o cheiro do banho, as velinhas vermelhas, tio Wilf especialmente ali. Era um sábado, sempre, quando eles iam de trem até o balneário.

— Maldito viado — diz um dos soldados. — Esquina da Brunswick Way, toda noite sem falta. Oferece quarenta libras.

— Maldito nunca — é um comentário desdenhoso, e: — Cada um faz o que quer, cara.

— Cada um porra nenhuma. Aquele cara é chegado num uniforme.

Mr. Hilditch não sabe por que não consegue vê-la como ainda vê todas as outras, e só pode se dar uma explicação, que é porque ela o deixou de uma maneira um pouco diferente, sensação que ele teve desde que a negra fez tudo vir à tona ao mencioná-la. Sua presença aqui tem a ver com a maneira como eles se separaram; ele agora reconhece isso, ele sabe disso. Está aqui porque não há lugar para ela na sua Alameda da Lembrança, porque a qualquer momento ela pode entrar. Ele se recosta nas sombras, a conversa dos soldados fica esquecida. Permanece ali, naquele canto, com seu simples copo de água mineral, até que o dono grita que são os últimos pedidos e depois pergunta se os fregueses não têm uma casa para onde ir. Os copos são recolhidos por uma garçonete, a quem os cinco soldados cumprimentam com galanteios, antes de saírem em algazarra.

Do lado de fora, mr. Hilditch observa-os do seu carro e depois sai dirigindo pelas ruas, procurando com o mesmo desespero que sua própria presa já procurou.

Um dia, uma quinta-feira, uma semana após sua visita ao Goose and Gander, mr. Hilditch não vai trabalhar. Vai até a cabine telefônica no final da Duke of Wellington Road e liga para as cozinhas, avisando que não está bem. Volta para sua casa e fica sentado o dia todo, sem comer, ouvindo uma seleção dos seus discos na grande sala da frente. Quando um termina, ele não se levanta na mesma hora para colocar outro no prato, mas ouve durante um tempo o chiado da agulha. Depois disso, Bing Crosby e Frank Sinatra, Perry Como, Alma Cogan, Nelson Eddy e Jeanette MacDonald, Eve Boswell, Dorys Day e Howard Keel reunidos para preencher o seu dia, um pano de fundo para as preocupações que se multiplicaram e persistem. Quando a escuridão desce, não sai da sala. O *Daily Telegraph* permanece sem ser lido no hall, onde ele o colocou no cabideiro, quando saía para telefonar para as cozinhas.

Às nove horas, prepara um bule de chá e torra uma única fatia de pão.

*

Quando miss Calligary toca a campainha, não há resposta. Isto a surpreende, porque o carrinho verde está estacionado no cascalho em frente à casa.

— Não, vamos esperar um pouco, menina. — Ela refreia a suposição de sua companheira, que já começou a se mover. Talvez o ocupante da casa tenha saído para dar um passeio, ou tenha ido comprar bebida. Miss Calligari volta a tocar a campainha, caso os chamados não tenham sido ouvidos.

— Alô, alô — ela grita pela caixa de cartas.

Passam-se mais três semanas. Os dias se espicham. Se mr. Hilditch fosse novamente visitar a mesma mansão palaciana, encontraria narcisos em flor na encosta acima do estacionamento, onde antes havia açafrões, e brotos por toda parte nos jardins.

Mas mr. Hilditch não faz isso. Não voltou ao seu departamento de *catering* desde o dia em que telefonou com uma desculpa; só foi às compras uma vez, e mesmo assim com pouco entusiasmo. "Estou passando por um tratamento para furúnculos", escreveu em uma carta de desculpas a seus superiores, acrescentando ser um tratamento que pede um regime estrito de descanso e dieta. Como em todos os anos de trabalho ele nunca faltara por doença, a reação é gentil e há cartões de pronta recuperação das equipes do refeitório e da cozinha.

À noite, continua dormindo mal. Perdeu um pouco de peso. Agora, seus traços trazem um ar cansado, a pele extra está flácida e caída. Se ela novamente se encontrar com a negra, sabe Deus o que vai dizer. Sabe Deus como aquilo vai se espalhar então, quantas pessoas saberão que esteve em sua casa. Já poderia ser do conhecimento do pessoal da cozinha e dos funcionários do refeitório, de todos os tipos de pessoa, por toda parte. Logo, a mulher do chá poderá ficar constrangida em lhe servir.

Certa manhã, tendo caído em um cochilo de exaustão logo depois do amanhecer, acorda com a excêntrica noção de ter sido invadido pela garota irlandesa, assim como um território é invadido. Há uma ligeira impressão — tão efêmera que mal está lá — de que em alguma ocasião esquecida, o cascalho em frente à sua casa estava intensamente iluminado pelo hall, que ele teve que virar a cabeça dentro do carro para escapar da luminosidade.

"Lamento dizer que o tratamento está se estendendo", escreve aos seus superiores alguns dias depois, tendo mais uma vez procurado pelas ruas até tarde, na noite anterior. "Isto é deplorável e imprevisto, mas acredito que agora não demorará muito." Certificando-se, primeiro, de que a negra não está à vista, corre até a caixa de correio do final da Duke of Wellington Road para postar a carta, primeira vez, em duas semanas, que sai de casa à luz do dia.

— Alô, alô — miss Calligary chama pela caixa de correio.

O carro ainda está lá, exatamente como antes. As janelas da casa, fechadas com cortinas, também parecem iguais.

— Alô, alô — repete miss Calligary em voz alta.

Continua sem resposta.

Ele vaga pelas ruas a pé, para o caso do seu carro ser reconhecido por algum empregado, fazendo isso numa hora em que confia que ele próprio não será reconhecido. Vai a lugares que não visitava há anos, a bairros tomados por indianos e paquistaneses. O Boroda Express apresenta as variadas estrelas da Índia: Bhangra Garta, miss Bhavana, Deepa, a voz de Lata. O restaurante Koh-I-Noor está sob nova direção. A Wool Shop, ele se lembra, distribuidora de lãs Sirdar e Bairnswear, é agora a Rupali Boutique.

Apressa-se por lugares onde lojas e cafés foram abandonados e estão sem móveis e sem decoração, com apenas um punhado de propaganda enviada pelo correio, deixado onde caiu, sob as caixas de correio junto ao chão das dependências do negócio. Caminha pela Foundries, uma região em desenvolvimento na sua infância, tendo agora como única lembrança da sua antiga prosperidade o tijolo preto e a pedra de seus pátios sem sentido, suas fachadas desoladas. Caminha pelos subúrbios, já com folhas, carros estacionados em garagens cobertas, casas adormecidas, suas janelas, escuras. Passa próximo ao centro de lazer que considera desnecessário e ao saguão de bingo, revestido de azulejos creme, que outrora era o cinema ABC. Sem perceber, então, passa por igrejas, por uma sinagoga e uma mesquita, por uma das duas escolas que frequentou e pelo velho hospital da cidade, vitoriano e amplo, agora voltado para escritórios. Logo cedo, contempla, do outro lado da rua, o albergue do Exército da Salvação, observando cada rosto à medida que os hóspedes noturnos saem.

É depois de uma dessas saídas, quando está voltando para a Duke of Wellington Road, cansado, que mr. Hilditch finalmente conclui que a garota por quem procura deve ter ido embora. Assente para si mesmo, acalentando a ideia, ansioso por aceitar qualquer conforto que possa extrair da sua melancolia. A garota está de volta em sua cidade, no fim do mundo, ao que parece. Apenas ali as pessoas saberão, e que interesse teriam numa pessoa que lhes é estranha, a vários quilômetros de distância?

Naquela manhã, em sua cozinha, ele abre uma lata de feijões e os come com bacon e pão fresco, com o *Daily Telegraph* aberto à sua frente. Sua euforia é modesta, não mais do que uma mudança do que vinha sendo, mas está determinado a se agarrar a ela, convencendo-se de que se a garota ainda estivesse nas cercanias, com certeza teria começado a ficar claro para ela que seu pai tinha razão sobre o fato de Lysaght ser um soldado. Ela teria encontrado uma maneira de chegar até ele, o que claramente não aconteceu.

E se não tivesse ficado claro, ela seria vista pelas ruas. O que significa que, estritamente falando, a única preocupação pendente é sobre o que ela passou quando estava na casa dos perturbadores-de-Deus.

Mr. Hilditch cuidadosamente refaz o acontecido: ela ficou na casa dos perturbadores-de-Deus numa época em que tudo o que havia acontecido entre eles era a carona que ele lhe deu na manhã em que foram até aquela fábrica e ao hospital. Não se falou grande coisa, então. E a situação foi parecida quando ela se juntou aos dois sem-teto mencionados por ela; não que exista qualquer motivo para supor que tivesse dado o endereço da Número 3 para essas pessoas, ou descrito sua aparência. O saldo é que possivelmente o dano foi menor do que ele se convenceu a acreditar.

Ao lavar os pratos que usou, mr. Hilditch considera que merece um pouco de sorte, já que ultimamente foi privado dela, e sente que finalmente é possível que ela tenha vindo. Mas conforme o dia avança, volta a ficar desanimado, e quando se passam mais dois ou três dias, vê-se novamente no pântano da incerteza, que há muito reclama por ele. Seu apetite não perdura; cada vez mais, seu único desejo é ficar entregue totalmente à sua casa.

Numa noite, quando a campainha toca, ele se levanta da poltrona depois de certa hesitação, para suspender a agulha de um disco. A única maneira de ficar tranquilo é saber o que foi dito. Impelido pela confusão que o atormenta — a esperança que por um minuto está lá e no próximo não, o esforço para escapar de sua miséria, em busca de alguma migalha de consolo —, atravessa lentamente o hall. Abrindo uma fechadura e depois a outra, diz a si mesmo que dá para fazer perguntas sem entregar nada. Não é preciso muitas palavras da sua parte. Deixe a negra falar, deixe-a tropeçar nela mesma. Faça uma pergunta casual quando chegar o momento.

— Senhor, o senhor tem estado em nossos corações por várias semanas — afirma a mulher de imediato, gravemente, quando ele abre a porta de entrada e vê refletido nos seus traços o pensamento de que ali está um homem que mudou enormemente, cujas roupas já não são como antes. Ele a observa registrando que o colarinho da sua camisa não parece limpo, que o penhoar que está usando às sete da noite está rasgado em alguns lugares, que também, a essa hora, ele ainda não se barbeou. A expressão da garota que a acompanha, a mesma garota das duas vezes anteriores, permanece inexpressiva.

— Andei fazendo uns trabalhos pela casa — ele explica. Esboça um sorriso, desejando continuar a falar com essas pessoas sobre seus afazeres de uma maneira que pareça entusiasmada. — Lareiras, coisas do tipo. Gosto de um fogo aceso.

Agora suas lareiras são elétricas, restando apenas uma a gás, mas elas não têm como saber isso. Houve uma época em que ele acendia lareiras a carvão, com gravetos e jornais, secos na despensa quente para conseguir acendê-los. Costumava vestir roupas velhas para fazer isso e usar luvas igualmente velhas. Nada de esquisito em nada disso, não mais do que deveria ser agora.

— Senhor, se não for incomodar, a gente poderia dar uma entradinha?

Curiosa a maneira como sua gramática derrapa ocasionalmente, enquanto em outros momentos seu discurso é elegante, como se estivesse pregando numa esquina. Nos tempos da sua mãe, quando algum vendedor vinha até a porta, ela gritava de onde quer que estivesse que não precisava de nada. "Diga à senhora que ela vai economizar um monte, filho", disse um vendedor de vassouras uma vez. "Em graxa preta, sapatos, pá de lixo, escovas para tapetes, vassouras, o que quiser, filho. Diga isso pra madame."

Ele segura a porta, e a negra e a garota branca entram no hall. Ele tem consciência das dificuldades que o esperam, mas a compulsão que o possui é maior do que sua cautela natural. Convida as visitantes a se sentarem em sua grande sala da frente.

— Ora, ora — observa a negra, olhando em torno para a mesa de bilhar e o gramofone, os dois relógios de pêndulo de pedestal, o armário cheio de pesos de papel, as quinquilharias sobre a lareira.

— Ora, ora — repete a negra.

Mr. Hilditch está paciente. Ouve que o Jubileu da Prece já aconteceu. As pessoas que vieram de todo canto voltaram para suas casas. Ela não veio por causa do Jubileu da Prece, revela a negra, mas para dizer que pode oferecer ajuda numa época de nervosismo e sobressalto. Fala da terra paradisíaca e expõe em detalhes a vocação dos Acolhedores, sua dedicação e sua tarefa. Enquanto faz isso, a cabeça de mr. Hilditch dispara, tentando descobrir uma maneira de fazer sua investigação de uma maneira bem disfarçada. A garota está em silêncio, não sendo requisitada a comentar.

— *A vida é não é mais do que o alimento e o corpo mais do que as vestes?* O senhor levaria de porta em porta a Mensagem que lhe trazemos agora, que é possível conhecer a paz de espírito? Porque ela se encontra em divulgar a palavra de alegria para aquele que morre.

Momentaneamente distraído do seu propósito de admitir suas visitantes, mr. Hilditch retruca secamente:

— Por que a senhora fica dizendo isso pra mim?

— É a Mensagem de hoje e de todos os dias. Força na fé e dar glória.

— Não fiz nada de errado — mr. Hilditch se ouve dizendo, sem intenção de dizê-lo. Não sabe por que diz isso, ou de onde veio o protesto. Está frustrado em suas ideias, porque quando procura uma maneira habilidosa de extrair a informação que precisa, não lhe ocorre nenhuma solução. Não há resposta para uma súplica interna, que se torna frenética quando a negra o pressiona com mais sugestões, e novamente cita as Escrituras. A garota que a acompanha ainda está quieta, e, embora se esforce em vão, mr. Hilditch se vê distraído pela reflexão de que poderia, neste exato momento, estar sentado em um Happy Eater com esta garota, ouvindo sua história de miséria. Ele sabe que ela tem uma; todas elas têm.

— *O bom pastor dá a sua vida pelas ovelhas* — a negra está dizendo agora, e uma espécie de pânico se apossa de mr. Hilditch. Ele cometeu um engano. É culpado de um erro de julgamento. Não deveria ter trazido essas duas para dentro de sua casa; é impossível interrogá-las indiretamente. Não ousa mencionar o nome da garota irlandesa, nem se referir a ela de alguma outra maneira. Deveria ter aberto a porta e dito para essas pessoas darem o fora de uma vez por todas.

— No futuro, teremos outro Jubileu da Prece, e o senhor tem quartos vagos. Com o pessoal que vier então, o senhor poderá seguir adiante com a alegria da Mensagem.

Mr. Hilditch, que não se sentou quando suas visitantes o fizeram, diz que está fora de questão receber hóspedes em sua casa. Sua voz perdeu um pouco do poder; sob suas roupas, a pele das suas costas tornou-se úmida e quente. Gotas de suor formam-se em suas faces e na testa; seus óculos ficaram embaçados. Tropeça nas palavras que tenta proferir, pronunciando-as com dificuldade.

— Não pode haver nada do tipo. — Sua voz sai rascante, agora, um sussurro que ele mal reconhece como seu. Sacode a cabeça. A negra quer que ele reze com ela.

— Não estou interessado nisso — ele tenta dizer, e pode sentir seu lábio inferior tremendo. É isso que torna a fala tão difícil: todas as vezes em que tenta proferir uma palavra, ela fica perdida no tremor do seu lábio. Se tenta ativar sua raiva, sabe que não vai conseguir.

— Partios, medos, elamitas — a negra enumera de uma maneira louca, já de joelhos. A garota também se ajoelha. — Os que habitam a Mesopotâmia, a Judeia...

As mãos da negra estão fortemente pressionadas uma contra a outra, elevadas acima de sua cabeça curvada. A garota se colocou de maneira semelhante, uma das solas expostas dos seus sapatos precisando de conserto, sua saia curta levantando-se um pouco.

— Nós os ouvimos falar em outras línguas. Nós os ouvimos, alguns dos seus jardins, outros de desertos, Oh, Deus Pai, nós lhe agradecemos.

A única garota que ele colocou debaixo do seu teto saiu desta mesma sala de camisola; isso foi o que sobrou da sua separação. Depois, o primeiro dos dois ônibus aparece no caminho para a casa, e há o sabor de atum no sanduíche, a alface estalando entre os dentes. Ouvindo as preces da negra, ele vê novamente o ônibus azul, os passageiros descendo, o motorista com seu jornal.

— Não estou interessado nisso — protesta, conseguindo dizer as palavras agora.

Mas a negra continua a falar coisas sem sentido, e os lábios da garota se movem como se estivesse fazendo uma contribuição própria.

Que vida é esta, mr. Hilditch se pergunta, para esta criança que tem um rosto parecido com um coelho? Ela não é religiosa como a negra; dá para dizer isso sem pensar. Tudo o que ela fez ao se juntar com essas pessoas foi encontrar um lugar aonde ir, um nicho para se agarrar. Está fugindo de alguma coisa, dá para dizer isso também, a evidência nos olhos. O que será a vida para ela, passar o resto dos seus dias com malucos, arrastando-se com folhetos e algaravia?

A garota desfaz as mãos e se levanta. A negra faz o mesmo. Ele vai em frente pelo hall e abre a porta de entrada, ansioso agora por se ver livre dessas pessoas. Limpa a voz com uma tosse. Quando fala, a voz ainda está fraca, mas o pânico que o possuiu diminuiu um pouco.

— Boa noite pra vocês.

— Nós entendemos seu problema, senhor. Na primeira vez que viemos, disse isso para minha jovem amiga. Somos dois mais dois, senhor.

— Que dois mais dois? O que está querendo dizer?

— A garota irlandesa trouxe dor pra nossa gente, senhor, assim como fez com o senhor. Eu mesma sou responsável.

— O que ela disse pra senhora? — As palavras escapam da boca de mr. Hilditch, sem cuidado e impulsivas. Ele pretendia sacudir a cabeça, dizer que não estava entendendo. Conseguiu rir e acrescentar:

— Perguntei por perguntar. Não conheço a garota de jeito nenhum. Só me encontrei com ela na rua...

— Como aconteceu comigo, senhor.

— Ela me pediu informação sobre um caminho.

— Nós teríamos lhe mostrado o Caminho, senhor, como mostramos para o senhor esta noite. O senhor ajoelhou conosco...

— Eu não me ajoelhei. Por favor, me deixem. Aquela garota foi apenas uma garota na rua.

— Senhor, em sua bondade o senhor lhe deu o dinheiro que ela tentou levar enganando as pessoas da Casa do Encontro. Somando dois com dois, chega-se a isso. Mr. Priscatt diz isso, Agnes também. É natural ficar tenso com algum estranho que toca sua campainha. É natural quando te passaram a perna.

— Eu não dei dinheiro pra ela. O dinheiro não entrou na conversa. Ela me perguntou sobre um endereço.

Mr. Hilditch sabe que está caindo em contradição, que cada negativa é mais falha do que a anterior. Está consciente que não está fazendo sentido. E mais uma vez é incapaz de controlar o que diz.

— O bem-estar de qualquer garota diria respeito a qualquer um a quem ela se chegasse na rua.

— Foi melhor ela ter ido embora, senhor. Tire essa garota da cabeça. A dor vai desaparecer.

— Não estou com dor. Não sei o que a senhora quer dizer com dor.

— A cura começará. É por isso que somos mandados para recolher.

Mr. Hilditch agora sente enjoo. Já descendo os quatro degraus da extensão de cascalho, a negra se volta para subir novamente.

"A mando de Deus Pai", ela diz, e sugere que deveria haver mais preces. Está sorrindo para ele, seus lábios negros repuxados sobre seus dentes vigorosos e completos.

Por um instante ele quer estender o braço e empurrá-la, para vê-la perder o equilíbrio nos degraus e cair no cascalho. Mas resiste à tentação, e seu tom é calmo, quando fala:

— Não voltem nunca mais. Fiquem longe da minha casa.

Bate a porta de fechadura dupla, e quando a campainha toca quase que imediatamente, ele a ignora. A caixa de correio chacoalha, e a voz da negra fala através dela, mas ele não presta atenção. Sua determinação o deixou, ele diz consigo mesmo no hall: admitiu-as em sua casa, convidou-as a entrar, quando o tempo todo elas são um desrespeito ao seu sofrimento.

Como é que ela poderia voltar para sua cidade, se não tem dinheiro? Ficou parado nesse pensamento, surgido como tantas outras coisas recentemente, do nada. A garota irlandesa está vagando pelas ruas, razão pela qual ele não pode vê-la como vê as outras, entre suas lembranças felizes.

23

Mr. Hilditch volta ao trabalho a tempo. É a melhor chance que tem, reflete, de se sentir novamente ele mesmo. É bem recebido nas cozinhas e no refeitório, e conscienciosamente se dedica ao trabalho acumulado em seu pequeno escritório. Mas seu apetite não voltou, o que continua a ser algo embaraçoso para um gerente de *catering*. Tenta minimizar o fato da melhor maneira que pode, e a observação geral é que ele ainda não se recuperou totalmente da doença que o acometeu durante tanto tempo.

Então, uma tarde, sem aviso, ocorre um ajuste em sua memória. Entre a garota irlandesa indo para o andar superior de camisola e o ônibus azul surgindo na entrada da mansão palaciana, surge algo: há o som de passos na escada, de uma porta se fechando no alto da casa. Em sua lembrança, ele está consciente de que ela sabe, de que houve momentos, aquele dia à noite, em que ele viu a apreensão nos olhos dela.

A recordação acontece em uma terça-feira, o último dia de março, às vinte e cinco para as quatro. Interrompido em sua análise dos gastos do último mês, mr. Hilditch olha um calendário pendurando na parede do seu escritório e não consegue registrar seus detalhes familiares: duas crianças em roupas vitorianas soprando bolhas de sabão, os cumprimentos da Trafalgar Sopas Instantâneas. O fragmento da lembrança que ele experimenta é projetado de uma maneira mais viva do que a cena escolhida pela Trafalgar Sopas Instantâneas. Chorou quando ela subiu novamente a escada de camisola, já a caminho da subserviência a um pai e dois irmãos, de uma vida reprimida, de uma culpa em sua consciência para o resto da vida. A agulha do gramofone raspava no disco. O fogo elétrico reluzia rosado em seus sapatos e na barra de sua calça.

— Um chá, mr. Hilditch? — a mulher do chá oferece. — Trouxe primeiro pro senhor.

A mulher do chá sempre diz isso. Ele é sempre o primeiro a ser servido de chá, um tratamento adequado a um gerente de *catering*.

— Muito obrigado. — ele tenta sorrir, e fica na dúvida se conseguiu.

— O tempo voltou a ficar bom — comenta a mulher do chá, mas ele não ouve e então não responde, o que leva a mulher a comentar, mais tarde, que a doença que abateu mr. Hilditch o deixou surdo.

Os olhos dele se desviam da contemplação vazia dos sopradores de bolhas na parede. A superfície de sua mesa está forrada de impressos, a xícara de chá sobre o pires em meio àquilo tudo. Estende o braço e mecanicamente mexe dois torrões de açúcar no líquido morno e leitoso. Na volta dela para o nada, repetiu para si mesmo em sua grande sala da frente, a caminho de uma desolação que mortificaria sua inocência; que bem aquilo faria para quem quer que fosse? Ele a chamou, mas ela não ouviu, e então ele subiu a escada para dizer a ela que eles deveriam sair para dar uma volta de carro. Tudo isso volta à sua mente, agora.

Ele toca "Blue Hawaii" de novo. Obriga-se a ler o *Daily Telegraph* de ponta a ponta — notícias internacionais, financeiras, uma coluna sobre programas de televisão a que ele não assiste, as páginas de fofocas. Assa um peito de peru de quase dois quilos, num esforço para trazer o apetite de volta.

Mas o que começou no escritório como um gotejar da memória em uma tarde de terça-feira transforma-se numa torrente conforme os dias passam. Na noite em que a garota irlandesa estava de camisola, sua última tarefa foi queimar na lata de lixo as roupas que ele espalhou pela casa. Na noite em que Elsie Covington disse que ia sentir saudades dele, ele a observou comendo pêssego melba, e depois dirigiu até o estacionamento ao lado do Canal Wharf, deserto numa segunda-feira. "Você está planejando ir embora", ele disse a Sharon, e ela riu.

Sua memória flui de maneira destrutiva, os detritos da memória mais parecendo fragmentos de pesadelos esquecidos do que qualquer porção de realidade. Porque, com certeza, o momento em que Gaye compreendeu, também, vem de algum pesadelo empurrado para longe — seu olhar, a maneira como o olhou de relance, ao lhe perguntar se poderia dispor de uma nota de vinte, até que ela se aprumasse...

A única a quem ele tentou explicar foi a garota irlandesa. Sua inocência o induziu a pôr para fora: como elas o haviam chamado de diversos nomes — Colin, Bill, Terry, Bob, Ken, Peter, Ray, qualquer nome disponível, sendo elas o tipo de garotas que gostavam de usar um nome. Não há mal em um nome diferente, não mais do que um homem em sua posição não levar uma garota para passear pelos arredores.

— Vou pro sul, Bill — Beth disse, e nenhum deles falou por um tempo, e ele continuou dirigindo.

— Pra onde estamos indo? — Beth perguntou, e já fora da cidade ele virou na estrada do aterro sanitário, passando pelos portões de ferro fechados.

— Pra onde estamos indo, Bill? — ela perguntou novamente, seu cigarro reluzindo no escuro.

Ele disse, uma surpresa, estacionando numa área de descanso, onde uma vez eles pararam para comer um sanduíche e tomar chá de sua garrafa térmica. Ele tinha que prestar atenção no cigarro. Tinha que tomar cuidado, tudo poderia acontecer com um cigarro aceso num carro. Mais tarde, dirigiu diretamente para a Número Três, levando-a com ele porque assim era melhor.

Maligno, indesejado, o conteúdo do que se imiscuiu em sua recordação leva mr. Hilditch a acreditar que está sofrendo de uma aberração mental. Está ficando louco, é a única explicação que pode dar a si mesmo. Todas as manhãs, para seu carro no estacionamento da fábrica e atravessa o pátio, cumprimentando os funcionários que estão por lá; eles retribuem sua saudação, desprevenidos. De vez em quando há uma briga nas cozinhas, duas das lavadoras de pratos se desentendem, e ele argumenta com elas como sempre fez. Experimenta a comida, conversa com os representantes comerciais à tarde. Uma equipe da Moulinex apresenta suas cerâmicas. E sob a aparência de normalidade que ele sustenta, cintilam cenas levemente, e vozes falam.

Seus dias tornam-se um suplício, e ao voltar todo final de tarde para a Número 3 da Duke of Wellington Road, encara a sós a suspeita de que está perdendo a sanidade. Esmiúça o tempo transcorrido desde o momento em que começou a se sentir desconfortável, revivendo a primeira de suas noites atormentadas, relembrando seu esforço em se livrar da obsessão crescente ao visitar o balneário, relembrando sua presença no Goose and Gander. Por que foi escolhido como alvo de atenção pela negra? Por que não consegue comer? Por que escreveu cartas falsas para seus patrões? Por que sua mente está tomada por delírios? Mr. Hilditch ouviu falar em tais desdobramentos na vida de outras pessoas, leu sobre isso no *Daily Telegraph*: o equilíbrio normal da mente perturbado por um mau motivo. Visita uma biblioteca, coisa que nunca havia feito na vida. Consulta alguns livros médicos, encontrando, finalmente, a informação que procura:

A insanidade delirante não é precedida por sintomas maníacos ou melancólicos, e não é necessariamente acompanhada por qualquer falha na capacidade lógica. No estágio inicial, o paciente é introspectivo e pouco comunicativo, raramente expondo seus pensamentos, mas meditando e se preocupando com eles a sós. Depois desse estágio, que pode se estender por um período maior ou menor, os delírios se tornam constantes, e geralmente são de natureza desagradável.

Não é fácil saber o que fazer com isso. Ele se senta em seu carro nos limites da biblioteca e, enquanto as pessoas passam por perto, enquanto outros carros são postos em funcionamento e vão embora, diz a si mesmo que os fragmentos de pesadelo não passam disso. Nada disso aconteceu. Nunca houve uma garota em sua casa. Não houve nenhuma história de um pai e dois irmãos gêmeos, de uma mulher amarga com uma cicatriz no rosto. Nunca houve uma Beth; pensamento mágico, os outros também. Ele é Hilditch, um gerente de *catering*, estimado por seus empregados.

Novamente a salvo na Número 3 da Duke of Wellington Road, uma casa que ele conheceu a vida toda, onde chorou quando bebê e brincou na escada com carros Dinky, tenta dispersar as fantasias que o atormentam, murmurando as palavras de "You belong to me", acompanhando Jo Stafford. Mas ainda assim as fantasias persistem e, quando o disco termina, quando sua grande sala da frente fica outra vez em silêncio, ele se levanta no meio dela, desprovido da energia para impor sua vontade. Seus lábios não se movem, nenhum som sai dele, no entanto, uma voz está falando, um eco na sala, sua própria voz lhe dizendo que isto é real.

Numa noite, depois de um dia em que muitas coisas aconteceram, mr. Hilditch resolve, com mais firmeza do que antes, nunca mais deixar sua casa, entrincheirar-se lá dentro se for preciso, porque como pode prosseguir com sua vida animada, com a presença constante dessa zombaria horrorosa? Como é que pode, tendo mobiliado seus cômodos desolados a seu gosto, sendo respeitado sem incomodar ninguém, ser o protagonista dessas trevas que subitamente se iluminam, como um filme projetado num cinema? Do espelho do seu banheiro, seu rosto olha de volta para ele, o mesmo rosto que sempre teve, mas isso não o anima. Vira as páginas de um álbum de fotografias, e há uma criança robusta com um baldinho de praia e uma pá num jardim, e correndo com outras crianças numa atividade esportiva escolar. Sua mãe ri com ele, seu tio Wilf acende um cigarro. Pombos pousam em seus braços estendidos, um sobre o seu ombro. "Primeira calça comprida", registra a caligrafia da mãe.

Seus carros Dinky estão num armário, e outros brinquedos também: um conjunto de Mecano, um maço de cartas Happy Families,* um giroscópio que ele podia girar na ponta de um alfinete. Joga dados num tabuleiro de Serpentes e Escadas. "O molequinho sempre ganha", diz sua mãe, e há um relatório de escola que o chama de atento e comportado. Os distintivos que eram costurados no pulôver do seu Wolf Club estão entre essas pequenas lembranças, um deles trazendo uma vassoura, símbolo de ajuda doméstica, outro, um rastelo, por jardinagem.

"Lamento que você esteja indo", ele disse em frente à loja de decoração, quando Jakki lhe contou, e mais tarde dirigiu até a estrada do aterro sanitário, passando pelos portões de ferro fechados. Um carro passou quando eles estavam estacionados na área de descanso, e ele se lembrou de ter estado lá antes, tendo que ir para outro lugar porque um carro parou ao lado deles, um casal se aconchegando. Com Bobbi tinha dado certo. "Bom, obrigada por tudo", ela tinha dito dez minutos antes.

---

* Jogo de cartas infantil, formado por 44 cartas, cujo objetivo é formar um quarteto constituído pelas figuras do pai, da mãe, do filho e da filha. Cada família é identificada por uma profissão. Ganha quem conseguir formar o maior número de famílias. (N.T.)

Sua campainha toca com frequência, de dia ou de noite. A voz chama pela caixa de correio, oferecendo-lhe ajuda através da prece. Ele ouve, esperando a referência à garota irlandesa, ou à garota que morre. Isso não acontece, mas sabe que tais referências são astutamente suprimidas, que estariam ali imediatamente, caso abrisse a porta. Pelas manhãs, toma seu leite, verificando, antes, por uma janela, que não haja ninguém em sua soleira. Depois que escurece, de tempos em tempos sai para comprar algumas necessidades, sempre tomando cuidado em se certificar de que ninguém esteja à espera em sua casa, na sua volta. Responde uma carta que chega de seus superiores, indagando se houve uma recaída. Responde que sim, mas não dá maiores informações. Nada disso importa agora.

Cedo numa manhã ele para em seus arbustos de louros e olha para seus pés, para as camadas de folhas velhas que cobrem os vários canteiros de terra revirada. Cutuca com o dedo; a terra esgotada está granulosa sob o esconderijo das folhas. No inferno em que está mergulhado, vê as raízes de louro já se infiltrando entre ossos semidescarnados do material que alimenta os insetos, as raízes deformadas retorcendo-se pela terra. Ele se vê: seu rosto, depois, no carro, chorando a cada vez tão descontroladamente quanto no dia em que prendeu a perna no corrimão, quando tinha seis anos. "Ah, que menino travesso!", ela exclamou, irritada porque iam se atrasar. É só ficar sozinho um instante e ele faz uma coisa dessas! Foi só sair por dois segundos, e agora ela vai ter que pedir ajuda a um policial! "Vá com calma, filho. O que entra tem que sair, não é?" E o policial ouviu enquanto ele lhe contava que só tinha feito isso para ver se o joelho cabia entre as duas barras verticais. "Ah, sempre tão gentil!", ela exclamou, quando o policial conseguiu seu intento, e o policial respondeu que era sua obrigação. "Apareça para um drinque, quando estiver por perto", ela convidou. "Duke of Wellington 3."

Ao abrir uma lata de sardinhas, pensando que poderia ter vontade de comê-las, ele corta o dedo. Vê o sangue correndo sobre o metal, sem cuidar do pequeno ferimento de imediato, apenas afastando a mão do conteúdo da lata. Caem gotas na beirada da pia e na parte seca. O que uma análise revelaria sobre este líquido no qual seus próprios ossos estão imersos, que alimenta seu coração e lhe dá vida? Será que é diferente em alguma essência do sangue de outras pessoas? Será que a carne cortada também é diferente? Conversou com o jovem pai na sala de espera daquela clínica, como qualquer pai teria feito. Caminhou com outras pessoas pela mansão palaciana; em sua maneira amigável, observou que era um passeio que valia a pena. Escutou, enquanto a mulher falava sobre os Jardins Suspensos da Babilônia e sobre sua irmã, que não tinha sido digna de confiança. Ninguém se afastou dele enquanto falava. Aquela mulher gostou do seu rosto sorridente.

Leva seu corpanzil pela casa, inquieto durante o dia todo. Um golpe de má sorte, e depois outro, e mais outro. Se a garota tivesse ficado na casa dos malucos, ele estaria indo e vindo do seu departamento de *catering*, como sempre havia feito, satisfeito e imerso em seu trabalho. Em vez disso, ela apareceu ali por acaso, permitido que uma negra ameaçasse sua privacidade, intrometendo-se e esmiuçando, exibindo dentes e joias, encurralando-o com sua falação. Um religioso tinha um sexto sentido, já tinha havido casos. Um religioso pode perturbar você e explorar sua confusão até que você não consiga encontrar a perspicácia para fazer as perguntas que tem vontade, e então fale coisas demais, vire seu próprio pior inimigo. "O homenzinho é seu pior inimigo!", ele se lembra disso sendo dito, o sorriso que enfatizava o humor da coisa.

E ao lembrar-se, ele consegue dizer pela primeira vez que tinha que ser como foi, não havia alternativa, não havia escolha. Pense na garota irlandesa perambulando pelas ruas, e você percebe isso na mesma hora. Pense nela carregando, onde quer que vá, o que não lhe pertence, espalhando isso por aí; imediatamente se percebe que não havia opção. E caso ele pudesse encontrá-la, haveria, mais uma vez, um esquecimento piedoso: é assim que as coisas são, agora ele percebe isso. Quebra sua decisão de não deixar a casa e sai novamente à procura dela. Novamente, ela não está por lá.

Contempla o rosto de sua mãe, indistinto e enevoado na fotografia que decorou com crepe preto porque tinha que dizer que aquela era sua esposa falecida. Os olhos contemplam-no de volta, as feições enrugadas porque sua mãe sorri levemente, um costume dela. "Ah, não foi lindo?", ela se entusiasmou, quando eles ficaram na fila do ônibus depois do *Mágico de Oz*. Era uma quarta-feira fria de outubro. Ovo numa xícara assim que chegaram em casa; ovo numa xícara e um bom chocolate quente.

"E como vai aquele joelho?", perguntou o policial ao aparecer para o drinque que ela tinha lhe proposto. "Tudo em ordem de novo?" E a voz dela veio lá de cima, perguntando quem era, e ele disse, relembrando-a: "O policial do outro dia". "Ah, que coisa boa!", foi o comentário que ela fez na sala de jantar, servindo drinques, o capacete sobre a mesa. Pusera sapatos de salto antes de descer. "Saúde!", disse o policial, e: "Até mais", ao se despedir. E ela disse até, por que não?

Ela tirou o nome Ambrose de um romance. "Ah, anos atrás houve um Joseph", ela disse, quando ele perguntou de onde tinha vindo aquilo. "Só um namorado." *Joseph Ambrose Hilditch*, ele escreveu um dia, quando eles tiveram que escrever o nome completo. "Ambrose?", um menino perguntou depois disso. "Coisa de viado." Ambrose Lafitte, um homem que costumava ler as notícias, ela disse. Além de ser um ladrão que escalava paredes. O romance era um conto de fadas; ela se deliciava com conto de fadas. O país todo ouvia as notícias das seis, sem saber que dali a umas duas horas o homem que lia aquilo estaria andando pelos telhados, todo vestido de preto. "Realmente chamou minha atenção", ela disse. "Ambrose."

J.A. Hilditch: essa se tornou sua assinatura, praticada quando ele tinha quatorze anos, o J enroscado no A, o nome do meio irreconhecível. Quando ele perguntou quem era Hilditch, ela se recusou a falar. Ninguém que valesse a pena, ela disse.

O vendedor de vassouras espalhou suas vassouras para ela, mesmo ela tendo gritado nada hoje, quando o ouviu à porta. " Com certeza ele consegue fazer a gente rir!", ela disse sobre o policial, depois de ele ter voltado algumas vezes. E em outra ocasião: "Passa a noite aqui, tio Wilf? Está a maior ventania lá fora."

No túnel Longridge, aconteceu com um homem que ela nunca tinha visto até poucos minutos antes. Quando as luzes começaram a piscar novamente, ela estava arrumando o cabelo, e o homem se abaixou para apanhar seu mackintosh do chão. Depois, ele conversou com ela na plataforma, e ela riu quando ele se foi, dizendo que atualmente uma pessoa não estava segura no vagão de um trem.

Major Hilditch, ele escreveu uma vez privadamente, quando não havia ninguém por perto. Nunca precisava pensar quando lhe perguntavam o que pretendia fazer da vida quando crescesse. Nos filmes apareciam garotas ATS* e, ainda privadamente, ele dizia para si mesmo que um dia aconteceria o seguinte: caminharia com uma delas debaixo de um arco de espadas. Manobras na Salisbury Plain, uma casa em Wiltshire, que já fora uma casa paroquial, um jardim, uma família crescendo.

Dá corda nos relógios da grande sala da frente. Em todos os anos que viveu com eles, gostou de ouvi-los trabalhar, é relaxante após um dia cansativo. Limpa a sala com seu Electrolux, o hall, a escada e seu quarto. Passa um pano no piso do banheiro e na privada, e

---

* Sigla de Auxiliary Territorial Service (Serviço Territorial Auxiliar), uma das forças femininas do exército britânico na Segunda Guerra Mundial. (N.T.)

perfuma o ar com fragrância herbal. Tais atividades mantêm seus pensamentos à distância, momentaneamente, mas quando termina, eles voltam a aparecer.

Será que ela sempre anteviu, quando ele tinha seis, oito, dez anos, quando ele se sentava ao seu lado assistindo a *Dumbo*, *Bambi*, quando treinou sua assinatura pela primeira vez, quando escreveu *Major Hilditch*, será que ela sempre soube que recorreria a ele, quando não houvesse mais ninguém? Quando o homem do seguro piscou, dizendo sem tempo pra nada hoje, será que ela já previu o que aconteceria nesta casa? O barman no balneário disse que sua esposa tinha batido o pé, chega de pular a cerca. Depois de alguns meses, o policial não apareceu mais. "Não, é melhor eu voltar", tio Wilf sussurrou no hall da escada.

Será que ela previu isso quando ele brincava com seus carrinhos Dinky ou, antes disso, quando os degraus da escada eram muito altos para ele, quando pegava na sua mão para ajudá-lo? Teria previsto na primeira vez em que disse: "Só você e a mamãe no nosso próprio ninhozinho?" Ou foi tudo diferente, de uma hora para outra, quando ela o acordou para lhe mostrar os anéis em seus dedos? O pijama que ele tinha listrado de azul, um fiapo de tabaco no dente dela, quando sorriu para ele, seu hálito de gim. Em sua vida privada, o incidente sempre estivera lá, nunca se perdera — nem por um momento — no esquecimento que gentilmente reclamara o outro. Como uma tatuagem, ela disse, o batom no ombro dele. O rosto dela, então, estava diferente.

Ele esfrega suas panelas. Retira a borda esmaltada do fogão elétrico e limpa as placas de metal entre as bocas. Descongela o refrigerador e lava suas prateleiras e repartições.

Seu pó era perfumado; cobria os poros dos dois lados do seu nariz. Um tom de *apricot*. Ela disse que, em matéria de pó, gostava do melhor e se sentou ali, mais tarde, junto ao espelho, passando o pompom na pele. Uma pele ótima, no seu tempo, disse, e tirava os cílios postiços, coisa que ele também pôde ver no espelho. "É preciso se arrumar pra um sujeito!", ela disse. Era um sábado.

Novamente, ouve-se o toque da campainha, novamente a tentativa de se comunicar pela caixa de correio. Já protegido pela Yale, e pela fechadura dupla, ele também passou a tranca, no alto e em baixo, e também passou a tranca na porta dos fundos. Mantém as cortinas fechadas nas janelas de baixo, mas não para disfarçar o fato de estar em casa; o carro no cascalho indica sua presença, e depois que escurece há fissuras de luz. É somente porque ele agora gosta das cortinas puxadas. "Alô, alô", a voz da negra explode no hall, até ser encoberta pela voz de Rosemary Clooney.

Dava para ver Beth pensando nisso; dava para vê-la remexendo seus pensamentos e encontrando isso. E Elsie Covington, depois as outras. De alguma maneira, elas invadiram; transpassaram sua privacidade, ainda que ele as tivesse levado a lugares e sido um pouco extravagante com elas, quando estavam em necessidade. A garota irlandesa também. Dava para dizer, pela maneira como ficou ali, de camisola, que não respeitava nem sua casa, nem ele mesmo, porque sabia. Beth teria passado aquilo adiante, quando tomasse um drinque; Elsie contaria para algum homem que viesse abordá-la. Quando a garota irlandesa se foi, ele disse que não queria a luz. Mas o hall estava iluminado atrás dela e, se ela se aproximasse dele, estaria novamente ali, nos seus olhos. Foi por ele ter desviado o olhar que ela fugiu, seus passos no cascalho, sem parar junto ao carro, apesar de ele tê-lo aprontado para ela. Tinha que ser o carro; não poderia fazer aquilo em sua casa, nenhum homem poderia. Só tinha pedido para ela entrar e se sentar ao lado dele, não precisava dizer nada, nem mesmo pedir desculpas.

Da fotografia em que há não muito tempo ele revestiu com um crepe de luto, os olhos apagados ainda piscam para ele, a boca carnuda contraída em seu beicinho atraente. "Escove o cabelo da mamãe, querido", pede um leve sussurro. O cabelo é volumoso e grisalho sobre as pálidas costas empoadas, e a fita azul está estendida à espera na penteadeira.

— Alô, alô — grita a voz no hall, e então há a tentativa de espiar pela caixa de correio.

— O senhor está bem? — miss Calligary pergunta solícita, e mr. Hilditch permanece em silêncio no hall, até que a aba da caixa de correio ressoa de volta no lugar, e os passos se afastam.

— Volte — ele sussurra então, uma mão levada até o ferrolho Yale da porta do hall, a outra na chave da fechadura dupla. Semanas antes, ele procurou obter informações desta mulher, que desde então diminuíram de importância; agora, a reflexão mais urgente é que a garota ainda esteja por lá. Esta mulher pode levá-lo até ela, porque sabe qual é o seu aspecto, e poderia tê-la visto nas redondezas, já que ela própria está sempre pelas ruas. A garota foi embora naquela noite enevoada de sábado, preferindo se arriscar a ter qualquer ligação com um homem, cuja infância ela conhece por intuição.

— Volte — mr. Hilditch grita dos degraus da sua casa.

Sua forma volumosa está iluminada na entrada acesa, quando miss Calligary e Marcia Tibbitts se viram para refazer seus passos.

— A garota irlandesa — ele diz — a garota irlandesa está viva.

— Aquela garota é pedaço de mau caminho, senhor. — E miss Calligary acrescenta que tal garota pode bolar uma trapaça de olhos fechados.

Ele parece não ouvir. Em seu queixo e na testa há um brilho de suor.

— Foram elas que perturbaram a calma — ele diz, referindo-se, antes de tudo, à garota irlandesa. Foram elas que provocaram uma confusão onde antes havia paz de espírito. Onde está a garota irlandesa agora?

— Senhor — interrompe miss Calligary, mas ele sacode a cabeça e os olhos de Marcia Tibbitts vão de um rosto para o outro, excitada porque algo está acontecendo aqui.

— Diga-me a verdade — o homem implora. — Sou um gerente de *catering*. Vivi a vida toda nesta casa. Sou um homem respeitável. Me chamo Hilditch.

— Mr. Hilditch, estamos preocupadas com o senhor. Por que não se ajoelha com a gente? Por que não permite que peçamos uma orientação?

— A garota irlandesa está com vocês? Ela voltou pra sua casa?

— Não, não. Ela não está com a gente, agora. Aquela garota não seria bem-vinda.

— Então, onde ela está? Para onde ela foi? A senhora sempre anda por aí e sabe como ela é.

— Ninguém viu a garota, senhor. Ninguém sabe.

— Certamente — miss Calligary sugere —, a esta altura a garota está de volta em sua casa irlandesa.

— Ela não tem dinheiro.

— Uma garota como aquela sempre consegue dinheiro.

— O namorado dela frequenta o Goose and Gander. Pros lados de Hinley, um bar de recrutas. A um pulo do quartel.

Ele visitou o lugar, mr. Hilditch conta. Ficou bebendo uma água mineral no Goose and Gander.

— Por que o senhor é abstêmio? O senhor bebeu uma água mineral porque deixou as bebidas fortes de lado?

Mr. Hilditch diz que não. Ele se sentou no Goose and Gander por compulsão, que mais tarde percebeu ter a ver com a possibilidade de que a garota irlandesa tivesse notado um caminhão do exército passando, como às vezes acontece com os caminhões do exército. Tinha a ver com ficar claro para ela que as afirmações de seu pai em relação à ocupação do namorado eram bem fundamentadas. Tinha a ver com ela fazendo perguntas, sendo levada para a companhia do namorado.

— Mr. Hilditch...

— Vocês me levaram para os armários de remédios com toda sua perturbação.

— O senhor entendeu mal, mr. Hilditch. Nunca foi minha intenção levar o senhor a parte alguma. Nem mesmo sei o que o senhor quer dizer com isso.

— A senhora levantou o assunto da garota. Passou dia e noite mencionando-a.

— Mr. Hilditch, nós mencionamos aquela garota para o senhor porque queríamos cumprimentá-lo por sua caridade. Viemos recolher o senhor, mr. Hilditch, como vamos todos os dias às casas de outras pessoas. Nada a ver com uma garota desonesta.

Mr. Hilditch sacode a cabeça. Mostra o dedo, que cortou em uma lata de sardinha. O sangue pingou na parte seca da pia, ele diz, levando-o a pensar sobre ele e sobre a carne aberta. E acrescenta, para uma excitação ainda maior de Marcia Tibbitts:

— Vocês vieram pra me levar pro caixão.

— Não, não, senhor. São os vivos que recolhemos pra nós, não os mortos. Esses pensamentos são mórbidos, sem a alegria que torna todas as coisas lindas. O senhor está fora de si. Eu percebi isso e disse.

—Aquela garota me contou coisas sobre ela. Contou como sua mãe morreu, como a velha continuou vivendo, e como seu pai colou seus álbuns de recortes. Ela saiu no nevoeiro de sábado à noite para pegar outra carona no meu carro, mas por razões só dela, passou por ele caminhando.

Ele continua a falar. Hilditch é como se chama, ele repete. Joseph Ambrose, por causa de um locutor de notícias, um assaltante nas horas vagas, desses que escala paredes. A garota irlandesa é Felicia, um nome estranho para ele, o nome de uma mulher revolucionária. Estranho, quando se pensa nisso, como são dados os nomes pras pessoas. Estranho como é atribuída uma vida às pessoas. Estranho o que acontece com as pessoas, a garota irlandesa e ele, para começo de conversa. Tudo o que ele precisa é saber onde ela está agora.

— Com toda certeza seria uma ajuda pro senhor, mr. Hilditch, se te mostrássemos o caminho pra Casa do Recolhimento, para que o senhor pudesse aparecer a qualquer hora. Lá tem pessoas bondosas disponíveis pra trazer de volta sua paz de espírito.

— Eu posso ouvi-la agora — é a resposta de mr. Hilditch, deliciando ainda mais Marcia Tibbitts. — Os passos dela no cascalho. — Ele voltou para casa naquela noite, e a barra preta do queimador da lareira estava nos ladrilhos, onde ela o deixou cair.

— Mr. Hilditch, essa garota...

— Eu tirei o dinheiro dela pra ela ficar comigo, mas mesmo assim ela foi embora.

Aí está um homem louco, Marcia Tibbitts comenta consigo mesma, o primeiro com quem ela já esteve em uma soleira. E miss Calligary, experiente em tais assuntos, reconhece um toque de verdade na última afirmação feita para ela, e em poucos segundos ela diz para si mesma que este homem não é o que parece. De sua própria boca saiu uma confissão de deixar uma pessoa de boca aberta. Ele roubou o dinheiro da garota com alguma finalidade abominável, fazendo com que ela fosse malvista pelos outros. Miss Calligary pede que ele repita o que disse, para eliminar qualquer dúvida de que o que ouviu seja o que foi dito. Mais baixo, agora, o homem diz que sofre alucinações. Ele comete erros, ele diz e então, abruptamente, vira de costas.

Traição foi a palavra que ele usou, em particular, no dia em que soube sobre tio Wilf. Conselheiro e amigo era como tio Wilf se denominava, e quem poderia dizer que não fosse verdade? Ele tinha sido a fonte de conhecimento sobre a vida militar, uma inspiração sob esse aspecto.

— Sempre foi uma família militar — seu tio Wilf disse, mas ele estava inventando isso à medida que foi em frente. Tudo desmoronou então. Não havia nenhuma família militar, nada desse tipo; não era para ser um conselheiro e um amigo que seu tio Wilf tinha frequentado a casa todos esses anos, não era para incentivar uma vocação. Estava dando uma por fora, até que não teve mais vontade e nunca mais voltou. "Seja educado, querido", a aspereza do gim sussurra novamente, aquela voz especial.

Ele bate a porta da entrada assim que vê aquilo nos olhos da negra. Claro que não eram os pés ou miopia; sabe lá Deus que conversa tinha circulado; sabe lá Deus qual tinha sido a opinião do oficial do recrutamento. Tudo mentira, o que a negra disse sobre não ter visto a garota de novo. A negra sabe; é por isso que ela veio até sua porta. Em sua imaginação negra, há a tatuagem do batom, e a fita azul estendida na penteadeira, e as mãos do menininho que sempre tinham permanecido assim, roupas caindo do corpo de uma mulher, a nudez por debaixo. Há aquele cheiro de perfume, de pó também, nas narinas da negra, e está lá entre os empregados, no refeitório e nas cozinhas, e nas oficinas de pintura, e nos escritórios. Lá está o sussurro que não para, as palavras que havia, sua própria obediência. "Seja educado, querido", na voz especial, a promessa de que o pedido nunca mais seria feito, quebrado o tempo todo.

Nunca foi sua culpa de que mais tarde houvesse indiscrição, anos e anos depois, que ainda haja indiscrição. A cada vez ele esperava que não houvesse. A cada vez, ele esperava que uma amizade durasse para sempre, que duas pessoas pudessem ser solidárias uma com a outra, que estranhos vendo-os juntos diriam que eles combinavam.

Ninguém que passe pela Duke of Wellington Road, nenhuma dona de casa apressada, nenhuma criança, nenhum homem de negócios, ninguém que possa ver a Número 3 do alto dos ônibus que trafegam pra lá e pra cá numa rua próxima, tem razão para cismar em relação a essa casa ou seu único ocupante. Ninguém que passe tem consciência de que um gerente de *catering* de uma fábrica, estimado e sem inimigos, seja capaz de não sofrer mais.

Na cavernosa cozinha de sua casa, os sapatos de mr. Hilditch estão perfeitamente amarrados. Suas meias são xadrez, abaixo da vira da calça. O terno é o seu costumeiro, de sarja azul, o colete abotoado, com exceção do último botão. A camisa está limpa, as abotoaduras nos punhos. A gravata é a listrada que ele sempre usa. Os óculos estão no lugar. Ele se barbeou há uma hora.

A porta dos fundos já não está trancada; na verdade, está ligeiramente aberta, deixada assim de propósito. Uma luz, que no escuro iluminava as latas de lixo no quintalzinho, e reluzia sobre uma divisa de louro e mahonia, permanece acesa. Não há som na cozinha.

Quando o amanhecer recomeça, um gato que andava fuçando lixo, atraído mais cedo pela porta aberta, volta, e dessa vez se esgueira por ela. Preto, com uma coleira que já teve um sino pendurado, esse gato há muito tempo abandonou a vida doméstica, calma demais para satisfazer os instintos de sua natureza felina. Em silêncio, passeia pela cozinha, pulando de tempos em tempos para superfícies diferentes, até que sua inspeção se completa. Seus olhos verdes, em losango, passam pela cerâmica do armário, pelo esmalte branco do fogão elétrico, pelos guarda-louças e prateleiras, pelas torneiras da pia, as cadeiras de madeira, pela mesa onde outra cadeira está caída, por um corpo humano dependurado. Está suspenso por um fio elétrico, no único gancho para presunto no teto de madeira. A cabeça pende para frente de um modo estranho, a massa de carne sob o queixo apoiando a inclinação para o lado. O gato vira-lata não se interessa por isso. Nada é do seu interesse, a não ser uma panela no fogão, contendo um resto de leite.

24

As garotas do colégio de freiras sobem a colina St. Joseph apressadas, enquanto os sinos ainda batem. Falta fôlego para a conversa ao atravessarem os portões do convento, os pés rápidos, agora, os rostos afogueados. Irmã Benedito está à espera na janela de uma classe, onde outras meninas já estão reunidas. Uma figura distante cava o canteiro onde logo serão plantadas as primeiras das batatas de melhor qualidade. Lembrando-se, através dessa figura, da garota desaparecida, irmã Benedito reza.

No Hickey's Hotel, um vendedor de produtos para escritório, tossindo em meio à fumaça de cigarro sobre as sobras de um café da manhã tardio, verifica sua agenda do dia. Sobre a loja de bicicletas e carrinhos de bebê, Connie Jo passa pelo enjoo matinal que sua amiga, sua recém-cunhada, então, sentiu cinco meses antes. Nas Pedreiras Flanagan, os caminhões estão sendo carregados com cascalhos e pedregulhos, enquanto os caminhoneiros esperam ao lado deles, fumando em silêncio. No pátio da cooperativa, Shay Mulroone opera uma empilhadeira para levantar fardos de telas de arame. "Nossa, ela é um arraso", Small Crowley confidencia em toda parte. E Carmel, de quem ele fala, passa um esfregão no chão do hospital, e se preocupa um pouco com o fato de talvez ser um arraso além da conta.

A velha morreu um dia antes do seu centésimo aniversário. O corpo rígido foi retirado do quarto, que agora está vazio. Uma ironia, segundo a opinião geral, ser levada nesta hora em particular, mas aí está.

Uma noite, as botas dos grandes irmãos gêmeos golpeiam o estômago e as costelas de Johnny Lysaght, e ele fica desmaiado no escuro, ao lado da estátua memorial da praça. O sangue jorra do seu rosto, um olho está fechado sob contusões. Os cigarros não foram tirados dos lábios de seus agressores, enquanto impunham a punição. Não foi dita uma palavra. O rapaz inconsciente permanece onde caiu, e os copos que foram deixados à espera no bar de Myles Brady são esvaziados e depois reabastecidos.

A fotografia de uma garota de dama de honra circulou há muito. Foi examinada em uma delegacia de polícia ou outra, detalhes do desaparecimento anotados. Com o tempo, os detalhes e a fotografia foram arquivados.

Ela vai voltar, seu pai acredita, tomado pela culpa. Na confissão, relembra sua raiva na época, e é perdoado, mas ele mesmo não se sente perdoado. Deixa o quarto preparado para ela, arrumando suas conchas em superfícies que agora são inteiramente dela, esvaziando as gavetas dos pertences da velha. Desmonta a cama da velha, e arruma um espaço para ela no barracão dos fundos. "Tenha fé", a Reverenda Madre encoraja no jardim do convento, "Um dia você vai entrar e ela estará te esperando na cozinha." Ele também sabe disso, ele diz, sabe que ela estará lá. O perdão que importa é o dela. Ela voltará para concedê-lo, sendo ela de natureza simples.

Mrs. Lysaght compra linha na Chawke's, um tom azul-claro. Leva os carretéis que lhe oferecem até a porta, para examiná-los à luz do dia, mas não fica satisfeita e os devolve. Vão chegar mais, lhe avisam, e ela diz que voltará. Agora o desconforto acabou, e existe uma satisfação nisso. Conforme ela sai da loja, relembra isso a si mesma, algo que faz muitas vezes no decorrer de um dia. Ele recebeu uma lição pelas circunstâncias ocorridas; em certo sentido, na verdade, tudo que aconteceu deve ter sido para melhor.

*

Nas cozinhas e nas dependências da fábrica, chega-se a uma conclusão. O gerente de *catering*, tão afetuosamente parte da vida diária durante tanto tempo, sofria de uma doença de natureza misteriosa. Ele tirou a própria vida na crença de que a perplexidade dos médicos indicava um prognóstico sombrio. É feita uma arrecadação no refeitório. Uma coroa é enviada. O funeral tem bom comparecimento.

Placas do lado de fora da Duke of Wellington Road 3 anunciam que está à venda. "Uma propriedade prática", observa um jovem corretor, exibindo-a para compradores em potencial, acrescentando que haverá um leilão, que toda a tralha irá embora. Encontrado estacionado no cascalho à frente da casa, o carro de propriedade do falecido já foi passado pra frente. Tudo que há pertence ao estado, não havendo herdeiros.

— Bom, ele devia ter, não devia? — retruca um sargento da polícia, quando miss Calligary insiste que este mesmo morto, por sua própria admissão, tinha delírios. — Ele dificilmente teria feito isso, miss, se não estivesse desequilibrado.

— Esse homem não é o que parecia.

— Acontece que não era. Acontecem todos os tipos de coisa. Mas oficialmente o que temos é que o cavalheiro já não está entre nós.

Miss Calligary menciona a Bíblia, perguntando se o sargento já teve motivo para consultá-la. Oferece um folheto. Para aquele que morre existe uma terra paradisíaca, ela promete, e acrescenta que o falecido demonstrou interesse quando isto lhe foi assinalado, convidou sua jovem amiga e ela mesma para entrar na casa, para que pudesse ouvir mais a respeito. Quando o tempo todo ele estava roubando dinheiro. "Só Deus sabe onde aquela criança está agora", miss Calligary acrescenta. "Rezamos por ela dia e noite."

— Continuem fazendo isso — o sargento aconselha despreocupado e observa que está cheio de compromissos nesta manhã.

*

Outras garotas foram embora, fugindo de alguma confusão, ou só querendo que as coisas fossem diferentes. São chamadas de mistérios, quando são notadas em suas jornadas; e nas cidades, grandes o suficiente para terem um comércio de garotas, as portas de Roves, Volkswagens e Toyotas abrem-se para que elas entrem.

Na casa de mr. Caunce elas vêm e vão. Elas experimentam as entradas de lojas. Sempre tem que haver uma primeira vez para tudo, elas dizem, acomodando-se nesse alojamento a céu aberto. Pessoas desaparecidas por um tempo, elas passam a adquirir uma nova identidade. Escória é como as chamam agora.

25

— Eles fecharam o lugar de café da manhã? — um homem do assentamento de papelão pergunta na rua.

— É, está fechado — Felicia responde, e ele murmura uma cacofonia de xingamentos, olhando furioso na direção de um centro de caridade, semelhante em todos os aspectos àquele aonde Felicia foi levada, já há muito tempo, por Lena e George. Ela ficou na fila em vários deles desde então.

— Você tem que chegar lá cedo — ela diz ao homem, mas ele ignora a advertência, continuando a xingar para si mesmo. Quando cessa, é para perguntar as horas.

Ela não sabe. Vendeu seu relógio há um tempo, juntamente com a cruz que costumava usar no pescoço. Tentou vender sua bolsa, mas ninguém quis. Foi Tapper quem lhe ensinou como dispor do relógio e da cruz para um amigo que conhecia bem e era confiável. Conseguiu quarenta centavos. "Um preço justo esse", Tapper disse. A cidade para onde ela veio, depois de passar por outras maiores e menores, já não lhe é estranha. Conhece o caminho até o rio, e agora, enquanto caminha até ele, o que vem à sua cabeça é Effie Holahan dizendo que viu a Virgem, e Carmel dizendo que não passou de um sonho. Típico de Effie, Carmel disse, típico não saber a diferença. Pobre Effie, com seus olhos apagados e suas frieiras, e seu costume de derrubar coisas! "Claro, todo mundo não tem sonhos como esse?" Carmel estava sarcástica, e todas elas riram, balançando as pernas no muro do convento; Effie Holahan nervosa, vermelha como tomate. Isto foi há muito tempo, elas sentadas no muro do convento; está séculos distante de Lena e George; pertence à história, como a voz na delegacia disse aquele dia, o que também foi há séculos.

Felicia não esmola, enquanto prossegue em sua jornada. A esta hora do dia as pessoas não gostam de ser incomodadas porque estão com pressa para chegar ao trabalho. Ela mesma não tem pressa. O sol nasce, dispersando nuvens esgarçadas, aquecendo seu rosto e seu cabelo. Com um pouco de sorte, secará as roupas que se molharam na noite passada. Há séculos, também, suas duas primeiras sacolas de compras se desintegraram; após um exame cuidadoso, para o caso de elas possivelmente ainda terem algum uso, seus restos foram jogados fora. Agora ela tem outras sacolas, cinco ao todo, porque gosta de recolher coisas enquanto perambula. É impressionante o que as pessoas descartam.

Caminhando lentamente, confirma isso com um gesto de cabeça, e o que vem à sua mente é a vez em que mr. Logan inaugurou seu cinema e ficou parado nos degraus com o terno risca de giz e a gravata borboleta azul. "Um galinha", seu pai chamava mr. Logan, e ela não sabia o que isso significava, até que ele contou para ela. Cauteloso, seu pai disse uma outra vez; cauteloso em avaliar o mundo do entretenimento da maneira como mr. Logan fez, tornando seu salão de danças e seu cinema um sucesso, ainda solteiro na casa dos cinquenta. *A dama de vermelho* foi o filme da noite de estreia, e Rose disse que se mr. Logan estivesse procurando uma noiva criança, ela não diria não, e as garotas no muro, Carmel inclusive, ficaram sem fôlego ao ouvir uma coisa daquelas.

É preciso perambular. Você acaba se habituando com as vitrines das lojas, as ruas nos diferentes climas, os rostos que está sempre vendo, o relógio H. Samuel, os relógios das agências de correio e os relógio de torres, as mulheres dos parquímetros, a obstrução de andaimes na calçada, as fitas de plástico vermelho e branco funcionando como aviso, as luzes das ruas se acendendo. Você caminha a esmo porque tem vontade, as pequenas coisas vindo à sua mente. *Ave Maria cheia de graça*: na primeira vez em que ela repetiu isso, sentiu-se adulta, as contas frias ao toque, lisas em seus dedos. *Bendita sois vós entre as mulheres...* A luz votiva na parede da escada nunca se apagava, um ponto vermelho no escuro, um brilho minúsculo que daria para passar despercebido à luz do dia, porque você estaria acostumada com ele. Seu pai levantava-se para a "Canção do soldado" sempre que era tocada, firme como uma estátua enquanto as pessoas iam saindo; levava aquilo a sério. A vontade de Deus, ele chamou aquilo, no dia em que a mãe dela morreu, e seus irmão usaram losangos pretos em suas mangas costurados por mrs. Quigly. O sol brilhou no dia do funeral. Eles estavam de volta na casa em torno do meio dia, antes do *Angelus*.

— A cruz que carregamos — mrs. Quigly disse num outro dia — é um lembrete a cada mês.

— É, com certeza — disse Carmel —, todo bendito mês.

E Rose disse calmamente: — O que há de errado com um homem mais velho, se ele não deixa faltar nada em casa?

Pessoas levam café de um lugar que embala para viagem: funcionários de escritório, moças com sua maquiagem nova e reluzente, rapazes de casaco comprido, cintos amarrados às costas. Andam pelas ruas por onde ela vagueia, caminhando à sua volta, um homem conversando num telefone que leva com ele. Uma vitrine de vidro está sendo recolocada, o novo vidro ainda não retirado das presilhas na lateral de uma van. Cinco homens estão prontos para colocá-lo no lugar, quando a placa de madeira que cobre o dano tiver sido removida. Um chofer de táxi que passa cumprimenta um deles, gritando alguma brincadeira. "Oi, Felicia", ela própria é cumprimentada por um indiano que está arrumando frutas nas bancas do lado de fora de sua loja. Ele lhe deu alguns kiwis uma noite, quando estava empacotando suas mercadorias, porque não durariam até o dia seguinte, foi o que disse. Ela não sabe seu nome. Na noite passada, uma mulher a quem esmolou nessa rua disse não, depois mudou de ideia e abriu com força um filão de pão fatiado em sua sacola de compras. "Pegue isto em vez de dinheiro", ela disse, oferecendo-lhe quatro fatias, e dizendo que sabia muito bem que qualquer dinheiro que desse seria gasto em bebida. Felicia não contradisse a afirmação; você se acostuma com o que as pessoas lhe dizem; não importa.

Ela sabe que não é como era; não é a dama de honra no casamento de outono, nem a garota que se cobria com um tapete na parte de trás de um carro. Sua inocência, com o tempo, se transformou numa bobagem, contudo não é repudiada, e aquela mesma pessoa perdida é valorizada por tê-la levado onde ela está. Caminhando em mais uma manhã, com tempo bom após uma noite de chuva, aceita sem espanto a serenidade de que foi tomada e comemora sua presença nova e fresca.

Deixou cair das mãos a barra do queimador porque suas mãos estavam nervosas; acendeu a luz porque estava às voltas com a porta do hall, sem conseguir saber onde estava o ferrolho. Não pensava em fugir; rezou para que não fosse muito doloroso, que quando aquilo acontecesse, fosse uma coisa rápida. A noviça do convento disse: "Sua mãe está esperando por você no paraíso, Felicia". Pensou nisso quando virou a fechadura Yale. E, então, a luz vinda da porta aberta do hall iluminou o nevoeiro, chegando apenas até o carrinho verde no cascalho. Ele estava debruçado sobre a direção, encolhendo-se para fugir da luz que surgira, cobrindo o rosto. Quando ela correu, o carro não a seguiu. Mas os cordões das sacolas afundaram-se nos seus dedos, porque ela estava muito apressada, segurando-as de uma maneira diferente da costumeira. As casas estavam veladas, as luzes da rua enevoadas. Seus pés emitiam o único som que se ouvia, até ela chegar à rua principal, onde o tráfego fazia um ruído surdo, e os faróis dos carros estavam opacos antes de romper o nevoeiro, brancos ou amarelos. "Mal vi você", disse o motorista de um caminhão, e mais tarde acrescentou que tinha duas filhas, seu cabelo crespo cinzento sob a luz da cabine quando ele parou para dissolver um cubo de caldo concentrado Oxo em sua garrafa térmica. Nos degraus de um prédio na cidade, perto de onde ele a deixou, ela viu o céu relampejar; já não havia nevoeiro, então. Uma mulher, surtada, sentou-se ao lado dela por um tempo, e um veículo de limpeza de rua passou devagar, aguando e escovando enquanto se movia. Quando novamente ficou tranquilo, pardais cantaram. "Ele foi casado uma época", a mulher segredou. "Estou falando de Benny Hill." Vozes falavam com a mulher, Benny Hill, Gary Glitter. "Ótimos rapazes. Fazem qualquer coisa por você, querida."

Jogada em uma lata de lixo presa a um poste, uma embalagem com café permanece milagrosamente em pé, o líquido ali contido sem derramar. Felicia o bebe, e acha um *muffin* quase inteiro, grudado no papel onde foi assado. "Jovem para ser uma sem-teto, não é?" alguém que passava disse isso há dois dias, e ela disse que sim, gostando de concordar. "Olá", um velho a cumprimentou na noite anterior, elegante em seu casaco e seu chapéu, saindo da multidão para dizer a ela que era parecida com Marilyn Monroe, cambaleando porque tinha tomado umas.

— Santa Ponsa — uma garota diz agora.

— Fantástico! — E um homem deixa cair uma seção de um jornal, as páginas escorregando de sob o seu braço. Alguém chama, gritando para o homem que ele perdeu seu jornal, mas o homem diz que é só Esportes e Negócios. Felicia apanha as páginas, porque podem ser úteis mais tarde.

— Não suporto aquele Lovejoy — diz outra garota, e sua colega discorda, insistindo que Lovejoy é sexy.

Uma vitrine está cheia de perucas, barbas e bigodes falsos. *Necessidades Teatrais!* pisca um aviso vermelho. *O Grande Empório!*

No mato perto dos antigos gasodutos uma urtiga pinica sua perna e não importa, ela mal sente. Sua única culpa é ter permitido que tirassem seu bebê; não deveria ter feito isso, mas as coisas acontecem. Agora, ela toma cuidado do ponto onde está, e não cisma: o que está feito está feito. Não pensa na traição do seu antigo amante. Escapou de um homem que assassinava garotas. Foi-lhe permitido que escapasse; é nisso que ela pensa.

Quando chega ao rio, acomoda-se em um banco, agradável no calor do outono. Por acaso seus olhos percorrem suas roupas, suas mãos e pés, os sapatos que encontrou em uma lata de lixo, a saia recebida de uma mulher. Sua aparência, ou o que ela diz, não lhe interessa. As Little Sisters da África vêm à sua mente, seus hábitos brancos úmidos no calor insalubre da selva. Rezem por nossas Little Sisters, irmã Francisco Xavier ordenava. Ajoelhe-se conosco na Casa do Recolhimento, pedia miss Calligary, indo de porta em porta. Santa Úrsula ficou firme ao lado do timão, consolando suas companheiras enquanto a nau era jogada para lá e para cá nas ondas. As Little Sisters cuidavam de bebês com má formação, bebês famintos cujos ossos apareciam por sob a pele. Veja aqueles pássaros de cores vivas! Miss Calligary exortava. Cheire o perfume dessas flores! Será que as garotas que morreram e não fizeram falta caminham agora entre as flores perfumadas e ouvem as canções dos pássaros? Será que fazem companhia a Santa Úrsula, que viajou para escapar a um leito nupcial, e às Little Sisters, que deixaram suas cidades e lugarejos? Será que essas garotas sem rosto ocupam o paraíso a que a noviça se referiu e tocam os verdadeiros dedos da Santa Virgem? Elsie Covington e Beth. Sharon e Gaye. Jakki e Bobbi. Escolhidas para a morte porque ninguém tomaria conhecimento quando não mais estivessem lá. Qual foi o problema que as transformou em vítimas? Teriam percebido sua sina um instante antes do acontecer? Seu pesar é ficar imaginando.

Remexe em uma das sacolas e acha as folhas de jornal que recolheu. A ascensão de Tommy Grifftiths, Lone Range venceu em cinco por quatro, um campeão olímpico caiu em desgraça; um técnico de futebol se aposentou. Lê durante um tempo, e então Tapper reaparece. Bom, há um monumento: a fonte e os quatro leões pretos, a primeira vez que ela os viu. Danado de lindo, Tapper disse, o império no danado do seu tempo, Charles James Napier em um pedestal porque tinha jeito para lidar com soldados. Eles não puseram John Reginald Christie em nenhum pedestal, uma habilidade diferente porque ele sabia lidar com mulheres. Foi ali que ele foi preso, disse Tapper, apontando a ponte. Foi ali que ele comeu seu último prato de bacon com repolho em liberdade, no Lacy Dining Rooms. Era lá que aquela mulher tinha um *nightclub*, aquela que atirou num piloto de corrida. Esta cidade está cheia de atrações, todas de vidas humanas.

"Redland vende três setores da Steetley", diz a página de negócios. "Moeda Americana Assume o Controle." Gostaria de um pouco de ar marinho? Tapper perguntou, e eles foram de trem, com passagens encontradas numa bolsa. Dê uma olhada nisso, ele disse, quando dois homens em casaco de pelúcia saíram de um carro lustroso e seguraram as portas para duas mulheres. Desculpe-me senhor, disse Tapper na calçada, o mar de um verde encardido sob a espuma, e o homem disse "cai fora". "Não leve a mal", outro homem disse em um bar, quando a televisão mostrava uma luta livre. "Não leve a mal, mas acho que você pegou meus cigarros".

Alto como um poste, o Tapper. Curvando-se para um tapinha amigável no ombro do cara; parte do jogo. Alasca é o lugar, ele disse, depois o mesmo para Johore Bahru. Mas o mais provável é que Tapper tenha sido preso. Isso é bem dele. Ele mesmo disse isso, e talvez Lena também tenha dito, quase que dá pra ouvi-la. Você perde o contato com alguém que fica entrando e saindo; só fazia uma semana que ela conhecia Tapper, mais tempo do que Lena e George daquela vez, mais tempo do que Kev e a mulher de um braço só.

O sol agora está quente, a água do rio tranquila. Gaivotas bamboleiam pelo parapeito à sua frente, barcos passam. A fileira de árvores que quebra a monotonia da calçada está cheia de folhas em tons ferrugem. Em seu campo de visão, figuras caminham determinadas em uma ponte distante, figuras em miniatura, criaturas que podiam não ser reais. Uma gaivota olha para ela, esperando migalhas, as outras voam para longe. Em algum lugar uma voz fala alto num megafone. Uma buzina ressoa no rio.

Não sente fome. Vai demorar algumas horas até que comece a sentir fome, e então haverá o material jogado no lixo. O céu está de um azul profundo, uniforme, mal se percebe um rebaixamento de tom nas bordas. Move uma mão pra lá e pra cá sobre uma ripa do banco onde está sentada, os dedos acariciando a madeira lisa, a textura diferente nos lugares onde a tinta está gasta, veios de grão de madeira levantados. *Morto com outros, 1938*, estava gravado em outro banco, e George disse que tinha mandado um cartão para o bispo de Bath e Wells, e posto a rima que conhecia: nenhuma é mais linda na face da terra do que o carvalho, o freixo ou a acácia. *Carmel*, com um coração em torno, foi gravado por alguém em uma árvore na praça, Packy Egan ou Lomasney, era quem Rose pensou que fosse. Rose agora poderia ser mrs. Logan, em uma casa chamativa na rua Mountrath. Coisas estranhas acontecem.

A falha deixada onde um dente foi arrancado há duas semanas deixou de ficar sensível. Ela a sente com a língua, pressionando a ponta na cavidade, relembrando a dor que sentia. — Tem uma dentista que vai dar um jeito em você. — Foi o galês, Davo, quem disse isso, e eles foram juntos porque ele conhecia o caminho. "Poucas pessoas se incomodariam com a sua dor de dente", Davo disse; não são muitos que pensariam que pudesse ocorrer uma dor de dente na boca de um pária. — Volte sempre — disse a dentista. — Não fique com dor.

Felicia dobra a seção de Esportes e Negócio várias vezes e a enfia de volta em uma das sacolas. "Tudo bem?", o motorista de um caminhão carregando fornalhas perguntou, e ela disse sim, porque era simplesmente justo, em troca de uma carona de mais de trezentos quilômetros, todo o pagamento que ela podia oferecer, e ela tinha que voltar. Levou uma noite e parte de uma manhã, três caminhões diferentes e uma van, mas ela tinha que fazer isso, não poderia não voltar para a Duke of Wellington Road. Tinha que saber, e então soube: a placa da imobiliária do lado de fora da casa, e alguém lhe contou. Então, uma voz chamou, quando mais tarde estava descansando em um banco público.

— Criança — miss Calligary gritou, e houve lágrimas de angústia em seu rosto, em meio a pedidos de perdão, o homem morto denegrido.

Felicia tira o lenço da cabeça e abre o casaco para receber o sol. A gaivota está imóvel no parapeito, mantendo sua observação arguta. Uma brisa chacoalha as árvores da calçada, e as primeiras folhas cansadas de mais um setembro se soltam. Uma flutua suavemente, descendo lenta até que ela estende o braço e a apanha na palma da mão. Contempla-a por minutos, ainda sem estar ressecada, levada antes do tempo. E então, seus pensamentos recomeçam.

Homem horroroso e miserável, um pobre arremedo de criatura humana, com seus óculos de fundo de garrafa, e as mãos minúsculas que não combinavam com o resto, sua compulsão de carrasco. Sua sobrevivência foi a causa da morte dele, mas ela não disse isto, ouvindo-o ser denegrido naquele dia; não disse que ele era mais terrível do que um homem que roubou o dinheiro de uma garota angustiada; não mencionou assassinato, porque, afinal de contas, de que adiantaria, agora que ele tinha assassinado a si mesmo?

— Por favor, criança, volte para nós! — exclamou miss Calligary, mas ela sacudiu a cabeça, mesmo se lembrando da generosidade e da cordialidade da Casa do Recolhimento assim que chegou lá. Ela sacudiu a cabeça a cada repetição do convite, ouvindo, entre um pedido e outro, sobre as visitas feitas ao Número 3 da Duke of Wellington Road, e como o comportamento de seu ocupante tinha parecido loucura a miss Marcia Tibbitts, como tinha havido um incidente em uma delegacia de polícia depois da morte, um sargento que fora desdenhoso. No final, com relutância, miss Calligary e miss Marcia Tibbitts afastaram-se, saindo para sempre da sua vida.

Novamente seus pensamentos mudam: para uma mãe caída no chão da cozinha, conchas da praia trazidas mais tarde numa compensação delicada; para ovos de passarinho, verdes pintalgados, e John Count cantando, sem sinal então dos olhos severos do seu pai; para o ferimento infligido em reação à ignomínia de um marido que partiu, e amor por um filho, tão gentil quanto um câncer. Perdida dentro de um homem que assassinava, havia uma alma como qualquer outra, que com certeza já fora pura algum dia.

Tais reflexões, externas a ela desta vez, preenchem o dia de Felicia. Não procura um significado nos pensamentos que lhe ocorrem, assim como não o procura em sua jornada sem sentido, ou descobre um padrão na confusão de tempo e pessoas, mas ainda assim os pensamentos estão lá.

Só, não mais uma criança, não mais uma garota, com a insistência dos agradecidos, vai de lugar em lugar, de rua em rua, envolvendo os pés, molhada pela chuva que penetra em suas roupas, gelada quando há gelo nas poças da sarjeta. Durante o dia, as nuvens se apressam ou mal se movem, escondem o sol em tons de cinza, ou avançam negras num amontoado denso, como monstros ameaçadores no céu. Estão lá novamente, em trilhas de fumaça sopradas pelo vento, em massas grandes e brancas, macias como penugem, em rasgos matinais escarlates. Às vezes, o dia todo há um azul vazio, indistinto pela névoa, ou luminosamente limpo, pano de fundo para delgadas árvores de inverno e mais uma vez pano de fundo para o verdume do verão. À noite, há um arrebol da cidade. Existe uma felicidade na solidão dela ao entardecer.

A folha voa da sua palma em outra brisa suave. A gaivota vigilante desfila pelo parapeito, ainda desejosa das migalhas que não estão lá. Alguém parou sem precisar e chamou uma ambulância para a Muda Hanna, quando estava desmaiada na rua. As senhoras chegam à noite com sopa, boa intenção, sem nunca esquecer, não importa o tempo que faça. A dentista lhe disse para não ficar com dor. A dentista dedicou sua vida aos dentes podres dos sem-teto, ao cheiro e à sujeira dos sem-teto. Sua bondade é um mistério maior do que a maldade que distorce cada palavra dita por um homem, cada movimento que ele faz. Você diria isto, se pudesse, é um pensamento novo, mas às vezes dizer não é fácil.

Olhar idiota, um vagar tolo para lugar nenhum; fragmentos de uma piedade semienfadada são atirados na direção de uma figura à margem, antes que o olhar rápido foque em alguma outra coisa. Haverá outras cidades, as ruas de outras cidades, outras estradas, Tappers, Georges, Lenas, Kevs, Davos e Mudas Hannas. Haverá caridade, albergue, piedade e desdém. E sempre, por toda parte, o acaso que separa os vivos dos mortos. Novamente as mesmas pessoas vagam por seus pensamentos: a santa e as Little Sisters, Elsie Covington e Beth, Sharon e Gaye, Jakki e Bobbi, sua mãe sem ter tido um dia a mais. Estarão elas realmente todas juntas, entre as flores perfumadas, seguras e abençoadas? Ela poderia estar com elas se aquilo tivesse acontecido; mas pondera, numa dúvida modesta, que sua escolha ainda seria essa certeza que conhece. Vira as mãos para que o sol possa incidir nelas de outra maneira e levanta ligeiramente a cabeça para aquecer o outro lado do rosto.